कंप्यूटर जागरूकता

सभी प्रतियोगी परीक्षाओं हेतु

नवीनतम संस्करण
अभ्यास किट

16 टेस्ट्स
16 विषयानुसार टेस्ट्स

विषय से संबन्धित पाठ प्रश्नो के साथ

✓ पूर्णतः संशोधित और अद्यतन

✓ सभी बहुविकल्पीय प्रश्नो का विस्तृत विश्लेषण

शीर्षक	: कंप्यूटर जागरूकता सभी प्रतियोगी परीक्षाओं हेतु
लेखक का नाम	: Mr. Rohit Manglik
प्रकाशक	: EduGorilla Community Pvt. Ltd.
प्रकाशक का पता	: 12/651 प्रथम तल, अरविन्दो पार्क के सामने, निकट जामा मस्जिद, इंदिरा नगर लखनऊ, उत्तर प्रदेश, 226016, भारत।

कॉपीराइट EduGorilla

अस्वीकरण EduGorilla

रोहित मांगलिक
सीईओ, **EduGorilla**

प्रिय छात्रों,

एक बहुत ही प्रचलित कहावत है कि "सफलता उन्हीं को मिलती है जो उसके लिए कड़ी मेहनत करते हैं।" लेकिन मैंने लोगों को उनकी परीक्षाओं के लिए दिन-रात एक करके मेहनत करते हुए देखा है, पर फिर भी वे सफल नहीं हो पाते। तो वहीं दूसरी ओर, कुछ लोग बस आधी मेहनत करके परीक्षा में सफलता प्राप्त करते हैं। तो, क्या वे किस्मत वाले हैं? नहीं मेरा मानना है, कि ऐसा इसलिए है क्योंकि वे सिर्फ कड़ी नहीं बल्कि कुशल तरीके से अपनी तैयारी करते हैं। इसी तरह आपको भी अपनी परीक्षाओं की तैयारी के लिए अपनी योजना बनानी चाहिए, ताकि आपकी भी सफलता की संभावना बढ़ सके। तो तैयार हो जाइये **EduGorilla** के साथ अपनी परीक्षा में चयन होने की संभावना को 16 गुना बढ़ाने के लिए।

EduGorilla आपको न केवल कड़ी मेहनत करने में मदद करता है, बल्कि एक स्मार्ट और योजनाबद्ध तरीके से तैयारी करने में भी सहायता प्रदान करता है। **EduGorilla** की तैयारी पैकेज के साथ आप अपने परीक्षा में चयन होने के रास्ते को सहज और मनोरंजक बना सकते हैं। अपनी तैयारी के लिए सही रास्ता खोजना मुश्किल हो सकता है, यदि आप ये नहीं जानते कि आपको किस दिशा में जाना है। चिंता न करें हम आपके साथ खड़े हैं! **EduGorilla** आपकी सफलता में आपका मार्गदर्शक बनेगा। हमारे तैयारी पैकेज के साथ आप रणनीतिक रूप से तैयारी कर, अपनी परीक्षा में सिर्फ एक ही प्रयास में सफल हो सकते हैं।

EduGorilla के तैयारी पैकेज में शामिल हैं-

• टेस्ट सीरीज़　　　　　　• किताबें

हमारे तैयारी पैकेज को सभी तरह के नये बदलवों, विशेषज्ञों की राय एवं छात्रों के प्रतिक्रिया के अनुसार तैयार किया गया है। जो आपको परीक्षा के प्रत्येक चरण की चयन प्रक्रिया को पार करने के योग्य बनाता है।

हमारी किताबें शिक्षकों और विशेषज्ञों द्वारा आपकी परीक्षा के लिए तैयार की गई हैं, 150+ वर्षों के अनुभव के साथ; ताकि आपको आसान, कुशल और प्रभावी शिक्षण प्रदान किया जा सके। हमारी स्मार्ट किताबें न सिर्फ आपको प्रश्नों के उत्तर देने की समझ देती हैं, अपितु आपके अभ्यास के लिए समान रूप के प्रश्न भी प्रदान करती हैं।

EduGorilla की सक्षम टेस्ट सीरीज आपको वास्तविक अनुभव और आत्मविश्वास प्रदान करती हैं, जिसके माध्यम से आप केवल एक प्रयास में अपनी ऑफलाइन अथवा ऑनलाइन परीक्षा पास कर सकते हैं। वर्तमान में हम 83,000+ मॉक टेस्ट्स और 1,440+ प्रतियोगी एवं शैक्षणिक परीक्षाओं की तैयारी कराते हैं।

अर्थात, **EduGorilla** आपकी तैयारी में आपकी सहायता करने का कोई भी मौका नहीं छोड़ता है और परीक्षा के सभी चरणों को कवर करता है, ताकि परीक्षा की तैयारी के लिए आपको कहीं और भटकना ना पड़े।

हम आपको डिफेन्स, बैंकिंग, टीचिंग और अन्य राष्ट्रीय एवं राज्य स्तरीय परीक्षाओं के लिए सम्पूर्ण तैयारी पैकेज प्रदान करते हैं। अतः इससे कोई फर्क नहीं पड़ता कि आप किस परीक्षा के लिए तैयारी कर रहे हैं, क्योंकि आप सफलता हासिल करेंगे।

आपको परीक्षा की शुभकामनाएं!

रोहित मांगलिक,
संस्थापक और मुख्य कार्यकारी अधिकारी, **EduGorilla**

प्रस्तावना

EduGorilla छात्रों को उनकी परीक्षा में सफल होने के लिए मार्गदर्शन प्रदान करता है। जिसको ध्यान में रखते हुए हमारे कुल 150+ वर्षों का अनुभव रखने वाले प्रतिष्ठित विशेषज्ञों ने कड़े प्रयासों के द्वारा "कंप्यूटर जागरूकता : सभी प्रतियोगी परीक्षाओं हेतु" को तैयार किया है। इस किताब के प्रश्नों को हाल ही में परीक्षा के पाठ्यक्रम और पैटर्न में हुए सभी बदलावों को ध्यान में रखकर बनाया गया है। वो प्रश्न जिनकी Competitive Exams परीक्षा में आने कि संभवना काफी प्रबल है, उनको इस किताब मे रखा गया है। आप EduGorilla की "कंप्यूटर जागरूकता : सभी प्रतियोगी परीक्षाओं हेतु" के माध्यम से अपनी सफलता की संभावना को 16 गुना बढ़ा सकते हैं।

EduGorilla ये अपनी संपूर्ण तैयारी पैकेज के माध्यम से साकार करता है। इस किट में आपको प्रश्न अच्छी तरह अवधारित एवं संरचित रूप मे मिलेंगे जिन्हे आपकी जरूरतों के अनुसार बनाया गया है। इसके माध्यम से आपको स्मार्ट तरीके से परीक्षा के लिए अभ्यास करने में मदद मिलेगी। साथ ही आपको सहायक, समाधान और स्मार्ट उत्तर पत्रिका भी प्रदान की जायेंगी। जिससे आप अपना मूल्यांकन स्वयं कर सकते हैं। आप स्वयं की समीक्षा कर, उन सभी बिन्दुओं पर खुद को बेहतर तरीके से तैयार कर सकते हैं।

EduGorilla आपको अपनी परीक्षा में सफ़लता दिलाने और आपके लक्ष्य को हासिल करने में आपकी सहायता करने का वादा करता हैं। हम अपने प्रतिभागियों पर पूरा भरोसा करते हैं और उन्हें मेरिट सूची के शीर्ष पर देखते हैं। शीर्ष स्थान की ओर आपका पहला कदम है हमारे साथ तैयारी शुरू करना। EduGorilla की "कंप्यूटर जागरूकता : सभी प्रतियोगी परीक्षाओं हेतु" की विशेषताएं कुछ इस प्रकार हैं।

➤ अच्छी तरह से शोध किया हुआ पाठ्यक्रम

➤ उच्च गुणवत्ता

➤ विस्तृत उत्तर और विश्लेषण

➤ स्मार्ट उत्तर पत्रिका

➤ परीक्षा सुसंगत प्रश्न

इस प्रकार EduGorilla आपकी तैयारी को मजबूत और आपको परीक्षा में सफल होने के योग्य बनाता है।

विषय-सूची

Q.1 किस सोशल मीडिया प्लेटफॉर्म ने 'सेफ स्त्री' और 'माई कानून' नामक दो साइबर सुरक्षा अभियान शुरू किए हैं?

A. स्नैपचैट   B. इंस्टाग्राम   C. फेसबुक   D. ट्विटर

Q.2 किस प्रसिद्ध व्यक्तित्व ने ट्रुथ सोशल नामक एक नया सोशल मीडिया नेटवर्क लॉन्च करने की घोषणा की है?

A. डोनाल्ड ट्रम्प   B. नरेंद्र मोदी
C. हिलेरी क्लिंटन   D. किम जोंग-उन

Q.3 सूचना और प्रसारण मंत्रालय ने फर्जी खबरों का मुकाबला करने के लिए किस सोशल मीडिया प्लेटफॉर्म में अपना अकाउंट लॉन्च किया है?

A. व्हाट्सएप   B. टेलीग्राम   C. इंस्टाग्राम   D. ट्विटर

Q.4 "सुपर फॉलो" फीचर किस सोशल मीडिया दिग्गज द्वारा शुरू किया गया है?

A. ट्विटर   B. फेसबुक   C. गूगल   D. व्हाट्सएप

Q.5 कौन सा देश 'जोगाजोग' नाम से अपना सोशल मीडिया प्लेटफॉर्म बनाने के लिए तैयार है?

A. श्रीलंका   B. भारत   C. बांग्लादेश   D. नेपाल

Q.6 किस सोशल मीडिया प्लेटफॉर्म ने 'फ्लीट्स' नाम का अपना फीचर बंद कर दिया?

A. फेसबुक   B. इंस्टाग्राम   C. ट्विटर   D. व्हाट्सएप

Q.7 स्वास्थ्य मंत्रालय के सोशल मीडिया प्लेटफॉर्म्स पर जारी सूचनात्मक वीडियो सीरीज का क्या नाम है?

A. कोविड वारियर   B. कोविड गुरुकुल
C. कोविड ड्रोण   D. कोविड एस्ट्रा

Q.8 किस सोशल मीडिया कंपनी ने 'बुलेटिन' नाम से प्रकाशन और सदस्यता उपकरण का एक सेट लॉन्च किया?

A. ट्विटर   B. फेसबुक   C. टिक टॉक   D. स्नैपचैट

Q.9 स्कायर इंक किस सोशल मीडिया प्रमुख के मालिक के अंतर्गत आता है?

A. फेसबुक   B. व्हाट्सएप   C. ट्विटर   D. टिंडर

Q.10 भारत सरकार के नए डेटा संरक्षण नियमों के खिलाफ किस सोशल मीडिया ने दिल्ली उच्च न्यायालय का रुख किया है?

A. गूगल   B. ट्विटर   C. व्हाट्सएप   D. टेलीग्राम

Q.11 कौन सा मंत्रालय 2021 में अधिसूचित नए सोशल मीडिया नियमों से जुड़ा है?

A. गृह मंत्रालय
B. इलेक्ट्रॉनिक्स और सूचना प्रौद्योगिकी मंत्रालय
C. विदेश मंत्रालय
D. विज्ञान और प्रौद्योगिकी मंत्रालय

Q.12 2020 में, भारत ने किस सोशल मीडिया दिग्गज को उपयोगकर्ता डेटा प्रदान करने के लिए 40,300 अनुरोध किए हैं?

A. ऑर्कुट   B. फेसबुक   C. ट्विटर   D. टिक टॉक

Q.13 कौन सा सोशल मीडिया प्लेटफॉर्म 'टिप जार' नाम की एक सुविधा का परीक्षण कर रहा है, जो उपयोगकर्ताओं को पसंदीदा खातों में पैसा भेजने में सक्षम बनाता है?

A. फेसबुक   B. ट्विटर   C. टिक टॉक   D. सिग्नल

Q.14 एक 'महत्वपूर्ण' सोशल मीडिया मध्यस्थ को परिभाषित करने के लिए उपयोगकर्ता सीमा क्या है?

A. 25 लाख   B. 50 लाख   C. 75 लाख   D. 1 करोड़

Q.15 किस सोशल मीडिया दिग्गज ने नई गोपनीयता नीति को लागू करने में 3 महीने की देरी की है?

A. टेलीग्राम   B. व्हाट्सएप   C. इंस्टाग्राम   D. ट्विटर

Q.16 UC FTC (फेडरल ट्रेड कमिशन) ने शर्मन एंटी-ट्रस्ट एक्ट के तहत किस सोशल मीडिया दिग्गज के खिलाफ ट्रस्ट-विरोधी मुकदमा दायर किया है?

A. फेसबुक   B. ट्विटर   C. लिंक्डइन   D. स्नैपचैट

Q.17 सोशल मीडिया के माध्यम से महिलाओं और बच्चों के साथ दुर्व्यवहार को रोकने के लिए किस राज्य के राज्यपाल ने अध्यादेश पर हस्ताक्षर किए हैं?

A. महाराष्ट्र   B. गुजरात   C. केरल   D. पंजाब

Q.18 व्हाट्सएप के बाद, किस सोशल मीडिया प्लेटफॉर्म ने मैसेज के गायब होने की सुविधा शुरू की?

A. फेसबुक मैसेंजर   B. ट्विटर
C. स्नैपचैट   D. टेलीग्राम

Q.19 किस सोशल मीडिया प्लेटफॉर्म को नेशनल पेमेंट्स कॉर्पोरेशन ऑफ इंडिया (NPCI) से UPI बाजार में प्रवेश करने की मंजूरी मिल गई है?

A. टेलीग्राम   B. व्हाट्सएप
C. वीचैट   D. फेसबुक मैसेंजर

Q.20 निम्नलिखित में से किस सोशल मीडिया नेटवर्क ने अपने प्लेटफॉर्म के माध्यम से 2.5 मिलियन अमेरिकी मतदाताओं को पंजीकृत किया?

A. ट्विटर   B. फेसबुक   C. इंस्टाग्राम   D. स्नैपचैट

Q.21 किस सोशल मीडिया दिग्गज ने छोटे व्यवसायों की सहायता के लिए एक नया टूल 'बिजनेस सूट' लॉन्च किया है?

A. ट्विटर   B. फेसबुक   C. टिक टॉक   D. वीचैट

Q.22 किस सोशल मीडिया दिग्गज ने सोशल मीडिया मार्केटिंग प्रोफेशनल सर्टिफिकेट लॉन्च करने के लिए कौरसेरा के साथ साझेदारी की है?

A. ट्विटर   B. फेसबुक   C. टिक टॉक   D. वीचैट

Q.23 आत्महत्या को रोकने के लिए किस सोशल-मीडिया प्लेटफॉर्म ने 'thereIsHelp' नाम का सर्च प्रॉम्प्ट लॉन्च किया है?

A. फेसबुक   B. टिक टॉक   C. ट्विटर   D. वीचैट

Q.24 सोशल मीडिया पर फर्जी सूचनाओं को रोकने के लिए किस देश ने 'असोल चीनी' नाम से एक अभियान शुरू किया है?

A. बांग्लादेश   B. म्यांमार   C. श्रीलंका   D. पाकिस्तान

Q.25 किस देश ने एक ऐसे कानून को मंजूरी दी है जो सोशल मीडिया सामग्री को विनियमित करने की अधिक शक्ति देता है?

A. चीन   B. उत्तर कोरिया
C. तुर्की   D. रूस

Q.26 भारत में ग्रामीण बैंकिंग सेवाओं का विस्तार करने के लिए बैंकों के साथ साझेदारी करने के लिए कौन सा सोशल मीडिया प्लेटफॉर्म तैयार है?

A. व्हाट्सएप   B. टेलीग्राम   C. ट्विटर   D. स्नैपचैट

Q.27 किस देश ने सोशल मीडिया तक मुफ्त इंटरनेट सेवाओं पर प्रतिबंध लगा दिया है?

A. चीन **B.** बांग्लादेश
C. पाकिस्तान **D.** उत्तर कोरिया

Q.28 भारत सरकार ने हाल ही में वैश्विक हाई-प्रोफाइल उपयोगकर्ताओं की हैकिंग के बाद किस सोशल मीडिया दिग्गज को नोटिस जारी किया है?

A. फेसबुक **B.** ट्विटर **C.** टिक टॉक **D.** टेलीग्राम

Q.29 भारत में किस सोशल मीडिया प्लेटफॉर्म ने 'इट्स बिटवीन यू' नाम से एक अभियान शुरू किया है?

A. व्हाट्सएप **B.** ट्विटर **C.** टिक टॉक **D.** टेलीग्राम

Q.30 भारत में लॉन्च किए जाने वाले पहले सोशल मीडिया सुपर-एप्लिकेशन का क्या नाम है?

A. एलीमेंट्स **B.** समाविष्ट
C. घर में उगाई जाने वाली **D.** प्रेरित करना

// स्मार्ट उत्तर पुस्तिका //

सही उत्तर — उन छात्रों के प्रतिशत को इंगित करता है जिन्होंने प्रश्नों का सही उत्तर दिया था।

छोड़ दिया — उन छात्रों के प्रतिशत को इंगित करता है जिन्होंने प्रश्नों को छोड़ दिया था।

प्रश्न संख्या	उत्तर	सही उत्तर / छोड़ दिया
1	B	55.94 % / 40.13 %
2	A	56.3 % / 39.26 %
3	B	49.31 % / 30.23 %
4	A	32.82 % / 67.07 %
5	C	54.61 % / 33.95 %
6	C	25.65 % / 70.06 %
7	B	65.55 % / 31.11 %
8	B	69.21 % / 30.35 %
9	C	68.89 % / 30.79 %
10	C	45.22 % / 39.64 %
11	B	42.56 % / 45.39 %
12	B	22.33 % / 76.68 %
13	B	67.72 % / 31.9 %
14	B	32.64 % / 67.05 %
15	B	41.53 % / 41.19 %
16	A	54.04 % / 32.56 %
17	C	54.39 % / 33.86 %
18	A	44.26 % / 42.21 %
19	B	42.16 % / 50.05 %
20	B	23.31 % / 74.14 %
21	B	68.5 % / 30.96 %
22	B	28.83 % / 68.13 %
23	C	57.31 % / 32.98 %
24	A	61.24 % / 30.96 %
25	C	66.95 % / 30.59 %
26	A	54.84 % / 38.16 %
27	B	66.51 % / 33.46 %
28	B	27.71 % / 67.57 %
29	A	54.43 % / 44.08 %
30	A	40.25 % / 58.95 %

कार्य विश्लेषण	
औसत अंक (%)	36.67%
टॉपर्स स्कोर (%)	63.33%
आपका स्कोर	

//संकेत और समाधान//

1. इंस्टाग्राम ने युवा उपयोगकर्ताओं को ऑनलाइन सुरक्षा प्रदान करने के लिए 'सेफ स्त्री' और 'माई कानून' नाम से दो अभियान शुरू किए हैं।

इंस्टाग्राम ने 'सेफ स्त्री' लॉन्च करने के लिए एक युवा मीडिया आधारित इनसाइट्स-कंपनी और महिलाओं के अधिकार और कानून मंच के साथ साझेदारी की है। इसका उद्देश्य प्लेटफॉर्म पर उपलब्ध सुरक्षा सुविधाओं के बारे में जागरूकता फैलाना है। 'माई कानून' उपयोगकर्ताओं को उनके लिए उपलब्ध कानूनी अधिकारों और सुरक्षा के बारे में सूचित करेगा।

अतः विकल्प (B) सही है।

2. पूर्व अमेरिकी राष्ट्रपति डोनाल्ड ट्रम्प ने में एक नया सोशल मीडिया नेटवर्क लॉन्च करने की योजना की घोषणा की है, जिसे ट्रुथ सोशल कहा जाता है।

हालांकि वह सोशल मीडिया में सक्रिय थे, लेकिन उनके समर्थकों द्वारा यूएस कैपिटल पर धावा बोलने के बाद श्री ट्रम्प को ट्विटर से प्रतिबंधित कर दिया गया और फेसबुक से निलंबित कर दिया गया। पिछले साल, ट्विटर और फेसबुक ने उनके कुछ पोस्ट को हटाना शुरू कर दिया या उन्हें 'भ्रामक' करार दिया।

अतः विकल्प (A) सही है।

3. फर्जी खबरों का मुकाबला करने के लिए सूचना एवं प्रसारण मंत्रालय ने सोशल मीडिया प्लेटफॉर्म टेलीग्राम पर अपना अकाउंट लॉन्च किया है। इसे 'पीआईबी फैक्ट चेक' के रूप में लॉन्च किया गया था, जो टेलीग्राम चैनल रखने वाली कुछ सरकारी संस्थाओं में से एक है, और इसका उद्देश्य केंद्र से संबंधित जानकारी को सत्यापित करना और अपने ग्राहकों को प्रसारित करना है। पहले फैक्ट चेक के नाम पर टेलीग्राम पर फर्जी चैनल चलाए जा रहे थे।

अतः विकल्प (B) सही है।

4. सोशल नेटवर्किंग और माइक्रो-ब्लॉगिंग दिग्गज ट्विटर ने "सुपर फॉलो" नाम से एक नया फीचर लॉन्च किया है। यह फीचर प्लेटफॉर्म पर कंटेंट क्रिएटर्स को सब्सक्राइबर्स को एक्सक्लूसिव प्रीमियम कंटेंट मुहैया कराने की अनुमति देता है। यह निर्माताओं को अपने अनुयायियों के साथ प्रीमियम सामग्री साझा करके मासिक राजस्व अर्जित करने की अनुमति देता है।

अतः विकल्प (A) सही है।

5. देश के सूचना और संचार प्रौद्योगिकी मंत्रालय के अनुसार, बांग्लादेश फेसबुक के विकल्प के रूप में अपना सोशल मीडिया प्लेटफॉर्म 'जोगाजोग' बनाने के लिए तैयार है।

यह व्हाट्सएप के लिए 'अलपोन' नामक एक ऐप बनाने के लिए भी तैयार है। इस जोगाजोग ऐप के जरिए देश के उद्यमी अपना ऑनलाइन मार्केटप्लेस बना सकेंगे। मंत्रालय ने जूम ऑनलाइन के विकल्प के रूप में 'बोइथोक' ऐप और वैक्सीन पंजीकरण के लिए 'सुरोखा ऐप' को सफलतापूर्वक बनाया।

अतः विकल्प (C) सही है।

6. माइक्रोब्लॉगिंग प्लेटफॉर्म ट्विटर ने 3 अगस्त 2021 से अपने फ्लीट्स फीचर को बंद करने की घोषणा की है। बंद करने का कारण अधिक उपयोगकर्ताओं को आकर्षित करने में इसकी विफलता है।

ट्विटर ने पिछले साल नवंबर में इंस्टाग्राम की तरह ही गायब होने वाली कहानियों का फीचर पेश किया था। सामान्य ट्वीट्स के विपरीत, फ्लीट्स 24 घंटों के बाद गायब हो जाते हैं और उन्हें रीट्वीट, लाइक या सार्वजनिक उत्तर नहीं मिलते हैं, और लोग फ्लीट्स पर केवल डायरेक्ट मैसेज के साथ प्रतिक्रिया कर सकते हैं।

अतः विकल्प (C) सही है।

7. स्वास्थ्य मंत्रालय ने अपने सोशल मीडिया प्लेटफॉर्म पर एक सूचनात्मक वीडियो श्रृंखला कोविड गुरुकुल लॉन्च की है।

इसका उद्देश्य कोविड-19 महामारी और देश भर में चलाए जा रहे टीकाकरण अभियान पर प्रामाणिक जानकारी प्रदान करना है। इस श्रृंखला में वयोवृद्ध जन स्वास्थ्य विशेषज्ञ, नीति निर्माता, डॉक्टर, वैज्ञानिक और स्वास्थ्य पेशेवर भाग लेंगे।

अतः विकल्प (B) सही है।

8. सोशल मीडिया प्लेटफॉर्म फेसबुक ने अमेरिका में स्वतंत्र लेखकों को बढ़ावा देने के उद्देश्य से बुलेटिन नामक प्रकाशन और सदस्यता टूल के एक सेट की घोषणा की है।

बुलेटिन में सामग्री के निर्माण, मुद्रीकरण और दर्शकों के विकास पर केंद्रित समर्थन शामिल होगा। इसका उद्देश्य पॉडकास्ट से लेकर लाइव ऑडियो रूम तक एक ही स्थान पर लेखन और ऑडियो सामग्री का समर्थन करने के लिए अपने मौजूदा उपकरणों को एकीकृत करना है।

अतः विकल्प (B) सही है।

9. स्क्वायर इंक, जो ट्विटर के मालिक जैक डोर्सी से संबंधित है, ने घोषणा की है कि वह एक ओपन-सोर्स, सौर-संचालित बिटकॉइन खनन सुविधा के निर्माण के लिए 5 मिलियन का निवेश करेगा।

इस संबंध में, स्क्वायर इंक ने ब्लॉकचैन टेक्नोलॉजी कंपनी ब्लॉकस्ट्रीम माइनिंग के साथ एक साझेदारी की घोषणा की है और प्रस्तावित सुविधा का निर्माण संयुक्त राज्य अमेरिका में ब्लॉकस्ट्रीम की साइटों में से एक पर किया जाएगा।

अतः विकल्प (C) सही है।

10. सोशल मीडिया की दिग्गज कंपनी व्हाट्सएप ने भारत सरकार द्वारा लाए गए नए डेटा सुरक्षा नियमों के खिलाफ दिल्ली उच्च न्यायालय का रुख किया है, जिसमें एंड-टू-एंड डेटा एन्क्रिप्शन को तोड़ने की आवश्यकता है।

भारत सरकार ने कहा है कि वह निजता के अधिकार का सम्मान करती है, लेकिन साथ ही अपराधों को बढ़ावा देने वाले संदेशों के पहले प्रवर्तक की पहचान करना आवश्यक है।

अतः विकल्प (C) सही है।

11. इलेक्ट्रॉनिक्स और सूचना प्रौद्योगिकी मंत्रालय 2021 में अधिसूचित नए सोशल मीडिया नियमों से जुड़ा है। इलेक्ट्रॉनिक्स और सूचना प्रौद्योगिकी मंत्रालय (MeiTY) ने सभी सोशल मीडिया बिचौलियों से नए 'सूचना प्रौद्योगिकी (मध्यवर्ती दिशानिर्देश और डिजिटल नैतिकता संहिता) नियम, 2021' के अनुपालन विवरण मांगे हैं।

नए सोशल मीडिया नियमों का पालन करने के लिए सोशल मीडिया प्लेटफॉर्म को प्रदान की गई तीन महीने की विंडो 26 मई, 2021 को समाप्त हो गई। नियम आचार संहिता लागू करते हैं और तीन स्तरीय शिकायत निवारण ढांचे को अनिवार्य करते हैं।

अतः विकल्प (B) सही है।

12. वर्ष 2020 में, भारत ने उपयोगकर्ता डेटा प्रदान करने के लिए, सोशल मीडिया दिग्गज फेसबुक से 40,300 अनुरोध किए थे। फेसबुक से सबसे अधिक डेटा अनुरोध करने में भारत अमेरिका के बाद दूसरे स्थान पर है।

साथ ही, केंद्रीय इलेक्ट्रॉनिक्स और सूचना प्रौद्योगिकी मंत्रालय के निर्देशों के जवाब में, फेसबुक ने वर्ष 2020 में 878 वस्तुओं तक पहुंच प्रतिबंधित कर दी है, क्योंकि ये सूचना प्रौद्योगिकी अधिनियम, 2000 की धारा 69A का उल्लंघन कर रहे थे।

अतः विकल्प (B) सही है।

13. माइक्रो-ब्लॉगिंग प्लेटफॉर्म ट्विटर वैश्विक स्तर पर एक नए टिप जार फीचर का परीक्षण कर रहा है, जहां आईओएस और एंड्रॉइड उपयोगकर्ता सीधे अपने पसंदीदा खातों में पैसे भेज सकते हैं।

प्रारंभ में, दुनिया भर में गैर-लाभकारी, पत्रकारों और रचनाकारों सहित लोगों का एक छोटा समूह, जो अंग्रेजी में ट्विटर का उपयोग करते हैं, अपने प्रोफ़ाइल में टिप जार को जोड़ने और सुझाव प्राप्त करने में सक्षम होंगे।

अतः विकल्प (B) सही है।

14. केंद्र सरकार ने हाल ही में भारत में 5 मिलियन (50 लाख) पंजीकृत उपयोगकर्ताओं को सोशल मीडिया मध्यस्थ के लिए एक महत्वपूर्ण सोशल मीडिया मध्यस्थ के रूप में परिभाषित करने की सीमा के रूप में निर्दिष्ट किया है।

सूचना प्रौद्योगिकी (मध्यस्थ दिशानिर्देश और डिजिटल मीडिया आचार संहिता) नियम 2021 में 'महत्वपूर्ण सोशल मीडिया मध्यस्थ' शब्द का उल्लेख है।

अतः विकल्प (B) सही है।

15. फेसबुक के स्वामित्व वाली सोशल कम्युनिकेशन दिग्गज "व्हाट्सएप" ने घोषणा की है कि, उसकी नई गोपनीयता नीति के कार्यान्वयन में 3 महीने की देरी हुई है। गोपनीयता नीति मूल रूप से 8 फरवरी, 2021 को लागू होने वाली थी।

नई गोपनीयता नीति को जनता की कड़ी आलोचना का सामना करना पड़ा है और इसके कारण उपयोगकर्ताओं को व्हाट्सएप से सिग्नल और टेलीग्राम जैसे अन्य प्लेटफार्मों पर बड़े पैमाने पर पलायन करना पड़ा है।

अतः विकल्प (B) सही है।

16. UC FTC (फेडरल ट्रेड कमिशन) ने शर्मन एंटी-ट्रस्ट एक्ट के तहत फेसबुक के खिलाफ ट्रस्ट-विरोधी मुकदमा दायर किया। मुकदमे के अनुसार, फेसबुक की कार्यवाहियां उपभोक्ताओं को प्रतिस्पर्धा के लाभ से वंचित करती हैं। शेरमेन एक्ट संयुक्त राज्य अमेरिका का एक अविश्वास अधिनियम है, जिसे 1890 में पारित किया गया था।

अतः विकल्प (A) सही है।

17. केरल के राज्यपाल आरिफ मोहम्मद खान ने केरल पुलिस अधिनियम में संशोधन करने वाले अध्यादेश पर हस्ताक्षर किए हैं। इससे महिलाओं और बच्चों को लक्षित करने के लिए सोशल मीडिया का शोषण करने वाले व्यक्तियों के खिलाफ मुकदमा चलाने के लिए कानून प्रवर्तन को सशक्त बनाने की उम्मीद है।

अक्टूबर में, राज्य मंत्रिमंडल ने सोशल मीडिया के माध्यम से किसी भी व्यक्ति को डराने-धमकाने के लिए अपमानजनक सामग्री के उत्पादन, प्रकाशन या प्रसार के दोषी लोगों के लिए पांच साल की कैद और ₹ 10,000 के जुर्माने की सिफारिश करने के लिए अधिनियम में संशोधन करने का फैसला किया था।

अतः विकल्प (C) सही है।

18. फेसबुक ने अपने मैसेंजर प्लेटफॉर्म में 'वैनिशिंग मैसेज' फीचर को लॉन्च करने की घोषणा की है।

गायब होने वाले संदेशों का एक समान फीचर सबसे पहले व्हाट्सएप में पेश किया गया था। नए मोड के तहत, एक बार रिसीवर द्वारा इसे अपनी चैट में पढ़ने और विंडो बंद करने के बाद संदेश गायब हो जाएंगे। इस फीचर को सेंडर और रिसीवर दोनों में एक्टिवेट करना होगा।

अतः विकल्प (A) सही है।

19. व्हाट्सएप को चरणबद्ध तरीके से यूनिफाइड पेमेंट इंटरफेस (यूपीआई) में प्रवेश करने के लिए भारतीय राष्ट्रीय भुगतान निगम (एनपीसीआई) की मंजूरी मिली है।

फेसबुक के स्वामित्व वाली सोशल मीडिया कंपनी के भारत में 40 करोड़ से ज्यादा यूजर्स हैं। यूपीआई भुगतान सेवा को शुरुआत में 2 करोड़ व्हाट्सएप उपयोगकर्ताओं के लिए शुरू किए जाने की उम्मीद है। एनपीसीआई ने कहा कि हर तीसरे पक्ष के भुगतान ऐप के माध्यम से कुल भुगतान मात्रा पर 30% की सीमा लागू की जाएगी।

अतः विकल्प (B) सही है।

20. फेसबुक ने राष्ट्रीय मतदाता पंजीकरण दिवस (22 सितंबर) से पहले 25 लाख लोगों को अमेरिकी मतदाताओं के रूप में पंजीकृत होने में मदद की है। इसके अलावा, इसका लक्ष्य 2020 में संयुक्त राज्य में 4 मिलियन योग्य मतदाताओं को पंजीकृत करना है।

अतः विकल्प (B) सही है।

21. सोशल मीडिया दिग्गज फेसबुक ने हाल ही में फेसबुक बिजनेस सूट लॉन्च किया है, जो लोगों के लिए अपने छोटे व्यवसायों का प्रबंधन करने के लिए एक नया इंटरफेस है।

जो लोग फेसबुक और इंस्टाग्राम पर अपना व्यवसाय संचालित करते हैं, वे एकल इंटरफेस का उपयोग करके, अपनी पोस्ट को बूस्ट करने सहित, अपनी प्रोफ़ाइल और विज्ञापनों को प्रबंधित कर सकते हैं. वे एक इंटरफेस में व्यवसाय से संबंधित सभी सूचनाएं और अलर्ट प्राप्त कर सकते हैं।

अतः विकल्प (B) सही है।

22. सोशल मीडिया मेजर फेसबुक ने सोशल मीडिया मार्केटिंग प्रोफेशनल सर्टिफिकेट लॉन्च करने के लिए अग्रणी एड-टेक प्लेटफॉर्म कौरसेरा के साथ साझेदारी की है।

दोनों कंपनियों की एक संयुक्त आधिकारिक विज्ञप्ति के अनुसार, पांच-कोर्स कार्यक्रम के तहत, शिक्षार्थियों को सोशल मीडिया मार्केटिंग में प्रशिक्षित किया जाता है, जिसमें प्रभावशाली सामग्री बनाना, उपयोगकर्ता डेटा की सुरक्षा करना शामिल है। शीर्ष नियोक्ताओं के साथ शिक्षार्थियों को संबंधित नौकरियों के लिए तैयार किया जाता है।

अतः विकल्प (B) सही है।

23. सोशल मीडिया प्रमुख ट्विटर इंडिया ने हाल ही में मानसिक स्वास्थ्य और आत्महत्या की रोकथाम पर संसाधनों के लिए एक समर्पित सर्च प्रॉम्प्ट लॉन्च किया है।

विश्व आत्महत्या रोकथाम दिवस के मौके पर इस पहल की शुरुआत की गई है। नेशनल इंस्टीट्यूट ऑफ मेंटल हेल्थ एंड न्यूरोसाइंसेज (NIMHANS) के सहयोग से सर्च प्रॉम्प्ट #thereIsHelp को लॉन्च किया गया है।

अतः विकल्प (C) सही है।

24. बांग्लादेश ने हाल ही में सोशल मीडिया पर फर्जी सूचनाओं को रोकने के लिए 'असोल चीनी' नाम से एक राष्ट्रव्यापी अभियान शुरू किया है।

'असोल चीनी' अभियान, जिसका अर्थ है 'वास्तविक पहचान', का उद्देश्य नकली सूचनाओं और अफवाहों को रोकने के लिए डिजिटल साक्षरता का निर्माण करना है। तीन महीने लंबे इस अभियान को लागू करने के लिए एक डिजिटल प्लेटफॉर्म Durbar21.org बनाया गया है।

अतः विकल्प (A) सही है।

25. तुर्की की संसद ने एक नए कानून को मंजूरी दी जो उसके अधिकारियों को सोशल मीडिया सामग्री को विनियमित करने की अधिक शक्ति देता है।

कानून के अनुसार, फेसबुक और ट्विटर जैसी प्रमुख सोशल मीडिया कंपनियों को प्रतिनिधि कार्यालय रखना होगा और तुर्की में उपयोगकर्ता डेटा भी स्टोर करना होगा। सरकार ने कहा कि यह कानून साइबर अपराध का मुकाबला करेगा और उपयोगकर्ताओं की रक्षा करेगा और प्राधिकरण साइबर बदमाशी पोस्ट को हटा सकते हैं।

अतः विकल्प (C) सही है।

26. सोशल मीडिया जायंट व्हाट्सएप ने घोषणा की कि वह भारत में बैंकिंग सेवाओं के विस्तार के लिए बैंकों के साथ साझेदारी करने के लिए तैयार है।

भारत व्हाट्सएप का सबसे बड़ा बाजार है जिसके 400 मिलियन से अधिक उपयोगकर्ता हैं। मैसेजिंग प्लेटफॉर्म ने पहले ही आईसीआईसीआई बैंक और एचडीएफसी बैंक सहित बैंकों के साथ स्वचालित व्यापार संदेश भेजने के लिए

सहयोग किया है। इस साझेदारी से कम आय वाले लोगों और ग्रामीण क्षेत्रों में बैंकिंग सेवाओं का विस्तार करने में मदद मिलेगी।

अतः विकल्प (A) सही है।

27. बांग्लादेश की नियामक संस्था, बांग्लादेश टेलीकॉम रेगुलेटरी कमीशन (BTRC) ने टेलीकॉम कंपनियों को अपने ग्राहकों को सोशल मीडिया एक्सेस करने के लिए मुफ्त इंटरनेट सेवाएं बंद करने का निर्देश दिया है।

यह फैसला इसलिए लिया गया है क्योंकि इस सुविधा का इस्तेमाल कुछ लोग सोशल मीडिया पर आपराधिक गतिविधियों में लिप्त होने के लिए कर रहे हैं। इस प्रतिबंध से कंपनियों के बीच खराब प्रतिस्पर्धा पर भी प्रतिबंध लगने की उम्मीद है।

अतः विकल्प (B) सही है।

28. भारत की साइबर सुरक्षा नोडल एजेंसी, इंडियन कंप्यूटर इमरजेंसी रिस्पांस टीम, सीईआरटी-इन ने सोशल मीडिया जायंट ट्विटर को नोटिस जारी कर हाई-प्रोफाइल उपयोगकर्ताओं को लक्षित करने वाली हालिया वैश्विक हैकिंग घटना का पूरा विवरण मांगा है।

सीईआरटी-इन ने उन भारतीय उपयोगकर्ताओं की संख्या के बारे में भी जानकारी मांगी है जो प्रभावित हुए हैं और जिन्होंने दुर्भावनापूर्ण ट्वीट और लिंक देखे हैं। कहा जाता है कि ऑपरेशन के तौर-तरीके भी ट्विटर से मांगे गए थे।

अतः विकल्प (B) सही है।

29. सोशल मीडिया की दिग्गज कंपनी व्हाट्सएप ने भारत में 'इट्स बिटवीन यू' नाम से अपना पहला ब्रांड अभियान शुरू किया है।

व्हाट्सएप ने भारतीय निदेशक गौरी शिंदे के साथ विज्ञापन एजेंसी बीबीडीओ इंडिया के साथ मिलकर दो विज्ञापन तैयार किए हैं, जो इस बात पर प्रकाश डालते हैं कि व्हाट्सएप की विशेषताएं व्यक्तिगत बातचीत की नकल करने में कैसे मदद करती हैं।

अतः विकल्प (A) सही है।

30. भारत के उपराष्ट्रपति देश का पहला सोशल मीडिया सुपर-एप्लीकेशन 'एलीमेंट्स' नाम से लॉन्च करने के लिए तैयार हैं। 1000 से अधिक आईटी पेशेवरों ने आवेदन बनाया है।

एप्लिकेशन, जो 8 से अधिक भारतीय भाषाओं में उपलब्ध होगा, का उद्देश्य लोकप्रिय सोशल मीडिया एप्लिकेशन की विशेषताओं को जोड़ना और इसे एक एकीकृत ऐप पर प्रस्तुत करना है। इसमें मुफ्त ऑडियो और वीडियो कॉल और चैट जैसे फीचर भी हैं।

अतः विकल्प (A) सही है।

Q.1 एक आपराधिक कंप्यूटर से हटाई गई या क्षतिग्रस्त फ़ाइलों को पुनर्प्राप्त करने और पढ़ने की क्षमता ________ नामक कानून प्रवर्तन विशेषता का एक उदाहरण है।

A. रोबोटिक्स
B. सिमुलेशन
C. कंप्यूटर फोरेंसिक्स
D. एनीमेशन

Q.2 एक ________ प्रणाली एक छोटा, वायरलेस हैंडहेल्ड कंप्यूटर है जो एक आइटम टैग को स्कैन करता है और आपके द्वारा खरीदारी करते समय वर्तमान मूल्य (और कोई विशेष ऑफ़र) का संरक्षण करता है।

A. पीएसएस
B. पीओएस
C. इन्वेंटरी
D. डेटा माइनिंग

Q.3 ________ को छोड़कर निम्नलिखित सभी वास्तविक सुरक्षा और गोपनीयता जोखिमों के उदाहरण हैं।

A. हैकर्स
B. स्पैम
C. वायरस
D. चोरी की पहचान

Q.4 बायोस को ________ पर संग्रहीत किया जाता है।

A. रैम
B. फ्लैश मेमोरी चिप
C. हार्ड ड्राइव
D. उपरोक्त सभी

Q.5 एसक्यूएल का मतलब ________ है।

A. स्टेट क्वेरी लैंग्वेज
B. स्ट्रक्चर्ड क्वेरी लैंग्वेज
C. स्ट्रक्चर्ड क्वेरी लाइसन
D. स्ट्रक्चर्ड क्वेरी लीनियर

Q.6 पावरपॉइंट व्यू जो केवल टेक्स्ट (शीर्षक और बुलेट) प्रदर्शित करता है?

A. स्लाइड शो
B. स्लाइड सॉर्टर व्यू
C. नोट्स पेज व्यू
D. आउटलाइन व्यू

Q.7 वीएलएसआई का मतलब ________ है।

A. वैरी लार्ज स्केल इम्यूनाइजेशन
B. वैरी लार्ज स्केल इंटीग्रेशन
C. वैरी लार्ज स्केल इंडस्ट्री
D. वैरी लो स्केल इम्यूनाइजेशन

Q.8 ________ सुरक्षा पहुंच के लिए उपयोग की जाने वाली उंगलियों के निशान और रेटिना स्कैन जैसी चीजों का माप है।

A. बॉयोमेट्रिक्स
B. बायो मेज़रमेंट
C. कंप्यूटर सिक्योरिटी
D. स्मार्ट वेपन मशीनरी

Q.9 उस एप्लिकेशन प्रोग्राम का क्या नाम है जो उपयोगकर्ता की जानकारी एकत्र करता है और उसे इंटरनेट के माध्यम से किसी को भेजता है?

A. वाइरस
B. स्पाईबोट
C. लॉजिक बम
D. सुरक्षा पैच

Q.10 जब एक लॉजिक बम समय से संबंधित घटना से सक्रिय होता है, तो इसे ________ के रूप में जाना जाता है।

A. समय-संबंधित बम अनुक्रम
B. वाइरस
C. टाइम बम
D. ट्रोजन हॉर्स

Q.11 किस प्रकार का वायरस स्वयं को पुन: उत्पन्न करने के लिए कंप्यूटर होस्ट का उपयोग करता है?

A. वर्म
B. टाइम बम
C. मेलिसा वायरस
D. मैक्रो वायरस

Q.12 एक प्रोग्राम जो एक साथ विनाशकारी कृत्यों की अनुमति देते हुए एक उपयोगी कार्य करता है, एक ________ है।

A. वर्म
B. ट्रोजन हॉर्स
C. वायरस
D. मैक्रो वायरस

Q.13 मालिशियस सॉफ़्टवेयर को ________ के रूप में जाना जाता है।

A. बैडवेयर
B. मैलवेयर
C. ट्रोजन हॉर्स
D. इललीगल वेयर

Q.14 व्यक्तिगत जानकारी एकत्र करना और प्रभावी रूप से किसी अन्य व्यक्ति के रूप में प्रस्तुत करना ________ के अपराध के रूप में जाना जाता है।

A. स्पूलिंग
B. पहचान की चोरी
C. हैकिंग
D. स्पूफिंग

Q.15 स्वचालित संगठनों में बड़े लेनदेन प्रसंस्करण सिस्टम ________ का उपयोग करते हैं।

A. ऑनलाइन प्रोसेसिंग
B. बैच प्रोसेसिंग
C. दिन में एक बार प्रोसेसिंग
D. दिन के अंत में प्रोसेसिंग

Q.16 जब एक कंप्यूटर को चालू किया जाता है, तो बूटिंग प्रक्रिया कौन-सा परीक्षण करती है?

A. पावर ऑन सेल्फ टेस्ट
B. इंटीग्रिटी टेस्ट
C. सही फंक्शनिंग टेस्ट
D. विश्वसनीयता टेस्ट

Q.17 कंप्यूटर प्रोग्राम के निर्देशों को निष्पादित करने में कंप्यूटर का कौन सा भाग सीधे शामिल होता है?

A. स्कैनर
B. मुख्य स्टोरेज
C. प्रोसेसर
D. सेकेंडरी स्टोरेज

Q.18 ________ डिस्क को ट्रैक और सेक्टर में विभाजित करने की प्रक्रिया है।

A. ट्रैकिंग
B. फार्मेटिंग
C. क्रेशिंग
D. एलॉटिंग

Q.19 रिबन का प्रयोग किसमें किया जाता है?

A. लेजर प्रिंटर
B. प्लॉटर
C. इंकजेट प्रिंटर
D. डॉट मैट्रिक्स प्रिंटर

Q.20 एक डीएनएस डोमेन नाम का अनुवाद किसमें करता है?

A. बाइनरी
B. हेक्स
C. आईपी
D. यूआरएल

Q.21 किस प्रकार की मेमोरी वोलेटाइल होती है?

A. कैश
B. रैम
C. रोम
D. हार्ड ड्राइव

Q.22 नेटवर्क में हब के बजाय स्विच का उपयोग क्यों किया जाएगा?

A. नेटवर्क ट्रैफिक को कम करने के लिए
B. सभी वायरस के प्रसार को रोकने के लिए
C. कंप्यूटर को सीधे इंटरनेट से जोड़ने के लिए
D. कार्य स्टेशन पर पासवर्ड सुरक्षा का प्रबंधन करने के लिए

Q.23 निम्नलिखित में से कौन एसरैम की विशिष्ट विशेषताओं का वर्णन करता है?

A. सस्ता लेकिन धीमा
B. बिजली की अधिक खपत और बहुत महंगा

C. ट्रांजिस्टर-संधारित्र संयोजन के आधार पर
D. बिजली की कम खपत

Q.24 फर्मवेयर का क्या मतलब है?
A. सॉफ्टवेयर
B. हार्डवेयर
C. हार्डवेयर पर उपलब्ध सॉफ्टवेयर
D. इनमें से कोई नहीं

Q.25 GHz शब्द कंप्यूटर की किस विशेषता का सूचक है?
A. पिक्सेल की संख्या   B. स्क्रीन रेसोलुशन
C. स्पीड   D. स्टोरेज

Q.26 एक कियोस्क _________ प्रदान करता है।
A. डिजिटल प्रमाण पत्र   B. टच स्क्रीन एप्लीकेशन
C. इंटरनेट सेवाएं   D. इनमें से कोई नहीं

Q.27 निम्नलिखित में से कौन सूचना प्रौद्योगिकी की उपयुक्त परिभाषा है?
A. सूचना प्रौद्योगिकी का तात्पर्य सूचना के प्रसंस्करण के लिए हार्डवेयर और सॉफ्टवेयर के उपयोग से है
B. सूचना प्रौद्योगिकी उपयोगी सूचना के वितरण के लिए हार्डवेयर और सॉफ्टवेयर के उपयोग को संदर्भित करती है
C. सूचना प्रौद्योगिकी का तात्पर्य कई प्रकार की सूचनाओं के भंडारण, पुनर्प्राप्ति, प्रसंस्करण और वितरण के लिए हार्डवेयर और सॉफ्टवेयर के उपयोग से है।
D. सूचना प्रौद्योगिकी कई प्रकार की सूचनाओं के प्रसंस्करण के लिए भौतिक विज्ञान और सामाजिक विज्ञान के सिद्धांतों के उपयोग को संदर्भित करती है

Q.28 एक प्रणाली को _________ कहा जाता है जब इनपुट, प्रोसेस और आउटपुट निश्चित रूप से ज्ञात होते हैं।
A. प्रोबेबिलिस्टिक   B. डिटर्मिनिस्टिक
C. खुला हुआ   D. बंद

Q.29 आप अपनी स्प्रैडशीट में पंक्तियों को फ़्रीज़ क्यों करना चाहेंगे?
A. केवल फ़्रीज़ की गई पंक्तियों को संशोधित करने के लिए
B. फ़्रीज़ हुए पंक्ति में दर्ज किए जाने वाले डेटा को सीमित करने के लिए
C. सहयोग द्वारा पंक्तियों को संपादित होने से रोकने के लिए
D. स्प्रैडशीट में स्क्रॉल करने के लिए फ़्रीज़ हुए पंक्तियों को देखना जारी रखते हुए

Q.30 यूनिकोड एन्कोडिंग योजना एक वर्ण को निम्न के समूह के रूप में दर्शाती है:
A. 4 बिट्स   B. 8 बिट्स   C. 12 बिट्स   D. 16 बिट्स

// स्मार्ट उत्तर पुस्तिका //

सही उत्तर उन छात्रों के प्रतिशत को इंगित करता है जिन्होंने प्रश्नों का सही उत्तर दिया था।

छोड़ दिया उन छात्रों के प्रतिशत को इंगित करता है जिन्होंने प्रश्नों को छोड़ दिया था।

प्रश्न संख्या	उत्तर	सही उत्तर / छोड़ दिया
1	C	26.28 % / 70.48 %
2	B	40.31 % / 32.67 %
3	B	45.08 % / 41.11 %
4	B	81.61 % / 11.18 %
5	B	84.95 % / 13.12 %
6	D	41.54 % / 52.15 %

प्रश्न संख्या	उत्तर	सही उत्तर / छोड़ दिया
7	B	55.01 % / 36.74 %
8	A	22.31 % / 76.96 %
9	B	64.07 % / 35.8 %
10	C	55.88 % / 36.76 %
11	A	51.35 % / 39.28 %
12	B	31.36 % / 67.94 %

प्रश्न संख्या	उत्तर	सही उत्तर / छोड़ दिया
13	B	53.02 % / 40.25 %
14	B	60.79 % / 33.17 %
15	B	59.52 % / 32.18 %
16	C	81.19 % / 11.8 %
17	C	41.15 % / 54.71 %
18	B	79.06 % / 11.06 %

प्रश्न संख्या	उत्तर	सही उत्तर / छोड़ दिया
19	D	61.07 % / 35.26 %
20	C	68.2 % / 30.64 %
21	B	51.1 % / 41.43 %
22	A	68.41 % / 30.15 %
23	B	30.37 % / 67.68 %
24	C	52.87 % / 40.34 %

प्रश्न संख्या	उत्तर	सही उत्तर / छोड़ दिया
25	C	85.2 % / 10.97 %
26	C	40.27 % / 32.26 %
27	C	13.18 % / 67.8 %
28	B	40.8 % / 38.75 %
29	D	47.42 % / 48.82 %
30	B	87.38 % / 11.74 %

कार्य विश्लेषण	
औसत अंक (%)	56.67%
टॉपर्स स्कोर (%)	60.0%
आपका स्कोर	

//संकेत और समाधान//

1. एक आपराधिक कंप्यूटर से हटाई गई या क्षतिग्रस्त फ़ाइलों को पुनर्प्राप्त करने और पढ़ने की क्षमता कंप्यूटर फोरेंसिक नामक कानून प्रवर्तन विशेषता का एक उदाहरण है।

कंप्यूटर फोरेंसिक कानूनी रूप से स्वीकार्य तरीके से डिजिटल डेटा एकत्र करने, विश्लेषण करने और रिपोर्ट करने का अभ्यास है। इसका उपयोग अपराध का पता लगाने और रोकथाम में और किसी भी विवाद में जहां सबूत डिजिटल रूप से संग्रहीत किया जाता है।

अत: विकल्प (C) सही है।

2. एक पीओएस सिस्टम एक छोटा, वायरलेस हैंडहेल्ड कंप्यूटर है जो किसी आइटम के टैग को स्कैन करता है और आपके द्वारा खरीदारी करते समय वर्तमान मूल्य (और कोई विशेष ऑफ़र) का संरक्षण करता है।

एक पॉइंट-ऑफ-सेल (पीओएस) लेन-देन एक व्यापारी और एक ग्राहक के बीच होता है जब कोई उत्पाद या सेवा खरीदी जाती है, आमतौर पर लेनदेन को पूरा करने के लिए पॉइंट-ऑफ-सेल सिस्टम का उपयोग किया जाता है। पीओएस सिस्टम लेनदेन और भुगतान की प्रक्रिया के लिए पीओएस मशीन बनाने के लिए पीओएस हार्डवेयर और पीओएस सॉफ्टवेयर का एक संयोजन है। एक पॉइंट-ऑफ-सेल सिस्टम एक व्यवसाय का महत्वपूर्ण अंग है और इसका उपयोग कई आवश्यक कार्यों जैसे इन्वेंट्री प्रबंधन, श्रम रिपोर्टिंग, मेनू अनुकूलन, मूल्य समायोजन, कर्मचारी प्रबंधन, बिक्री रिपोर्टिंग, ग्राहक प्रबंधन, विपणन पहल, और बहुत कुछ के लिए किया जाता है।

अत: विकल्प (B) सही है।

3. स्पैम को छोड़कर निम्नलिखित सभी वास्तविक सुरक्षा और गोपनीयता जोखिमों के उदाहरण हैं।

स्पैमिंग इलेक्ट्रॉनिक प्लेटफॉर्म पर बिन बुलाए संदेश भेजने की क्रिया है। इनका उपयोग आम तौर पर कॉर्पोरेट घरानों द्वारा अपने उत्पाद या सेवा का विज्ञापन करने के लिए किया जाता है। बाकी विकल्पों के विपरीत स्पैमिंग उपयोगकर्ता की सुरक्षा या गोपनीयता के लिए खतरा नहीं है क्योंकि यह बहुत सारे अवांछित संदेश भेजने के बारे में है। दूसरी ओर हैकिंग, वायरस और पहचान की चोरी आपकी महत्वपूर्ण जानकारी को निकालने के लिए आपके सिस्टम में सेंध लगाती है जिसे डिजिटल रूप से संग्रहीत किया गया है।

अत: विकल्प (B) सही है।

4. बायोस को फ्लैश मेमोरी चिप पर संग्रहीत किया जाता है।

आधुनिक कंप्यूटर सिस्टम में, बायोस सामग्री को फ्लैश मेमोरी चिप पर संग्रहीत किया जाता है ताकि मदरबोर्ड से चिप को हटाए बिना सामग्री को फिर से लिखा जा सके। यह नई सुविधाओं को जोड़ने या बग को ठीक करने के लिए बायोस सॉफ़्टवेयर को आसानी से अपग्रेड करने की अनुमति देता है लेकिन कंप्यूटर को बायोस रूटकिट के प्रति संवेदनशील बना सकता है।

अत: विकल्प (B) सही है।

5. एसक्यूएल का मतलब स्ट्रक्चर्ड क्वेरी लैंग्वेज है।

एसक्यूएल (स्ट्रक्चर्ड क्वेरी लैंग्वेज) एक मानकीकृत प्रोग्रामिंग लैंग्वेज है जिसका उपयोग रिलेशनल डेटाबेस को प्रबंधित करने और उनमें डेटा पर विभिन्न संचालन करने के लिए किया जाता है। एसक्यूएल नियमित रूप से न केवल डेटाबेस प्रशासकों द्वारा बल्कि डेटा एकीकरण स्क्रिप्ट लिखने वाले डेवलपर्स और विश्लेषणात्मक प्रश्नों को सेट करने और चलाने के लिए देख रहे डेटा विश्लेषकों द्वारा भी उपयोग किया जाता है।

अत: विकल्प (B) सही है।

6. पावरपॉइंट व्यू जो केवल टेक्स्ट (शीर्षक और बुलेट) प्रदर्शित करता है, एक आउटलाइन व्यू है।

पावरपॉइंट में आउटलाइन व्यू आपकी प्रस्तुति को प्रत्येक स्लाइड के शीर्षकों और मुख्य टेक्स्ट से बनी आउटलाइन के रूप में प्रदर्शित करता है। प्रत्येक शीर्षक फलक के बाईं ओर दिखाई देता है जिसमें एक स्लाइड आइकन और स्लाइड नंबर के साथ आउटलाइन टैब होता है।

अत: विकल्प (D) सही है।

7. वीएलएसआई का मतलब वैरी लार्ज स्केल इंटीग्रेशन है।

वैरी लार्ज स्केल इंटीग्रेशन (वीएलएसआई) एक सिलिकॉन सेमीकंडक्टर माइक्रोचिप पर सैकड़ों हजारों ट्रांजिस्टर को एकीकृत या एम्बेड करने की प्रक्रिया है। वीएलएसआई तकनीक की कल्पना 1970 के दशक के अंत में की गई थी जब उन्नत स्तर के कंप्यूटर प्रोसेसर माइक्रोचिप्स विकास के अधीन थे। वीएलएसआई माइक्रोचिप प्रोसेसर, एकीकृत सर्किट (आईसी), और घटक डिजाइनिंग के लिए सबसे व्यापक रूप से उपयोग की जाने वाली तकनीकों में से एक है।

अत: विकल्प (B) सही है।

8. बायोमेट्रिक्स सुरक्षा पहुंच के लिए उपयोग की जाने वाली उंगलियों के निशान और रेटिना स्कैन जैसी चीजों का माप है।

बॉयोमीट्रिक्स मानव विशेषताओं से संबंधित शरीर माप और गणना हैं। बायोमेट्रिक प्रमाणीकरण (या यथार्थवादी प्रमाणीकरण) का उपयोग कंप्यूटर विज्ञान में पहचान और अभिगम नियंत्रण के रूप में किया जाता है। इसका उपयोग उन समूहों में व्यक्तियों की पहचान करने के लिए भी किया जाता है जो निगरानी में हैं।

अत: विकल्प (A) सही है।

9. स्पाईबोट एप्लिकेशन प्रोग्राम उपयोगकर्ता की जानकारी एकत्र करता है और इसे इंटरनेट के माध्यम से किसी को भेजता है।

स्पाइवेयर अवांछित सॉफ्टवेयर है जो कंप्यूटिंग डिवाइस में घुसपैठ करता है, इंटरनेट उपयोग डेटा और संवेदनशील जानकारी चुराता है और इसे इंटरनेट पर किसी को भेजता है।

अत: विकल्प (B) सही है।

10. जब कोई लॉजिक बम समय से संबंधित घटना से सक्रिय होता है, तो इसे टाइम बम के रूप में जाना जाता है।

लॉजिक बम एक दुर्भावनापूर्ण प्रोग्राम है जो तार्किक स्थिति के पूरा होने पर ट्रिगर होता है, जैसे कि कई लेन-देन संसाधित होने के बाद, या किसी विशिष्ट तिथि पर (जिसे टाइम बम भी कहा जाता है)।

अत: विकल्प (C) सही है।

11. वर्म एक प्रकार का वायरस है जो खुद को पुन: उत्पन्न करने के लिए कंप्यूटर होस्ट का उपयोग करता है।

कंप्यूटर वर्म एक स्टैंडअलोन मैलवेयर कंप्यूटर प्रोग्राम है जो अन्य कंप्यूटरों में फैलने के लिए खुद को दोहराता है। यह अक्सर अपने आप को फैलाने के लिए एक कंप्यूटर नेटवर्क का उपयोग करता है, इसे एक्सेस करने के लिए लक्ष्य कंप्यूटर पर सुरक्षा विफलताओं पर निर्भर करता है। यह इस मशीन का उपयोग अन्य कंप्यूटरों को स्कैन और संक्रमित करने के लिए एक मेजबान के रूप में करेगा।

अत: विकल्प (A) सही है।

12. एक प्रोग्राम जो एक साथ विनाशकारी कृत्यों की अनुमति देते हुए एक उपयोगी कार्य करता है, एक ट्रोजन हॉर्स है।

ट्रोजन हॉर्स, या ट्रोजन, एक प्रकार का दुर्भावनापूर्ण कोड या सॉफ़्टवेयर है जो देखने में तो वैध लगता है लेकिन आपके कंप्यूटर को नियंत्रित कर सकता है। एक ट्रोजन को आपके डेटा या नेटवर्क को नुकसान पहुंचाने, बाधित करने, चोरी करने या सामान्य रूप से कुछ अन्य हानिकारक कार्रवाई करने के लिए

डिज़ाइन किया गया है। एक बार स्थापित होने के बाद, ट्रोजन वह क्रिया कर सकता है जिसके लिए इसे डिज़ाइन किया गया था।

अत: विकल्प (B) सही है।

13. मालिशियस सॉफ्टवेयर को मैलवेयर के रूप में जाना जाता है।

मैलवेयर विभिन्न मालिशियस सॉफ्टवेयर के लिए एक कैच-ऑल टर्म है, जिसमें वायरस, एडवेयर, स्पाइवेयर, ब्राउज़र हाईजैकिंग सॉफ्टवेयर और नकली सुरक्षा सॉफ्टवेयर शामिल हैं। एक बार आपके कंप्यूटर पर इंस्टॉल हो जाने पर, ये प्रोग्राम आपकी गोपनीयता और आपके कंप्यूटर की सुरक्षा को गंभीर रूप से प्रभावित कर सकते हैं।

अत: विकल्प (B) सही है।

14. व्यक्तिगत जानकारी एकत्र करना और प्रभावी रूप से किसी अन्य व्यक्ति के रूप में प्रस्तुत करना पहचान की चोरी के अपराध के रूप में जाना जाता है।

पहचान की चोरी किसी की व्यक्तिगत जानकारी को अवैध रूप से प्राप्त करने से संबंधित है जो आर्थिक लाभ के लिए किसी की पहचान को परिभाषित करती है। यह साइबर चोरी का सबसे आम रूप है। पहचान की चोरी हो सकती है चाहे धोखाधड़ी पीड़ित जीवित हो या मृत। कई ईमेल-आईडी बनाकर नकली खाता बनाना या प्रतिरूपण करना काफी आम हो गया है और इसके परिणामस्वरूप ऐसी कोई भी जानकारी प्राप्त करने के लिए धोखाधड़ी की जाती है जिसका उपयोग साइबर अपराधियों द्वारा पीड़ित की पहचान को असंख्य अपराधों को करने के लिए किया जा सकता है।

अत: विकल्प (B) सही है।

15. स्वचालित संगठनों में बड़े लेनदेन प्रसंस्करण सिस्टम बैच प्रोसेसिंग का उपयोग करते हैं।

बैच प्रोसेसिंग एक समूह या बैच में लेनदेन की प्रक्रिया है। एक बार जब बैच प्रोसेसिंग चल रही हो तो किसी उपयोगकर्ता सहभागिता की आवश्यकता नहीं होती है। यह बैच प्रोसेसिंग को ट्रांजेक्शन प्रोसेसिंग से अलग करता है, जिसमें एक बार में एक ट्रांजैक्शन को प्रोसेस करना शामिल है और इसके लिए यूजर इंटरेक्शन की आवश्यकता होती है।

अत: विकल्प (B) सही है।

16. जब कोई कंप्यूटर चालू होता है, तो बूटिंग प्रक्रिया पावर-ऑन सेल्फ-टेस्ट करती है।

एक पावर-ऑन सेल्फ-टेस्ट (पोस्ट) एक कंप्यूटर या किसी अन्य डिजिटल इलेक्ट्रॉनिक डिवाइस के चालू होने के तुरंत बाद फर्मवेयर या सॉफ्टवेयर रूटीन द्वारा की जाने वाली प्रक्रिया है। यह किसी भी हार्डवेयर से संबंधित मुद्दों की जांच करने के इरादे से, कंप्यूटर द्वारा चालू होने के ठीक बाद किए गए नैदानिक परीक्षणों का प्रारंभिक सेट है।

अत: विकल्प (C) सही है।

17. कंप्यूटर का प्रोसेसर सीधे कंप्यूटर प्रोग्राम के निर्देशों को निष्पादित करने में शामिल होता है।

एक प्रोसेसर (सीपीयू) तर्क सर्किटरी है जो कंप्यूटर को चलाने वाले बुनियादी निर्देशों का जवाब देता है और संसाधित करता है। सीपीयू सबसे बुनियादी अंकगणित, तर्क और इनपुट/आउटपुट संचालन करेगा, साथ ही कंप्यूटर में चल रहे अन्य चिप्स और घटकों के लिए कमांड आवंटित करेगा।

अत: विकल्प (C) सही है।

18. डिस्क को ट्रैक और सेक्टर में विभाजित करने की प्रक्रिया को फार्मेटिंग कहा जाता है।

कंप्यूटर डिस्क स्टोरेज में, एक सेक्टर चुंबकीय डिस्क या ऑप्टिकल डिस्क पर ट्रैक का एक उपखंड होता है। जब कोई डिस्क निम्न-स्तरीय फार्मेट से गुजरती है, तो इसे ट्रैक और सेक्टर में विभाजित किया जाता है। ट्रैक डिस्क के चारों ओर संकेंद्रित वृत्त होते हैं और सेक्टर प्रत्येक सर्कल के भीतर खंड होते हैं।

अत: विकल्प (B) सही है।

19. रिबन का उपयोग डॉट मैट्रिक्स प्रिंटर में किया जाता है।

डॉट मैट्रिक्स प्रिंटर (डीएमपी) के कंप्यूटर प्रिंटर कार्ट्रिज में एक कैसेट और स्याही वाला कपड़ा होता है जिसे प्रिंटर रिबन कहा जाता है। कार्ट्रिज को तब बदल दिया जाता है जब कोई और प्रिंट नहीं लिया जा सकता है, हालांकि लागत बचाने के लिए केवल रिबन भाग को बदला जाता है जिसे रीफिल कहा जाता है।

अत: विकल्प (D) सही है।

20. डीएनएस एक डोमेन नाम को आईपी में ट्रांसलेट करता है।

डीएनएस डोमेन नामों को आईपी पतों में अनुवाद करता है ताकि ब्राउज़र इंटरनेट संसाधनों को लोड कर सकें। इंटरनेट से जुड़े प्रत्येक उपकरण का एक विशिष्ट आईपी पता होता है जिसका उपयोग अन्य मशीनी डिवाइस को खोजने के लिए करती हैं। डीएनएस सर्वर मनुष्यों के लिए आईपी पतों को याद रखने की आवश्यकता को समाप्त कर देते हैं।

अत: विकल्प (C) सही है।

21. रैम मेमोरी वोलेटाइल है।

रैम वोलेटाइल मेमोरी है, जिसका अर्थ है कि जब आप अपने कंप्यूटर को पुनरारंभ या बंद करते हैं तो मॉड्यूल में अस्थायी रूप से संग्रहीत जानकारी मिट जाती है। चूंकि सूचना ट्रांजिस्टर पर विद्युत रूप से संग्रहीत होती है, जब विद्युत प्रवाह नहीं होता, तो डेटा गायब हो जाता है।

अत: विकल्प (B) सही है।

22. नेटवर्क में हब के बजाय स्विच का उपयोग नेटवर्क ट्रैफिक को कम करने के लिए किया जाना चाहिए।

दूसरी ओर, स्विच एक नेटवर्क डिवाइस है जो हब के समान कार्य करता है लेकिन बुद्धिमान ऐसा है कि यह केवल इच्छित लक्ष्यों तक जानकारी स्थानांतरित करता है। तो, यह डेटा नेटवर्क ट्रैफ़िक को कम करता है।

अत: विकल्प (A) सही है।

23. बिजली की अधिक खपत और बहुत महंगा एसरैम की विशिष्ट विशेषताओं का वर्णन करता है।

चूंकि एसरैम को लागू करने के लिए प्रति बिट अधिक ट्रांजिस्टर की आवश्यकता होती है, यह डीरैम की तुलना में कम घना और अधिक महंगा होता है और पढ़ने या लिखने के दौरान बिजली की खपत भी अधिक होती है। एसरैम की बिजली खपत व्यापक रूप से इस पर निर्भर करती है कि इसे कितनी बार एक्सेस किया जाता है।

अत: विकल्प (B) सही है।

24. फर्मवेयर का मतलब हार्डवेयर पर उपलब्ध सॉफ्टवेयर है।

फर्मवेयर एक सॉफ्टवेयर प्रोग्राम या हार्डवेयर डिवाइस पर प्रोग्राम किए गए निर्देशों का सेट है। यह आवश्यक निर्देश प्रदान करता है कि डिवाइस अन्य कंप्यूटर हार्डवेयर के साथ कैसे संचार करता है। फर्मवेयर को आमतौर पर हार्डवेयर डिवाइस के फ्लैश रोम में स्टोर किया जाता है।

अत: विकल्प (C) सही है।

25. GHz शब्द कंप्यूटर की स्पीड का सूचक है।

4 गीगाहर्ट्ज़ का मतलब है कि बात एक सेकंड में 4 अरब बार हो रही है। जब हम कहते हैं कि प्रोसेसर 4ghz पर चलता है, तो हमारा मतलब है कि प्रोसेसर की "मुख्य घड़ी" प्रति सेकंड 4 बिलियन बार टिक रही है।

सीपीयू डिजिटल सर्किट हैं। वे केवल एक क्रिया करते हैं जब घड़ी सर्किट को क्रिया करने के लिए प्रेरित करती है। इसे एक कार के आरपीएम के रूप में सोचें। घड़ी जितनी तेज चलती है, उतनी ही तेजी से कार्रवाई होती है।

अत: विकल्प (C) सही है।

26. एक कियोस्क इंटरनेट सेवाएं प्रदान करता है।

ये कियोस्क जनता को इंटरनेट की सुविधा प्रदान करते हैं। वे आम तौर पर हवाई अड्डे, होटल लॉबी या अपार्टमेंट कार्यालयों में स्थापित होते हैं। मॉनिटर, माउस और कीबोर्ड के अलावा, इस प्रकार का कियोस्क कभी-कभी क्रेडिट कार्ड स्वाइप और बिल भुगतान क्षमताएं प्रदान करता है।

अत: विकल्प (C) सही है।

27. सूचना प्रौद्योगिकी की उपयुक्त परिभाषा यह है कि यह कई प्रकार की सूचनाओं के स्टोरेज, पुनर्प्राप्ति, प्रसंस्करण और वितरण के लिए हार्डवेयर और सॉफ्टवेयर के उपयोग को संदर्भित करता है।

सूचना प्रौद्योगिकी कई प्रकार की सूचनाओं के प्रसंस्करण के लिए भौतिक विज्ञान और सामाजिक विज्ञान के सिद्धांतों के उपयोग को संदर्भित करती है। सूचना प्रौद्योगिकी (आईटी) में कंप्यूटर और किसी भी प्रकार के दूरसंचार का अध्ययन और अनुप्रयोग शामिल है जो डेटा को संग्रहीत, पुनर्प्राप्त, अध्ययन, संचारित, हेरफेर करता है और सूचना भेजता है। जब से हम "सूचना की दुनिया" में रहते हैं, सूचना प्रौद्योगिकी हमारे दैनिक जीवन का हिस्सा बन गई है।

अत: विकल्प (C) सही है।

28. एक प्रणाली को डिटर्मिनिस्टिक कहा जाता है जब इनपुट, प्रक्रिया और आउटपुट निश्चित रूप से ज्ञात होते हैं।

एक प्रणाली डिटर्मिनिस्टिक है यदि इसके आउटपुट निश्चित हैं। इसका मतलब है कि इसके घटकों के बीच संबंध पूरी तरह से ज्ञात और निश्चित हैं। इसलिए, जब एक इनपुट दिया जाता है तो आउटपुट पूरी तरह से अनुमानित होता है।

अत: विकल्प (B) सही है।

29. स्प्रैडशीट में स्क्रॉल करने के लिए फ़्रीज़ की गई पंक्तियों को देखना जारी रखते हुए क्या आप अपनी स्प्रैडशीट में पंक्तियों को फ़्रीज़ करना चाहेंगे।

आप Excel में एक पंक्ति को फ़्रीज़ कर सकते हैं ताकि स्प्रेडशीट में स्क्रॉल करते समय डेटा की तुलना करना आसान हो जाए। आप अपनी एक्सेल शीट में केवल पहली दृश्यमान पंक्ति को फ़्रीज़ करना या एकाधिक पंक्तियों को फ़्रीज़ करना चुन सकते हैं।

अत: विकल्प (D) सही है।

30. यूनिकोड एन्कोडिंग योजना 8 बिट्स के समूह के रूप में एक चरित्र का प्रतिनिधित्व करती है।

UTF-8 एक 8-बिट्स चर-लंबाई एन्कोडिंग योजना है जिसे ASCII एन्कोडिंग के साथ संगत होने के लिए डिज़ाइन किया गया है। यूनिकोड विभिन्न वर्ण एन्कोडिंग को परिभाषित करता है, सबसे अधिक उपयोग किए जाने वाले UTF-8, UTF-16 और UTF-32 हैं। यूटीएफ -8 निश्चित रूप से यूनिकोड परिवार में सबसे लोकप्रिय एन्कोडिंग है, खासकर वेब पर।

अत: विकल्प (B) सही है।

Q.1 डॉक्यूमेंट फॉर्मेटिंग भाषा "XML" में X का क्या अर्थ है?

[Allahabad High Court ARO, 2020]

A. एक्पेंडेबल
B. एक्जिक्यूटिव
C. एक्सटेंसिबल
D. इनमें से कोई नहीं

Q.2 C क्या है?

A. एक असेंबली भाषा
B. एक तीसरी श्रेणी की उच्च-स्तरीय भाषा
C. एक मशीन भाषा
D. उपरोक्त सभी

Q.3 निम्नलिखित में से कौन कंप्यूटर प्रोग्रामिंग भाषा नहीं है:

A. C++
B. COBOL
C. BASIC
D. MS-EXCEL

Q.4 कौन सी लैंग्वेज बाइनरी कोडेड निर्देशों से बनी है?

A. मशीन
B. बेसिक
C. हाई लेवल
D. इनमें से कोई नहीं

Q.5 एक प्रोग्राम जो प्रत्येक निर्देश को निमोनिक रूप में पढ़ता है और उसे मशीन-लैंग्वेज के समकक्ष में अनुवाद करता है उसे ______ के रूप में जाना जाता है।

A. मशीन लैंग्वेज
B. असेम्बलर
C. इंटरप्रेटर
D. सी प्रोग्राम

Q.6 प्रोलॉग ______ के अंतर्गत आता है।

A. लॉजिक प्रोग्रामिंग
B. प्रोसीजरल प्रोग्रामिंग
C. ओओपी
D. फंक्शनल

Q.7 एक प्रोग्राम जो हाई-लेवल लैंग्वेज प्रोग्राम को निष्पादित कर सकता है, ______ के रूप में जाना जाता है।

A. कम्पाइलर
B. इंटरप्रेटर
C. सेंसर
D. सर्किटरी

Q.8 प्रत्येक C प्रोग्राम में क्या आवश्यक है?

A. प्रोग्राम में कम से कम एक फंक्शन होना चाहिए
B. प्रोग्राम को किसी फंक्शन की आवश्यकता नहीं है
C. इनपुट डेटा
D. आउटपुट डेटा

Q.9 निम्नलिखित में से कौन सी एक हाई-लेवल लैंग्वेज है जिसका उपयोग सॉफ्टवेयर अनुप्रयोगों को कॉम्पैक्ट, कुशल कोड में विकसित करने के लिए किया जाता है जिसे न्यूनतम परिवर्तन के साथ विभिन्न प्रकार के कंप्यूटरों पर चलाया जा सकता है?

A. FORTRAN
B. COBOL
C. C++
D. ALGOL

Q.10 लिंट क्या है?

A. सी कंपाइलर
B. इंटरएक्टिव डीबगर
C. एनालाइजिंग टूल
D. सी इंटरप्रेटर

Q.11 सोर्स प्रोग्राम को एक इंटरमीडिएट फॉर्म में कम्पाईल्ड किया जाता है जिसे ______ कहा जाता है।

A. बाइट कोड
B. स्मार्ट कोड
C. एक्सेक्यूटबल कोड
D. मशीन कोड

Q.12 ______ एक इमेजिनरी आर्किटेक्चर के लिए असेंबली लैंग्वेज है।

A. बाइट कोड
B. मशीन कोड
C. नेटिव कोड
D. एक्सेक्यूटबल कोड

Q.13 जेआईटी का मतलब है?

A. जस्ट इन टाइम
B. जम्प इन टाइम
C. जम्प इन टेक्स्ट
D. जम्प इन टर्म्स

Q.14 प्योर ऑब्जेक्ट-ओरिएंटेड प्रोग्रामिंग लैंग्वेज बनने के लिए निम्नलिखित में से कौन सी विशेषता किसी भी प्रोग्रामिंग लैंग्वेज द्वारा सपोर्टेड होनी चाहिए?

A. इनकैप्सुलेशन
B. इन्हेरिटेंस
C. पॉलीमॉर्फिस्म
D. (A), (B) और (C)

Q.15 "friend" फंक्शन के रूप में घोषित एक फंक्शन हमेशा ______ में डेटा एक्सेस कर सकता है।

A. अपनी क्लास का प्राइवेट पार्ट
B. पार्ट को अपनी क्लास का पब्लिक डिक्लेअर किया गया
C. जिस क्लास का यह मेंबर है
D. (A) और (B) दोनों

Q.16 निम्नलिखित में से कौन C++ लैंग्वेज का मूल निर्माता है?

A. डेनिस रिची
B. केन थॉम्पसन
C. बजेर्न स्ट्राउस्ट्रप
D. ब्रायन कर्निघन

Q.17 निम्नलिखित में से कौन COBOL में प्रोग्राम डिवीजन का पार्ट नहीं है?

A. आइडेंटिफिकेशन
B. एन्वॉयरनमेंट
C. प्रोसीजर
D. कंपाइलेशन

Q.18 एक बोरलैंड टर्बो असेंबलर ______ है।

A. Nasm
B. Tasm
C. Gas
D. Asm

Q.19 ऐसे कौन से इंस्ट्रक्शंस हैं जो असेंबलर को बताते हैं कि क्या करना है?

A. एक्सेक्यूटबल इंस्ट्रक्शंस
B. सुडो-ऑप्स
C. लॉजिकल इंस्ट्रक्शंस
D. मैक्रोस

Q.20 जावा किस प्रकार की प्रोग्रामिंग लैंग्वेज है?

A. ऑब्जेक्ट-ओरिएंटेड प्रोग्रामिंग लैंग्वेज
B. रिलेशनल प्रोग्रामिंग लैंग्वेज
C. सिक्स-जनरेशन प्रोग्रामिंग लैंग्वेज
D. डेटाबेस मैनेजमेंट प्रोग्रामिंग लैंग्वेज

Q.21 ______ (MS Net) प्लेटफॉर्म द्वारा सपोर्टेड एक लैंग्वेज है।

A. C
B. C++
C. Java
D. C#

Q.22 निम्न में से कौन हाई-लेवल लैंग्वेज की विशेषता नहीं है?

A. मशीन कोड
B. प्लेटफार्म इंडिपेंडेंट
C. इंटरैक्टिव एक्सेक्यूशन
D. यूजर फ्रेंडली

Q.23 कौन सा प्रोग्रामिंग लैंग्वेज मॉडल "एक्शन" के बजाय "ऑब्जेक्ट" के आसपास आर्गनाइज्ड होता है?

A. Java
B. OOP
C. Perl
D. C++

Q.24 फोरट्रान, में वेरिएबल्स की डिक्लेरेशन को ______ पैरामीटर का उपयोग करके संशोधित किया जा सकता है।

A. काइंड   **B.** मेक   **C.** सेलेक्ट   **D.** चेंज

Q.25 निम्न में से इंटरप्रेटेड लैंग्वेज कौन सी है?
A. C++   **B.** C
C. MATLAB   **D.** FORTRAN

Q.26 निम्नलिखित में से कौन सा विकल्प जावा की पोर्टेबिलिटी और सुरक्षा की ओर ले जाता है?
A.   बाइटकोड जेवीएम द्वारा निष्पादित किया जाता है
B.   अप्लेट जावा कोड को सुरक्षित और पोर्टेबल बनाता है
C.   एक्सेप्शन हैंडलिंग का उपयोग
D.   ऑब्जेक्ट के बीच डायनामिक बिंडिंग

Q.27 कौन सी पहली व्यापक रूप से उपयोग की जाने वाली हाई -लेवल लैंग्वेज 1957 में विकसित हुई?
A. C   **B.** जावा   **C.** फोरट्रान   **D.** कोबोल

Q.28 एक टेक्स्ट फाइल जिसमें हमारा प्रोग्राम होता है, _________ कहलाती है।
A. Exe फाइल   **B.** Doc फाइल
C. Obj फाइल   **D.** सोर्स फाइल

Q.29 निम्नलिखित में से कौन जावा फीचर नहीं है?
A. डायनामिक   **B.** आर्किटेक्चर नेचुरल
C. पॉइंटर्स का उपयोग   **D.** ऑब्जेक्ट-ओरिएंटेड

Q.30 जावा प्रोग्राम में बग को खोजने और ठीक करने के लिए ____ का उपयोग किया जाता है।
A. जेवीएम   **B.** जेआरई   **C.** जेडीके   **D.** जेडीबी

// स्मार्ट उत्तर पुस्तिका //

सही उत्तर | उन छात्रों के प्रतिशत को इंगित करता है जिन्होंने प्रश्नों का सही उत्तर दिया था।

छोड़ दिया | उन छात्रों के प्रतिशत को इंगित करता है जिन्होंने प्रश्नों को छोड़ दिया था।

प्रश्न संख्या	उत्तर	सही उत्तर / छोड़ दिया
1	C	55.34 %
		41.86 %
2	B	65.83 %
		33.79 %
3	D	57.38 %
		32.81 %
4	A	46.09 %
		44.91 %
5	B	55.84 %
		43.73 %
6	A	89.42 %
		10.24 %

प्रश्न संख्या	उत्तर	सही उत्तर / छोड़ दिया
7	B	62.99 %
		31.98 %
8	A	84.5 %
		14.43 %
9	B	30.62 %
		68.88 %
10	C	77.92 %
		21.89 %
11	A	45.88 %
		34.46 %
12	A	44.1 %
		52.76 %

प्रश्न संख्या	उत्तर	सही उत्तर / छोड़ दिया
13	A	77.02 %
		17.06 %
14	D	10.77 %
		76.57 %
15	C	65.41 %
		30.87 %
16	C	58.85 %
		39.29 %
17	D	86.76 %
		12.98 %
18	B	57.86 %
		40.08 %

प्रश्न संख्या	उत्तर	सही उत्तर / छोड़ दिया
19	A	68.54 %
		30.17 %
20	A	81.34 %
		10.87 %
21	D	63.87 %
		35.94 %
22	A	61.38 %
		34.43 %
23	B	12.89 %
		84.93 %
24	A	61.22 %
		33.44 %

प्रश्न संख्या	उत्तर	सही उत्तर / छोड़ दिया
25	C	61.64 %
		30.06 %
26	A	15.36 %
		79.97 %
27	C	64.14 %
		30.02 %
28	D	89.93 %
		10.04 %
29	C	69.88 %
		30.05 %
30	D	65.48 %
		30.48 %

कार्य विश्लेषण	
औसत अंक (%)	40.0%
टॉपर्स स्कोर (%)	66.67%
आपका स्कोर	

//संकेत और समाधान//

1. डॉक्यूमेंट फॉर्मेटिंग भाषा "XML" में X का अर्थ एक्सटेंसिबल होता है।

- XML का अर्थ "एक्सटेंसिबल मार्कअप लैंग्वेज" है।
- XML एक सॉफ्टवेयर- और हार्डवेयर-स्वतंत्र उपकरण है जो डेटा के भंडारण और परिवहन के लिए है।
- XML डेटा को प्लेन टेक्स्ट फॉर्मेट में संग्रहित करता है।
- XML को मानव और मशीन-पठनीय दोनों के लिए डिज़ाइन किया गया था।
- XML को स्व-वर्णात्मक होने के लिए डिज़ाइन किया गया था।
- XML एक W3C अनुशंसा है।
- XML, HTML की तरह एक मार्कअप भाषा है।
- XML टैग पूर्वनिर्धारित नहीं होते जैसे HTML टैग होते हैं।
- XML बिना डेटा खोए नए ऑपरेटिंग सिस्टम, नए एप्लिकेशन या नए ब्राउज़र में विस्तार या अपग्रेड करना आसान बनाता है।
- XML का उपयोग वेब विकास के कई पहलुओं में किया जाता है।
- XML का उपयोग अक्सर डेटा को प्रेजेंटेशन से अलग करने के लिए किया जाता है।
- XML डॉक्यूमेंट एक वृक्ष संरचना बनाते हैं जो "जड़" से शुरू होती है और शाखाओं से होते हुए "पत्तियों" तक जाती हैं।
- XML के सिंटैक्स नियम बहुत ही सरल और तार्किक होते हैं।
- XML डॉक्यूमेंट में XML एलिमेंट होते हैं।
- एक XML एलिमेंट, एलिमेंट के प्रारंभ टैग से (सहित) तत्व के अंत टैग तक (सहित) सब कुछ होता है।

अतः विकल्प (C) सही है।

2. C एक तीसरी श्रेणी की उच्च-स्तरीय भाषा है।

एक उच्च-स्तरीय भाषा (HLL) जैसे C, C++ या JAVA एक प्रोग्रामिंग भाषा है जो प्रोग्रामर को ऐसे प्रोग्राम लिखने में सक्षम बनाती है जो किसी विशेष प्रकार के कंप्यूटर से लगभग स्वतंत्र होते हैं। ऐसी भाषाओं को उच्च-स्तरीय भाषा माना जाता है क्योंकि वे मानव भाषाओं से मिलती जुलती है और मशीन भाषाओं से अधिक विकसित होती है।

अतः विकल्प (B) सही है।

3. प्रोग्रामिंग भाषा शब्दावली और व्याकरण के नियमो का एक समूह है।प्रोग्रामिंग भाषा का उपयोग कंप्यूटर को विशेष कार्य के निष्पादन के लिए निर्देश देने के लिए किया जाता है। प्रोग्रामिंग भाषाओं में बेसिक, C, C++, COBOL, FORTRAN, ADA, PASCAL, JAVA आदि शामिल हैं।

MS-EXCEL एक स्प्रेडशीट एप्लीकेशन है जिसे माइक्रोसॉफ्ट द्वारा माइक्रोसॉफ्ट विंडोज, macOS और iOS के लिए विकसित किया गया है।

अतः विकल्प (D) सही है।

4. किसी विशेष कंप्यूटर के हार्डवेयर में निर्मित और सीधे कंप्यूटर द्वारा उपयोग किए जाने वाले बाइनरी कोडेड निर्देशों से बनी मशीनी भाषा मशीनी भाषा है।

मशीनी भाषा, या मशीन कोड, एक निम्न-स्तरीय भाषा है जिसमें बाइनरी अंक (एक और शून्य) होते हैं। कंप्यूटर पर कोड चलाने से पहले उच्च-स्तरीय भाषाओं, जैसे कि स्विफ्ट और C++ को मशीनी भाषा में संकलित किया जाना चाहिए।

अत: विकल्प (A) सही है।

5. एक प्रोग्राम जो प्रत्येक निर्देश को निमोनिक रूप में पढ़ता है और उसे मशीन-लैंग्वेज के समकक्ष में अनुवाद करता है उसे असेंबलर के रूप में जाना जाता है।

असेंबलर प्रत्येक लो-लेवल मशीन निर्देश या ऑपकोड आमतौर पर प्रत्येक वास्तुशिल्प रजिस्टर, ध्वज, आदि भी का प्रतिनिधित्व करने के लिए एक निमोनिक का उपयोग करता है।

अतः विकल्प (B) सही है।

6. प्रोलॉग का मतलब प्रोग्रामिंग इन लॉजिक है। प्रोलॉग कॉमन प्रोग्रामिंग लैंग्वेज से अलग है क्योंकि यह एक डेक्लेरेटिव लैंग्वेज है। इसका मतलब है कि प्रोग्रामर को विस्तार से निर्दिष्ट करना होगा कि किसी प्रॉब्लम को कैसे हल किया जाए। प्रोलॉग एक प्रकार की लॉजिक प्रोग्रामिंग है। उल्लिखित विकल्प (A), (B), (C) और (D) प्रोग्रामिंग की चार श्रेणियां हैं।

अत: विकल्प (A) सही है।

7. इंटरप्रेटर एक ऐसा प्रोग्राम है जो हाई लेवल लैंग्वेज प्रोग्राम लैंग्वेज को डायरेक्टली मशीनी लैंग्वेज में ट्रांसलेटेड किए बिना निष्पादित कर सकता है। एक इंटरप्रेटर प्रोग्रामिंग या स्क्रिप्टिंग प्रोग्राम में लिखे गए निर्देशों को पहले से किसी ऑब्जेक्ट कोड या मशीन कोड में परिवर्तित किए बिना निष्पादित करता है। व्याख्या की गई प्रोग्राम के उदाहरण पर्ल, पायथन और मैटलैब हैं।

अत: विकल्प (B) सही है।

8. किसी भी C प्रोग्राम में कम से कम एक फंक्शन होता है, और यहां तक कि सबसे छोटे प्रोग्राम भी एडिशनल फंक्शन निर्दिष्ट कर सकते हैं। एक फंक्शन कोड का एक भाग। दूसरे शब्दों में, यह एक सब-प्रोग्राम की तरह काम करता है।

अत: विकल्प (A) सही है।

9. COBOL एक हाई-लेवल लैंग्वेज है जिसका उपयोग सॉफ्टवेयर अनुप्रयोगों को कॉम्पैक्ट, कुशल कोड में विकसित करने के लिए किया जाता है जिसे न्यूनतम परिवर्तन के साथ विभिन्न प्रकार के कंप्यूटरों पर चलाया जा सकता है। यह व्यावसायिक उपयोग के लिए डिज़ाइन की गई कम्पाईल्ड अंग्रेजी जैसी कंप्यूटर प्रोग्रामिंग भाषा है। यह 2002 से ऑब्जेक्ट-ओरिएंटेड है।

अत: विकल्प (B) सही है।

10. लिंट एक एनालाइजिंग टूल है जो सस्पीशियस कंस्ट्रक्शन, स्टैलिस्टिक एरर, बग्स और फ्लैग प्रोग्रामिंग एरर द्वारा सोर्स कोड का एनालिसिस करता है। लिंट एक कंपाइलर जैसा टूल है जिसमें यह C प्रोग्रामिंग की सोर्स फाइल्स को पार्स करता है। यह इन फाइलों की सिंटैक्टिक एक्यूरेसी की जाँच करता है।

अत: विकल्प (C) सही है।

11. सोर्स प्रोग्राम को एक इंटरमीडिएट फॉर्म में कम्पाईल्ड किया जाता है जिसे बाइट कोड कहा जाता है। प्रत्येक सपोर्टेड प्लेटफॉर्म के लिए, एक "वर्चुअल मशीन" एमुलेटर राइट जो बाइट कोड पढ़ता है और इसके निष्पादन का अनुकरण करता है।

अत: विकल्प (A) सही है।

12. बाइट कोड एक इमेजिनरी आर्किटेक्चर के लिए असेंबली लैंग्वेज है।

बाइटकोड, असेंबली लैंग्वेज के समान है, क्योंकि यह हाई-लेवल लैंग्वेज नहीं है, लेकिन मशीनी लैंग्वेज के विपरीत, यह अभी भी कुछ हद तक रीडेबल है। दोनों को "इंटरमीडिएट लैंग्वेज" माना जा सकता है जो स्रोत कोड और मशीन कोड के बीच आती हैं। दोनों के बीच प्राथमिक अंतर यह है कि वर्चुअल मशीन (सॉफ्टवेयर) के लिए बाइटकोड उत्पन्न होता है, जबकि असेंबली लैंग्वेज सीपीयू (हार्डवेयर) के लिए बनाई जाती है।

अत: विकल्प (A) सही है।

13. जेआईटी का मतलब जस्ट इन टाइम है। जेआईटी कंपाइलर रन टाइम पर नेटिव मशीन कोड में बाइटकोड को कम्पाइल करके जावा प्रोग्राम के प्रदर्शन

में सुधार करने में सहायता करता है। जब कोई मेथड अप्लाई की जाती है, तो जेआईटी कंपाइलर सक्रिय हो जाता है। कम्पाइलेशन मेथड के लिए, जेवीएम सीधे कम्पाइल्ड कोड को इन्टरप्रेट करने के बजाय कॉल करता है।

अत: विकल्प (A) सही है।

14. ऐसा कुछ भी नहीं है जो उपयोगकर्ता को C++ में ओओपी अवधारणा का उपयोग करने के लिए मजबूर करता है। इसके विपरीत, एक प्रोग्रामिंग लैंग्वेज के लिए यह आवश्यक है कि वह एक प्योर ऑब्जेक्ट -ओरिएंटेड लैंग्वेज बनने के लिए इनकैप्सुलेशन, इन्हेरिटेंस और पॉलीमॉर्फिस्म के रूप में सभी तीन विशेषताओं का सपोर्टेड करे।

अत: विकल्प (D) सही है।

15. "friend" फ़ंक्शन के रूप में घोषित एक फ़ंक्शन हमेशा उस वर्ग के डेटा तक पहुंच सकता है जिसका वह सदस्य है।

C++ में, एक मेंबर फ़ंक्शन हमेशा अपने क्लास मेंबर वेरिएबल का एक्सेस कर सकता है, भले ही उस एक्सेस स्पेसिफायर के बावजूद जिसमें मेंबर वेरिएबल डिक्लेअर किया गया हो। इसलिए एक मेंबर फ़ंक्शन हमेशा उस क्लास के डेटा एक्सेस कर सकता है जिसका वह सदस्य है।

अत: विकल्प (C) सही है।

16. C++ एक जनरल पर्पज वाली प्रोग्रामिंग लैंग्वेज है जिसे बजेर्न स्ट्राउस्ट्रुप द्वारा C प्रोग्रामिंग लैंग्वेज के विस्तार या "C विथ क्लासेस" के रूप में बनायां गया है। समय के साथ लैंग्वेज का काफी विस्तार हुआ है, और आधुनिक C ++ में अब लो-लेवल मेमोरी मैनीपुलेशन की सुविधाओं के अलावा ऑब्जेक्ट-ओरिएंटेड, जेनेरिक और कार्यात्मक विशेषताएं हैं।

अत: विकल्प (C) सही है।

17. कंपाइलेशन COBOL में प्रोग्राम डिवीजन का पार्ट नहीं है। COBOL के डिवीजन सेक्शन में 4 बेसिक पार्ट होते हैं: आइडेंटिफिकेशन, एनवायरनमेंट, डेटा और प्रोसीजर। प्रत्येक प्रोग्राम एक बुक की तरह आयोजित किया जाता है।

अत: विकल्प (D) सही है।

18. Tasm बोरलैंड टर्बो असेंबलर है। Tasm, 1989 में बोलैंड द्वारा प्रकाशित सॉफ्टिवेयर डेवलपमेंट के लिए एक असेंबलर है। यह 16- या 32-बिट x86 एमएस -डॉस और कम्पैटिबल्स या माइक्रोसॉफ्ट विंडोज के लिए कोड चलाता है और तैयार करता है। इसका उपयोग बोरलैंड के अन्य लैंग्वेज प्रोडक्ट्स, टर्बो पास्कल, टर्बो बेसिक, टर्बो C, और टर्बो C++ के साथ किया जा सकता है।

अत: विकल्प (B) सही है।

19. एक्सेक्यूटबल इंस्ट्रक्शंस या सिंपल इंस्ट्रक्शंस प्रोसेसर या असेंबलर को बताते हैं कि क्या करना है। प्रत्येक इंस्ट्रक्शंस में एक ऑपरेशन कोड (ओपकोड) होता है। प्रत्येक एक्सेक्यूटबल इंस्ट्रक्शंस एक मशीनी लैंग्वेज इंस्ट्रक्शंस उत्पन्न करता है।

अत: विकल्प (A) सही है।

20. जावा एक ऑब्जेक्ट-ओरिएंटेड, क्लास-बेस्ड, कंकरेंट, सिक्योर और जनरल -पर्पस वाली कंप्यूटर-प्रोग्रामिंग लैंग्वेज है। यह व्यापक रूप से इस्तेमाल की जाने वाली मजबूत तकनीक है। जावा एक प्रोग्रामिंग लैंग्वेज और एक प्लेटफॉर्म है। जावा को सन माइक्रोसिस्टम्स द्वारा वर्ष 1995 में विकसित किया गया था। जेम्स गोस्लिंग को जावा के पिता के रूप में जाने जाते हैं।

अत: विकल्प (A) सही है।

21. C# MS .Net प्लेटफॉर्म द्वारा सपोर्टेड एक लैंग्वेज है। C# एक जनरल पर्पज, मल्टी-पैराडिज्म प्रोग्रामिंग लैंग्वेज है जिसमें स्थैतिक टाइपिंग, स्ट्रांग टाइपिंग, लैक्सिकली स्कोप, इम्प्रेटिव, डेक्लेरेटिव, फंक्शनल, जेनेरिक, ऑब्जेक्ट ओरिएंटेड (क्लास-बेस्ड), और कॉम्पोनेन्ट-ओरिएंटेड प्रोग्रामिंग विषय शामिल हैं।

प्रोग्रामिंग लैंग्वेज जो Microsoft द्वारा डिज़ाइन और विकसित की गई हैं:

- C#.NET
- VB.NET
- C++.NET
- J#.NET
- F#.NET
- JSCRIPT.NET
- WINDOWS POWERSHELL
- IRON RUBY
- IRON PYTHON
- C OMEGA
- ASML (Abstract State Machine Language)

अत: विकल्प (D) सही है।

22. मशीन कोड उच्च-स्तरीय भाषाओं की विशेषता नहीं है। उच्च स्तरीय भाषाएं मशीनी भाषा में नहीं होती हैं। इसे आगे की प्रक्रिया के लिए मशीनी भाषा में बदला जाता है। एक उच्च स्तरीय भाषा (एचएलएल) एक प्रोग्रामिंग भाषा है जैसे सी, फोर्टन, या पास्कल जो एक प्रोग्रामर को ऐसे प्रोग्राम लिखने में सक्षम बनाता है जो किसी विशेष प्रकार के कंप्यूटर से कम या ज्यादा स्वतंत्र होते हैं। ऐसी भाषाओं को उच्च स्तरीय माना जाता है क्योंकि वे मानव भाषाओं के करीब हैं और मशीनी भाषाओं से आगे हैं।

अत: विकल्प (A) सही है।

23. OOP प्रोग्रामिंग लैंग्वेज मॉडल "एक्शन" के बजाय "ऑब्जेक्ट्स" के आसपास आर्गनाइज्ड होता है। ऑब्जेक्ट-ओरिएंटेड प्रोग्रामिंग ऑब्जेक्ट्स की अवधारणा पर आधारित है। ऑब्जेक्ट-ओरिएंटेड प्रोग्रामिंग में डेटा स्ट्रक्चर या ऑब्जेक्ट प्रत्येक को अपने गुणों या विशेषताओं के साथ परिभाषित किया जाता है। प्रत्येक ऑब्जेक्ट की अपनी प्रोसीजर या मेथड भी हो सकती है। सॉफ्टवेयर उन ऑब्जेक्ट का उपयोग करके डिज़ाइन किया गया है जो एक दूसरे के साथ इंटरैक्ट करते हैं।

अत: विकल्प (B) सही है।

24. फोर्टरान, में वेरिएबल्स की डिक्लेरेशन को काइंड पैरामीटर का उपयोग करके संशोधित किया जा सकता है। इसका उपयोग अक्सर रियल एक्यूरेसी के लिए किया जा सकता है। यदि आप एक्यूरेसी को बदलना चाहते हैं, तो इस कोड की एक लाइन में उपयोग करके आसानी से किया जा सकता है।

अत: विकल्प (A) सही है।

25. MATLAB एक इंटरप्रेटेड लैंग्वेज है। अन्य सभी लैंग्वेज कम्पलेड लैंग्वेज हैं। इंटरप्रेटेड लैंग्वेज के केस में, मशीन-लैंग्वेज में ट्रांसलेशन रन-टाइम पर क्रमिक रूप से किया जाता है।

MATLAB मैथवर्क्स द्वारा विकसित एक मल्टी-पैराडिज्म प्रोग्रामिंग लैंग्वेज और न्यूमेरिक कंप्यूटिंग परिवेश है। MATLAB मैट्रिक्स मैनीपुलेशन, फंक्शन और डेटा का आलेखन, एल्गोरिथम के कार्यान्वयन, उपयोगकर्ता इंटरफेस के निर्माण और अन्य लैंग्वेज में लिखे गए प्रोग्राम्स के साथ इंटरफेसिंग की अनुमति देता है।

अत: विकल्प (C) सही है।

26. जेवीएम द्वारा बाइटकोड निष्पादित किया जाता है जिससे जावा की पोर्टेबिलिटी और सुरक्षा होती है।

जावा कंपाइलर का आउटपुट बाइटकोड है, जो जावा कोड की सुरक्षा और पोर्टेबिलिटी की ओर ले जाता है। यह निर्देशों का एक अत्यधिक विकसित सेट है जिसे जावा रनटाइम सिस्टम द्वारा निष्पादित करने के लिए डिज़ाइन किया गया है जिसे जावा वर्चुअल मशीन (जेवीएम) के रूप में जाना जाता है। जेवीएम द्वारा निष्पादित जावा प्रोग्राम जो कोड को पोर्टेबल और सुरक्षित बनाता है। क्योंकि जेवीएम कोड को इसके साइड इफेक्ट उत्पन्न करने से रोकता है। जावा कोड पोर्टेबल है, जबकि बाइट कोड किसी भी प्लेटफॉर्म पर चल सकता है।

अत: विकल्प (A) सही है।

27. फोर्ट्रान जिसका मतलब फॉर्मूला ट्रांसलेशन है, पहली व्यापक रूप से इस्तेमाल की जाने वाली हाई-लेवल लैंग्वेज थी, जिसे 1957 में विकसित किया गया था। इसे आईबीएम द्वारा वैज्ञानिक अनुप्रयोगों के लिए विकसित किया गया था। प्रोग्राम को पंच कार्ड के रूप में रिकॉर्ड किया गया था।

अत: विकल्प (C) सही है।

28. एक टेक्स्ट फाइल जिसमें हमारा प्रोग्राम होता है, सोर्स फाइल कहलाती है। एक सोर्स फाइल एक विशिष्ट प्रोग्रामिंग लैंग्वेज जैसे C या जावा या पायथन में लिखे गए प्रोग्राम निर्देशों के साथ एक टेक्स्ट फ़ाइल है। आप प्रोग्राम को चलाने के लिए इस फ़ाइल को कम्पाइल या इन्टरप्रेट कर सकते हैं। जब सोर्स फाइल कम्पाइल की जाती है तो यह मूल रूप से असेंबली जैसी लोअर लेवल की लैंग्वेज में रूपांतरित/अनुवादित होती है।

अत: विकल्प (D) सही है।

29. जावा लैंग्वेज में पॉइंटर्स सपोर्ट नहीं करती है, कुछ प्रमुख कारण नीचे सूचीबद्ध हैं:

- जावा में पॉइंटर्स का उपयोग न करने के प्रमुख कारकों में से एक सुरक्षा चिंताएं हैं। पॉइंटर्स के कारण, अधिकांश उपयोगकर्ता सी-लैंग्वेज को बहुत भ्रमित और जटिल मानते हैं। यही कारण है कि ग्रीन टीम (जावा टीम के सदस्यों) ने जावा में पॉइंटर्स पेश नहीं किए हैं।
- जावा में पॉइंटर्स का उपयोग न करके जावा डेवलपर्स को अब्स्ट्रक्शन की एक प्रभावी लेयर प्रदान करता है।

जावा डायनामिक, आर्किटेक्चर नेचुरल और ऑब्जेक्ट-ओरिएंटेड प्रोग्रामिंग लैंग्वेज है।

अत: विकल्प (C) सही है।

30. जेडीबी का उपयोग जावा प्रोग्राम में बग को खोजने और ठीक करने के लिए किया जाता है।

जावा डीबगर (जेडीबी या जेडीबी) एक कमांड लाइन जावा डीबगर है जो जावा क्लास को डीबग करता है। यह जावा प्लेटफॉर्म डीबगर आर्किटेक्चर (जेपीडीए) का एक हिस्सा है जो स्थानीय या दूरस्थ जावा वर्चुअल मशीन (जेवीएम) के निरीक्षण और डिबगिंग में मदद करता है।

जेवीएम (जावा वर्चुअल मशीन) एक कंप्यूटर को जावा या अन्य लैंग्वेज (कोटलिन, ग्रूवी, स्काला, आदि) प्रोग्राम चलाने में सक्षम बनाता है जो जावा बाइटकोड में संकलित होते हैं। जेआरई (जावा रनटाइम एनवायरनमेंट) जेडीके का एक हिस्सा है जिसमें जावा क्लास लाइब्रेरी, जावा क्लास लोडर और जावा वर्चुअल मशीन शामिल हैं। जेडीके (जावा डेवलपमेंट किट) एक सॉफ्टवेयर डेवलपमेंट एनवायरनमेंट है जिसका इस्तेमाल जावा एप्लिकेशन और अप्लेट को विकसित करने के लिए किया जाता है।

अत: विकल्प (D) सही है।

Q.1 इंटरनेट सर्फिंग के लिए कौन सा ब्राउज़र नहीं है ?

A. इंटरनेट एक्स्प्लोरर   **B.** ओपेरा

C. मोज़िला फ़ायरफ़ॉक्स   **D.** गूगल

Q.2 उस मेमोरी का नाम बताइए जो मुख्य मेमोरी और सेंट्रल प्रोसेसिंग यूनिट के बीच काम करती है?

A. कैश मेमोरी   **B.** रजिस्टर मेमोरी

C. वर्चुअल मेमोरी   **D.** इनमे से कोई नहीं

Q.3 निम्नलिखित में से कौन सा हार्डवेयर डिवाइस वेक्टर ग्राफिक्स प्रिंटिंग के लिए उपयोग किया जाता है?

A. इंकजेट प्रिंटर   **B.** प्लॉटर

C. कीबोर्ड   **D.** माउस

Q.4 हार्ड डिस्क एक उदाहरण है जो किस प्रकार का डेटा स्टोरेज डिवाइस है?

A. प्राइमरी स्टोरेज   **B.** ऑफलाइन स्टोरेज

C. टर्शरी स्टोरेज   **D.** सेकेंडरी स्टोरेज

Q.5 ओपनिंग हेल्प के लिए किस फंक्शन की का प्रयोग किया जाता है?

A. F1   **B.** F2   **C.** F4   **D.** F3

Q.6 कंप्यूटर शब्दवली में प्रयोग होनेवाले CAPTCHA (कैप्चा) का वास्तव में पूर्ण अर्थ है?

A. कण्ट्रोल ऑटोमेटेड पब्लिक टूरिंग टेस्ट टू टेल कंप्यूटर एंड ह्यूमन अपार्ट

B. कम्प्लीटली ऑटोमेटेड पोर्टल टूरिंग टेस्ट टू टेल कंप्यूटर एंड ह्यूमन अपार्ट

C. कम्प्लीटली अप्रेहेंसिव पब्लिक टूरिंग टेस्ट टू टेल कंप्यूटर एंड ह्यूमन अपार्ट

D. कम्प्लीटली ऑटोमेटेड पब्लिक टूरिंग टेस्ट टू टेल कंप्यूटर एंड ह्यूमन अपार्ट

Q.7 कंप्यूटर में डेटाबेस सॉफ्टवेयर निम्नलिखित में से कौन सा नहीं है?

[UPSSSC Forest Guard, 2018]

A. एमएस एक्सेस   **B.** फॉक्सप्रो

C. ओरेकल   **D.** एमएस वर्ड

Q.8 निम्नलिखित में से कौन सा कारक प्रभावी और कुशल नेटवर्क नहीं बनाता है?

A. प्रदर्शन   **B.** विश्वसनीयता

C. सर्वर लोड   **D.** मजबूती

Q.9 माइक्रोसॉफ्ट ऑफिस में Ctrl + = मुख्य प्रभाव क्या है?

A. अपरकेस   **B.** सुपरस्क्रिप्ट

C. सबस्क्रिप्ट   **D.** लोअरकेस

Q.10 एक छोटे से भौगोलिक क्षेत्र में कंप्यूटर के समूह को जोड़ने वाले नेटवर्क को कहा जाता है

A. लोकल एरिया नेटवर्क

B. निजी क्षेत्र नेटवर्क

C. वृहत् क्षेत्र जालक्रम

D. मेट्रोपॉलिटन एरिया नेटवर्क

Q.11 कंप्यूटर में हार्डवेयर भागों के संदर्भ में, वीआरएएम (VRAM) का पूर्ण रूप क्या है?

A. वीडियो रैंडम एडवांस्ड मीडिया

B. वीडियो रैंडम एक्सेस मेमोरी

C. वर्सेटाइल रीड एक्सेस मेमोरी

D. वर्सेटाइल रीड एडवांस्ड मीडिया

Q.12 वायरस एक प्रोग्राम है जिसे कंप्यूटर के सामान्य कामकाज में हस्तक्षेप करने के लिए लिखा गया है। निम्न में से कौन एक प्रकार का वायरस नहीं है?

[UPSSSC Forest Guard, 2018]

A. बूस्ट सेक्टर वायरस   **B.** सिस्टम वायरस

C. फाइल वायरस   **D.** डिस्क वायरस

Q.13 निम्नलिखित में से कौन सा एक खुला स्रोत सॉफ्टवेयर नहीं है?

[UPSSSC Forest Guard, 2018]

A. लिनक्स   **B.** माइक्रोसॉफ्ट ऑफिस

C. मोज़िला फ़ायरफ़ॉक्स   **D.** एंड्रॉयड

Q.14 'अन्डू (Undo)' फंक्शन के लिए कीबोर्ड शॉर्टकट क्या होती है?

[UPSSSC Forest Guard, 2018]

A. Ctrl + Z   **B.** Ctrl + V   **C.** Ctrl + C   **D.** Ctrl + U

Q.15 कंप्यूटर की मशीनी भाषा ______ पर आधारित होती है।

A. अब्स्ट्रक्ट अलजेब्रा   **B.** मैट्रिक्स अलजेब्रा

C. बूलियन अलजेब्रा   **D.** लीनियर अलजेब्रा

Q.16 निम्न में से किस प्रोग्रामिंग भाषा को निम्न-स्तरीय भाषा माना जाता है?

A. बेसिक, कोबोल, फोरट्रान

B. सी, सी + +

C. असेंबली भाषा

D. प्रोलॉग

Q.17 IPv4 का आकार क्या है?

A. 8 बिट   **B.** 16-बिट   **C.** 32-बिट   **D.** 64-बिट

Q.18 निम्नलिखित में से कौन सा वायरस का एक प्रकार नहीं है?

A. पॉलीमॉर्फिक   **B.** मैकेफी

C. मल्टीपार्टाइट   **D.** बूट सेक्टर

Q.19 कंप्यूटर का इनपुट डिवाइस निम्नलिखित में से कौन सा है?

A. स्कैनर   **B.** प्रिंटर   **C.** स्पीकर   **D.** मॉनिटर

Q.20 निम्नलिखित में से कौन सा एक पोर्टेबल डिवाइस (लाने - ले जाने योग्य उपकरण) नहीं है?

A. आइपॉड   **B.** थंब्स ड्राइव

C. डेस्कटॉप कंप्यूटर   **D.** लैपटॉप

Q.21 निम्नलिखित में से कौन एक कंप्यूटर ऑपरेटिंग सिस्टम नहीं है?

[Rajasthan Police Constable, 2020]

A. BIOS   **B.** Mac OS

C. यूनिक्स OS   **D.** माइक्रो विंडोज

Q.22 निम्नलिखित में से कौन एक पॉइंटिंग इनपुट डिवाइस नहीं है?

A. ट्रैक बॉल   **B.** जॉयस्टिक

C. डिजिटाइज़िंग टैबलेट   **D.** स्कैनर

Q.23 EEPROM का पूर्ण रूप क्या है?

A. इलेक्ट्रोनिकली इरेज़ेबल प्रोग्राम्ड रीड-ओनली मेमोरी

B. इज़ली इरेज़ेबल प्रोग्राम्ड रीड-ओनली मेमोरी

C. इलेक्ट्रोनिकली इरेज़ेबल प्रोग्रामिंग रीड-ओनली मेमोरी

D. इलेक्ट्रीकली इरेज़ेबल प्रोग्रामेबल रीड-ओनली मेमोरी

Q.24 कंप्यूटर में सेंट्रल प्रोसेसिंग यूनिट (CPU) में निम्न शामिल हैं:

A. इनपुट, आउटपुट और प्रोसेसिंग

B. कंट्रोल यूनिट, प्राइमरी स्टोरेज और सेकंडरी स्टोरेज

C. कंट्रोल यूनिट, अरिथमेटिक-लॉजिक यूनिट, प्राइमरी स्टोरेज

D. इनमे से कोई भी नहीं

Q.25 ऑटोमेटिकली प्रोग्रामेबल टूल (APT) किसने विकसित किया है?

A. गैरी किल्डाल	**B.** जोनाथन फ्लेचर
C. राल्फ एच बेयर	**D.** डगलस टी रॉस

Q.26 एक टेराबाइट का मान _____ होता है।

A. 1024 पेटाबाइट्स	**B.** 1024 मेगाबाइट
C. 1024 गीगाबाइट	**D.** 1024 किलोबाइट

Q.27 एमएस एक्सेल में आपके कंटेंट और पेज के किनारे के बीच का स्थान _______ है।

A. मार्जिन	**B.** प्रिंट एरिया
C. ओरिएंटेशन	**D.** प्रिंट टाइटल्स

Q.28 'स्पैम' शब्द किससे संबंधित है?

A. कंप्यूटर	**B.** कला	**C.** संगीत	**D.** खेल

Q.29 कंप्यूटर के घटकों को ठीक से संचालित करने और कनेक्ट करने के लिए कौन सी प्रक्रिया जांच करती है?

A. बूटिंग	**B.** प्रोसेसिंग
C. सेविंग	**D.** इनमें से कोई नहीं

Q.30 निम्नलिखित में से कौन सा कंप्यूटर का घटक अभिगम (एक्सेस) की गति के संबंध में तीव्र होता है?

A. यूएसबी ड्राइव	**B.** सॉलिड स्टेट ड्राइव
C. रैम (आर.ए.एम.)	**D.** हार्ड डिस्क ड्राइव

// स्मार्ट उत्तर पुस्तिका //

सही उत्तर उन छात्रों के प्रतिशत को इंगित करता है जिन्होंने प्रश्नों का सही उत्तर दिया था।

छोड़ दिया उन छात्रों के प्रतिशत को इंगित करता है जिन्होंने प्रश्नों को छोड़ दिया था।

प्रश्न संख्या	उत्तर	सही उत्तर / छोड़ दिया
1	D	68.08 % / 31.68 %
2	A	40.55 % / 39.06 %
3	B	82.36 % / 12.79 %
4	D	54.38 % / 41.92 %
5	A	63.14 % / 35.62 %
6	D	40.93 % / 53.68 %

प्रश्न संख्या	उत्तर	सही उत्तर / छोड़ दिया
7	D	56.94 % / 40.39 %
8	C	56.9 % / 31.54 %
9	C	59.6 % / 32.23 %
10	A	62.52 % / 30.61 %
11	B	60.92 % / 38.31 %
12	B	77.32 % / 13.39 %

प्रश्न संख्या	उत्तर	सही उत्तर / छोड़ दिया
13	B	76.01 % / 18.3 %
14	A	87.79 % / 10.64 %
15	C	57.83 % / 35.55 %
16	C	59.28 % / 32.68 %
17	C	60.75 % / 30.62 %
18	B	58.75 % / 33.27 %

प्रश्न संख्या	उत्तर	सही उत्तर / छोड़ दिया
19	A	56.02 % / 41.08 %
20	C	47.9 % / 35.46 %
21	A	47.9 % / 51.59 %
22	C	63.99 % / 32.56 %
23	D	52.0 % / 46.8 %
24	C	54.21 % / 32.27 %

प्रश्न संख्या	उत्तर	सही उत्तर / छोड़ दिया
25	D	84.95 % / 11.37 %
26	C	76.03 % / 13.8 %
27	A	45.91 % / 52.06 %
28	A	67.99 % / 31.48 %
29	A	83.24 % / 11.35 %
30	C	60.58 % / 38.67 %

कार्य विश्लेषण	
औसत अंक (%)	60.0%
टॉपर्स स्कोर (%)	60.0%
आपका स्कोर	

//संकेत और समाधान//

1. इंटरनेट एक्सप्लोरर ग्राफिकल वेब ब्राउज़रों की एक श्रृंखला है और ऑपरेटिंग सिस्टम के माइक्रोसॉफ्ट विंडोज लाइन में शामिल है।

यह माइक्रोसॉफ्ट द्वारा विकसित किया गया था और 1995 में शुरू हुआ था।

मोज़िला फ़ायरफ़ॉक्स, मोज़िला फाउंडेशन द्वारा विकसित एक वेब ब्राउज़र है।

ओपेरा ब्राउज़र एक वेब ब्राउज़र है जिसे ओपेरा सॉफ्टवेयर द्वारा 10 अप्रैल 1995 को शुरू किया गया था।

ओपेरा जीएक्स नामक एक गेमिंग ब्राउज़र 11 जून 2019 को लॉन्च किया गया था।

अतः विकल्प (D) सही है।

2. कैश मेमोरी एक हाई-स्पीड मेमोरी है जो रैम और सीपीयू के बीच बफर के रूप में कार्य करती है।

यह मुख्य मेमोरी का डेटा रखता है जो CPU द्वारा पहले उपयोग किया जाता है। मुख्य मेमोरी की तुलना में कैश मेमोरी का आकार छोटा होता है।

रजिस्टर मेमोरी सबसे छोटी और सबसे तेज़ मेमोरी है जो CPU द्वारा अक्सर उपयोग किए जाने वाले डेटा और निर्देशों को अस्थायी रूप से रखती है।

वर्चुअल मेमोरी एक मेमोरी है जो कंप्यूटर को फिजिकल मेमोरी की कमी की भरपाई करने में सक्षम बनाती है। यह उपयोगकर्ताओं को उन प्रक्रियाओं को संग्रहीत करने की अनुमति देता है जो उपलब्ध मुख्य मेमोरी से बड़ी हैं।

अतः विकल्प (A) सही है।

3. प्लॉटर मूल रूप से प्रिंटर का एक प्रकार है।

यह कंप्यूटर का आउटपुट डिवाइस है।

यह कागज या मीडिया पर एक प्रिंट बनाने के लिए एक पेन का उपयोग करता है।

आउटपुट वेक्टर ग्राफिक्स पर बनाया गया है।

इसका मतलब है कि डॉट्स मुद्रित किए जाते हैं जो पाठ और छवियों का उत्पादन करने के लिए लाइनों और घटता से जुड़ते हैं।

बड़े प्रारूप के प्रिंट को प्रिंट करने के लिए उपयोग किए जाने वाले कई डिजाइनों में प्लॉटर मौजूद हैं।

इसमें लेआउट, भवन निर्माण योजना, जहाज डिजाइन, सीएडी (कंप्यूटर एडेड डिजाइन), बड़े कैनवास प्रिंट और किसी भी अन्य इंजीनियरिंग ड्राइंग जैसी वास्तुकला शामिल हैं।

प्लॉटर्स एक आउटपुट मीडिया पर ग्राफिक्स खींचने के लिए पेन या मार्कर का उपयोग करते हैं।

ये पेन एक प्लॉटर द्वारा तैनात तकनीक के अनुसार अलग-अलग चलते हैं।

अतः विकल्प (B) सही है।

4. सेकेंडरी स्टोरेज, जिसे सहायक स्टोरेज के रूप में भी जाना जाता है, नॉन वोलेटाइल है और इसका उपयोग बाद में पुनर्प्राप्ति के लिए डेटा और कार्यक्रमों को संग्रहीत करने के लिए किया जाता है।

सेकेंडरी स्टोरेज के कई रूप हैं, प्रत्येक लाभ और कमियों के साथ।

या तो मैग्नेटिक या ऑप्टिकल स्टोरेज मीडिया का उपयोग अधिकांश स्टोरेज सिस्टम्स के लिए किया जाता है।

हार्ड डिस्क सेकेंडरी स्टोरेज और मैग्नेटिक मीडिया का एक उदाहरण है, जिसका इस्तेमाल बल्क में डेटा और प्रोग्राम को स्टोर करने के लिए किया जाता है।

कंप्यूटर के विषय में, वे सामान्य रूप से अंतर्निहित होते हैं और इसलिए पोर्टेबल नहीं होते हैं।

कुछ हार्ड ड्राइव प्रतिवर्ती हैं, इसलिए मशीनों के बीच, वे आसान पोर्टेबल स्टोरेज प्रदान करते हैं।

सामान्य तौर पर, वे संग्रहीत डेटा तक आसान पहुंच के साथ, पर्याप्त और स्थिर होते हैं।

यह डिस्क को इससे भी अधिक गति से घूमने की अनुमति देता है, अन्यथा यह डिस्क की सतह को विकृत किए बिना करता है।

अतः विकल्प (D) सही है।

5. ओपनिंग हेल्प के लिए F1 फंक्शन की का प्रयोग किया जाता है।

एक फ़ंक्शन की कुछ कार्यों को करने के लिए कंप्यूटर कीबोर्ड पर एक की है।

फ़ंक्शन की को F1 से F12 तक कंप्यूटर कीबोर्ड के शीर्ष पर व्यवस्थित किया जाता है।

की अक्सर CTRL की, ALT कुंजी और SHIFT की जैसे अन्य की के साथ संयोजन में उपयोग की जाती हैं।

फ़ंक्शन की सामान्य कंप्यूटर फ़ंक्शंस के लिए कुछ दिलचस्प शॉर्टकट प्रदान करती हैं जो हर रोज़ कंप्यूटिंग में उपयोगी हो सकते हैं।

अतः विकल्प (A) सही है।

6. कैप्चा कम्प्लीटली ऑटोमेटेड पब्लिक ट्यूरिंग टेस्ट टू टेल कंप्यूटर एंड ह्यूमन अपार्ट को संदर्भित करता है।

कैप्चा सिक्योरिटी कोड उन अक्षरों की एक छवि है जो एक व्यक्ति को कैप्चा छवि को देखने के लिए टाइप करना चाहिए।

यह एक प्रकार का चुनौती-प्रतिक्रिया परीक्षण है, जिसका उपयोग कंप्यूटिंग में यह सुनिश्चित करने के लिए किया जाता है कि प्रतिक्रिया कंप्यूटर द्वारा उत्पन्न न हो।

यह कोड स्वचालित कंप्यूटर स्पैम रोबोट को फ़ॉर्म भरने और ईमेल पते को काटने और फिर स्पैम ईमेल भेजने से रोकने के लिए बनाया गया था।

केवल एक मानव एक कोड को टाइप कर सकता है जिसे वह सही ढंग से देखता है, एक स्वचालित कंप्यूटर प्रोग्राम नहीं कर सकता।

अतः विकल्प (D) सही है।

7. एमएस वर्ड चूंकि यह एक वर्ड प्रोसेसर है।

माइक्रोसॉफ्ट वर्ड, माइक्रोसॉफ्ट द्वारा विकसित एक वर्ड प्रोसेसर है। यह पहली बार 25 अक्टूबर, 1983 को एक्सनिक्स सिस्टम के लिए मल्टी-टूल वर्ड के नाम से जारी किया गया था।

अतः विकल्प (D) सही है।

8. सर्वर लोड व्यक्त करता है कि कंप्यूटर प्रोसेसर तक पहुँचने के लिए कतार में कितनी प्रक्रियाएँ चल रही हैं।

यह समय की एक निश्चित अवधि के लिए गणना की जाती है, और छोटी संख्या बेहतर होती है।

अतः विकल्प (C) सही है।

9. माइक्रोसॉफ्ट ऑफिस में, Ctrl + = कुंजी का प्रभाव सबस्क्रिप्ट है।

एक सबस्क्रिप्ट एक ऐसा करैक्टर है जो आमतौर पर एक संख्या या एक अक्षर होता है, एक सबस्क्रिप्ट एक अक्षर के नीचे या नीचे और दूसरे वर्ण के दाईं या बाईं ओर लिखा जाता है।

अतः विकल्प (C) सही है।

10. नेटवर्क जो एक छोटे से भौगोलिक क्षेत्र में कंप्यूटर के एक समूह को जोड़ते हैं उन्हें लोकल एरिया नेटवर्क कहा जाता है।

लोकल एरिया नेटवर्क का उपयोग कार्यालय भवन के अंदर या कक्षा के अंदर किया जाता है।

ईथरनेट और वाईफाई एक स्थानीय क्षेत्र नेटवर्क बनाने के लिए उपयोग की जाने वाली सबसे आम प्रौद्योगिकियां हैं।

अतः विकल्प (A) सही है।

11. कंप्यूटर में आमतौर पर कंप्यूटर डिस्प्ले के लिए बिटमैप्स नामक ग्राफिकल छवियों को रखने के लिए वीडियो रैंडम एक्सेस मेमोरी (वीआरएएम) होती है।

यह मेमोरी अक्सर दोहरी-पोर्ट (dual-ported) की होती है - एक नई छवि को उसी समय संग्रहीत किया जा सकता है जब उसका वर्तमान डेटा पढ़ा और प्रदर्शित किया जा रहा हो।

अतः विकल्प (B) सही है।

12. सिस्टम वायरस एक प्रकार का वायरस नहीं है।

बूट सेक्टर वायरस का अर्थ है कि यह फ्लॉपी डिस्क के बूट सेक्टर को प्रभावित करता है।

यह कंप्यूटर के उस हिस्से को हानि पहुंचाता है जिसमें कंप्यूटर के ऑपरेटिंग सिस्टम के कामकाज के संबंध में महत्वपूर्ण जानकारी होती है।

फ़ाइल वायरस वह वायरस है जो निष्पादन योग्य फ़ाइलों को संक्रमित करता है, जो फ़ाइल को स्थायी क्षति या अनुपयोगी बनाने के उद्देश्य से होता है।

डिस्क वायरस कंप्यूटर में तब प्रवेश करता है यदि कोई संक्रमित बाहरी डिस्क या फ़्लॉपी युक्त वायरस सिस्टम से जुड़ा होता है।

संयुक्त सभी कंप्यूटर वायरस को सिस्टम वायरस कहा जाता है।

अतः विकल्प (B) सही है।

13. ओपन-सोर्स सॉफ्टवेयर का अर्थ है सॉफ्टवेयर का स्रोत कोड लेखकों द्वारा उपलब्ध कराया जाता है।

ऐसा इसलिए किया जाता है ताकि लोग उस कोड को देख सकें, उससे सीख सकें, उससे कॉपी कर सकें, उसे बदल सकें या किसी के साथ साझा कर सकें।

यह एक लाइसेंस के साथ जारी किया जाता है और लेखक इसका कॉपीराइट रखता है।

आमतौर पर इस्तेमाल किया जाने वाला ओपन-सोर्स सॉफ्टवेयर अपाचे HTTP सर्वर, मोज़िला फायरफॉक्स और गूगल क्रोम लिबरॉफ़िस जैसे ब्राउज़र हैं।

सबसे सफल ओपन-सोर्स सॉफ्टवेयर में से एक लिनक्स ऑपरेटिंग सिस्टम है।

अन्य उदाहरणों में एंड्रॉयड, यूनिक्स, युबुन्टू आदि शामिल हैं।

अतः विकल्प (B) सही है।

14. Undo एक तकनीक या वह कमांड है जिसे कई कंप्यूटर प्रोग्रामों में प्रयोग किया जाता है।

यह दस्तावेज़ में किए गए अंतिम परिवर्तन को मिटा देता है।

हम माइक्रोसॉफ्ट वर्ड, पॉवरपॉइंट और एक्सेल में कई क्रियाओं को अनडू, रीडू या दोहरा सकते हैं।

अन्डू कमांड की सहायता से, उपयोगकर्ता गलतियों का डर किए बिना कार्य लगा सकते हैं और पता कर सकते हैं, क्योंकि जब भी आवश्यक हो बदलाव किए जा सकते हैं।

माइक्रोसॉफ्ट विन्डोज़ एप्लीकेशन में, अन्डू कमांड के लिए कीबोर्ड शॉर्टकट Ctrl + Z या Alt + Backspace है, और Redo के लिए शॉर्टकट Ctrl + Y या Ctrl + Shift + Z है।

अतः विकल्प (A) सही है।

15. कंप्यूटर की मशीनी भाषा बूलियन अलजेब्रा पर आधारित होती है।

बूलियन अलजेब्रा अलजेब्रा की वह शाखा है जिसमें चर के मान सत्य और असत्य होते हैं, जिन्हें आमतौर पर क्रमशः 1 और 0 दर्शाया जाता है।

अतः विकल्प (C) सही है।

16. असेंबली भाषा को निम्न स्तर की भाषा माना जाता है।

एक असेंबली भाषा एक निम्न-स्तरीय प्रोग्रामिंग भाषा है जिसे एक विशिष्ट प्रकार के प्रोसेसर के लिए डिज़ाइन किया गया है। हालांकि, कुछ स्थिति में, किसी प्रोग्राम को फाइन-ट्यून करने के लिए असेंबली कोड का उपयोग किया जा सकता है। उदाहरण के लिए, एक प्रोग्रामर असेंबली भाषा में एक विशिष्ट प्रक्रिया लिख सकता है ताकि यह सुनिश्चित हो सके कि यह यथासंभव कुशलता से कार्य करता है।

अतः विकल्प (C) सही है।

17. IPv4 का आकार 32-बिट है।

इंटरनेट प्रोटोकॉल संस्करण 4 (IPv4) इंटरनेट प्रोटोकॉल (IP) का चौथा संस्करण है। यह इंटरनेट और अन्य पैकेट-स्विच नेटवर्क में मानकों-आधारित इंटरनेटवर्किंग विधियों के मूल प्रोटोकॉल में से एक है। IPv4, 1982 में SATNET पर और ARPANET पर जनवरी 1983 में उत्पादन के लिए तैनात किया गया पहला संस्करण था।

अतः विकल्प (C) सही है।

18. मैकेफी एक वायरस रिमूवल सर्विस सॉफ्टवेयर है जो कंप्यूटर से ट्रोजन, स्पायवेयर और अन्य मालवेयर जैसे वायरस का पता लगाता है और उसे खत्म करता है।

यह किसी भी मालिशियस एप्लिकेशन या मालवेयर की पहचान करता है और उन्हें कंप्यूटर से हटा देता है।

इस कंपनी के सीईओ पीटर ए. लेव हैं।

अतः विकल्प (B) सही है।

19. इनपुट डिवाइस का उपयोग डेटा या निर्देशों को कंप्यूटर में दर्ज करने के लिए किया जाता है।

- कीबोर्ड
- माउस
- डिजिटल कैमरा
- स्कैनर
- माइक
- बारकोड रीडर
- जॉयस्टिक

अतः विकल्प (A) सही है।

20. पोर्टेबल डिवाइस एक ऐसा उपकरण होता है जिसे आसानी से कहीं ले जाया जा सकता है।

हम डेस्कटॉप कंप्यूटर कहीं भी नहीं ले जा सकते हैं, इसलिए यह एक पोर्टेबल डिवाइस नहीं है।

आइपॉड, थंब्स ड्राइव, लैपटॉप पोर्टेबल डिवाइस हैं क्योंकि ये आसानी से ले जाए जा सकते हैं।

अतः विकल्प (C) सही है।

21. BIOS (बेसिक इनपुट/आउटपुट सिस्टम)

- यह एक प्रोग्राम है जो कंप्यूटर के माइक्रोप्रोसेसर द्वारा कंप्यूटर सिस्टम को चालू करने के बाद शुरू करने के लिए उपयोग किया जाता है।
- यह कंप्यूटर के ऑपरेटिंग सिस्टम (OS) और संलग्न उपकरणों, जैसे हार्ड डिस्क, वीडियो एडेप्टर, कीबोर्ड, माउस और प्रिंटर के बीच डेटा प्रवाह का प्रबंधन करता है।

अतः विकल्प (A) सही है।

22. डिजिटाइज़िंग टैबलेट एक पॉइंटिंग इनपुट डिवाइस नहीं है।

डिजिटाइज़िंग टैबलेट एक परिधीय उपकरण है, जो उपयोगकर्ताओं को कंप्यूटर स्क्रीन पर चित्रकारी करने की अनुमति देता है।

अतः विकल्प (C) सही है।

23. EEPROM का पूर्ण रूप "इलेक्ट्रीकली इरेज़ेबल प्रोग्रामेबल रीड-ओनली मेमोरी" है। EEPROM नॉन-वोलेटाइल मेमोरी का एक रूप है जहां विद्युत चार्ज का उपयोग करके डेटा को मिटाया जा सकता है और पुनः प्रोग्रामित किया जा सकता है।

अतः विकल्प (D) सही है।

24. सेंट्रल प्रोसेसिंग यूनिट (CPU), किसी भी डिजिटल कंप्यूटर प्रणाली का प्रमुख हिस्सा, आम तौर पर मेन मेमोरी, कंट्रोल यूनिट और अरिथमेटिक-लॉजिक यूनिट से बना होता है।

यह संपूर्ण कंप्यूटर सिस्टम के भौतिक हृदय का गठन करता है, यह विभिन्न परिधीय उपकरणों से जुड़ा होता है, जिसमें इनपुट/आउटपुट डिवाइस और ऑक्सिलरी स्टोरेज यूनिट शामिल हैं।

आधुनिक कंप्यूटरों में, CPU एकीकृत सर्किट चिप को माइक्रोप्रोसेसर कहा जाता है।

यह भाग कंट्रोल यूनिट इनपुट और आउटपुट डिवाइस को नियंत्रित करता है।

अरिथमेटिक-लॉजिक यूनिट इसके अतिरिक्त, गुणा, और विभाजन जैसे बुनियादी कार्य करती हैं।

एक प्राइमरी स्टोरेज डिवाइस एक ऐसा माध्यम है जो कम समय तक मेमोरी रखता है जबकि कंप्यूटर चल रहा है।

अतः विकल्प (C) सही है।

25. डगलस टी रॉस ने ऑटोमेटिकली प्रोग्रामेबल टूल (APT) विकसित किया।

APT, स्वचालित रूप से प्रोग्राम किए गए टूल के लिए है। यह एक ऐसी भाषा है जो पार्ट ज्योमेट्री के संबंध में टूल पथ को परिभाषित करती है और अक्सर पोस्ट-प्रोसेसर-जनरेटेड एनसी फाइलों के लिए आधार बनाती है।

अतः विकल्प (D) सही है।

26. एक टेराबाइट का मान 1024 गीगाबाइट होता है।

एक टेराबाइट ("TB") 1,000 गीगाबाइट के बराबर है और माप की पेटाबाइट इकाई से पहले है। जबकि एक टेराबाइट बिल्कुल 1 ट्रिलियन बाइट्स होता है टेराबाइट्स का उपयोग अक्सर बड़े स्टोरेज डिवाइस की स्टोरेज कैपेसिटी को मापने के लिए किया जाता है।

अतः विकल्प (C) सही है।

27. मार्जिन आपके कंटेंट और पेज के किनारे के बीच का स्थान है।

मार्जिन नॉर्मल पर सेट होते हैं, जो पेज के कंटेंट और प्रत्येक किनारे के बीच एक इंच का स्थान होता है।

अपने डेटा को पेज पर अधिक आराम से फिट करने के लिए आपको मार्जिन समायोजित करने की आवश्यकता हो सकती है।

प्रिंटेड पेज पर एक्सेल वर्कशीट को बेहतर ढंग से संरेखित करने के लिए, आप मार्जिन बदल सकते हैं, कस्टम मार्जिन निर्दिष्ट कर सकते हैं, या वर्कशीट को केंद्र में या तो क्षैतिज या लंबवत रूप से पेज पर रख सकते हैं।

पेज मार्जिन आपके डेटा और प्रिंटेड पेज के किनारों के बीच रिक्त स्थान हैं। टॉप और बॉटम पेज मार्जिन का इस्तेमाल हेडर, फुटर और पेज नंबर जैसी चीजों के लिए किया जा सकता है।

अतः विकल्प (A) सही है।

28. स्पैम:

यह वाणिज्यिक विज्ञापन के उद्देश्य के लिए बड़ी संख्या में प्राप्तकर्ताओं को एक अवांछित संदेश भेजने के लिए मैसेजिंग सिस्टम का उपयोग है।

यह शब्द अन्य मीडिया में इसी तरह की अपशब्दों, यूज़नेट न्यूज़ग्रुप स्पैम, इंस्टेंट मैसेजिंग स्पैम, वेब सर्च इंजन स्पैम, ब्लॉगों में स्पैम, विकी स्पैम, ऑनलाइन क्लासीफाइड विज्ञापन स्पैम, मोबाइल फ़ोन मैसेजिंग स्पैम, इंटरनेट फ़ोरम स्पैम, जंक फ़ैक्स प्रसारण, स्पैम, मोबाइल ऐप्स, सोशल स्पैम, टेलीविज़न विज्ञापन और फ़ाइल शेयरिंग स्पैम के लिए लागू होता है।

अतः विकल्प (A) सही है।

29. वैकल्पिक रूप से बूट अप या कभी-कभी स्टार्टअप के रूप में जाना जाता है, बूटिंग एक कंप्यूटर पर बिजली देने और ऑपरेटिंग सिस्टम में आने की प्रक्रिया है।

बूट प्रक्रिया के दौरान, कंप्यूटर कई चरणों से गुजरता है, यह सुनिश्चित करने के लिए कि कंप्यूटर हार्डवेयर सही ढंग से काम करता है, और आवश्यक सॉफ़्टवेयर लोड किया जा सकता है।

अतः विकल्प (A) सही है।

30. निर्देश और डेटा के भंडारण और पुनर्प्राप्ति के लिए एक कंप्यूटर सिस्टम में मेमोरी आवश्यक होती है। एक सिस्टम इन निर्देशों और डेटा को संग्रहीत करने के लिए विभिन्न उपकरणों का उपयोग करता है जो इसके संचालन के लिए आवश्यक हैं।

मेमोरी सिस्टम तीन प्रकार की होती हैं:

1. प्राथमिक (मुख्य) मेमोरी: प्राथमिक मेमोरी मुख्य रूप से प्राथमिक भंडारण के लिए उपयोग की जाती हैं। यह प्रोग्राम और डेटा संग्रहीत करता है जो सामान्य रूप सीपीयू द्वारा आवश्यक हैं। प्राथमिक मेमोरी एक स्थिर डिवाइस है। इसमें कोई घूमने वाला हिस्सा नहीं है। उदाहरणों में आरएएम, आरओएम आदि शामिल हैं।

- रैंडम एक्सेस मेमोरी (आरएएम): यह उन डेटा को संग्रहीत करता है, जिन्हें कंप्यूटर को अस्थायी रूप से उपयोग करने की आवश्यकता होती है। तो यह द्वितीयक भंडारण उपकरणों की तुलना में अभिगम के संबंध में तीव्र होता है। यह एक अस्थिर मेमोरी है अर्थात् बिजली बंद होने पर इससे डेटा गायब हो जाता है।

- रीड-ओनली मेमोरी (आरओएम): सिस्टम बूट करने के लिए आरओएम का उपयोग करता है। इसका उपयोग कंप्यूटर की प्रारंभिक जानकारी को संग्रहीत करने के लिए किया जाता है। इसे अनहासी मेमोरी कहा जाता है अर्थात् यह अपनी विषय वस्तु को बनाए रखता है भले ही कंप्यूटर बंद हो जाए।

- कैश मेमोरी: यह प्रोग्राम इंस्ट्रक्शन और डेटा को स्टोर करता है जो कंप्यूटर कई बार उपयोग करता है। प्रोसेसर कंप्यूटर की मुख्य मेमोरी से प्राप्त करने के बजाय इस जानकारी को कैश से प्राप्त कर सकता है।

2. सेकेंडरी मेमोरी: यह वह स्टोरेज है जिसे सी.पी.यू. सीधे एक्सेस नहीं कर सकता है। इसकी सामग्री को पहले रैम में कॉपी किया जाता है और फिर सी.पी.यू में स्थानांतरित किया जाता है। यह डेटा संग्रहीत करता है जिसे आसानी से केवल मुख्य मेमोरी द्वारा पुनर्प्राप्त किया जा सकता है और प्रोसेसर द्वारा उपयोग किया जा सकता है। उदाहरण के लिए, हार्ड डिस्क।

3. तृतीयक मेमोरी: इसमें स्टोरेज डिवाइस में मास स्टोरेज मीडिया को सम्मिलित करने और हटाने के लिए व्यवस्था शामिल है। यह व्यापक डेटा भंडारण के लिए उपयोगी है। उदाहरण के लिए, कॉम्पैक्ट डिस्क (सीडी) और यूएसबी ड्राइव।

इसलिए, जैसा कि आप उपरोक्त बातों से समझ गए होंगे कि गति को बढ़ाने में रैम की आवश्यक होता है।

अतः विकल्प (C) सही है।

Q.1 _____ वह नेटवर्क था जो इंटरनेट का आधार बन गया।

A. एचटीटीपी
B. क्लस्टर
C. एसएससीआईडी
D. अरपानेट

Q.2 _______ एक कंप्यूटर डिवाइस/प्रोग्राम है जो अन्य डिवाइस/प्रोग्राम के लिए कार्यक्षमता प्रदान करता है।

A. सर्वर
B. ब्राउज़र
C. यूएसबी पोर्ट
D. गेटवे

Q.3 कौन सा उपकरण एक नेटवर्क से दूसरे नेटवर्क पर डेटा की आवाजाही को सक्षम बनाता है?

A. हब
B. रिपीटर
C. राऊटर
D. मॉडेम

Q.4 HTTP का पूर्ण रूप क्या है?

A. हाइपरटेक्स्ट ट्रान्सफर प्रोग्राम
B. हाइपरटेक्स्ट ट्रान्सफर प्रोटोकॉल
C. हाइपरटूल ट्रान्सफर प्रोग्राम
D. हाइपरटूल ट्रान्सफर प्रोटोकॉल

Q.5 पैकेट को स्रोत से गंतव्य स्थान तक स्थानांतरित करने का मार्ग तय करने के लिए किस एल्गोरिथम का उपयोग किया जाता है?

A. रूटिंग
B. पार्थींग
C. चयन करना
D. निर्देशन

Q.6 DSLAM का कार्य _______ है।

A. एनालॉग सिग्नल को डिजिटल सिग्नल में बदलना
B. डिजिटल सिग्नल को एनालॉग सिग्नल में बदलना
C. डिजिटल संकेतों को बढ़ाना
D. डिजिटल सिग्नल को डी-एम्पलीफाई करें

Q.7 'ERNET' का अर्थ है:

A. इलेक्ट्रॉनिक अनुसंधान नेटवर्क
B. शिक्षा और संदर्भ नेटवर्क
C. शिक्षा और अनुसंधान नेटवर्क
D. इलेक्ट्रॉनिक और राउटर नेटवर्क

Q.8 निम्नलिखित में से कौन-सा शब्द डीएसएल से संबद्ध नहीं है?

A. डीएसएलएएम
B. सीओ
C. स्प्लिटर
D. सीएमटीएस

Q.9 _____ वाई-फाई का पूर्ण रूप है।

A. वायरलेस फोकस
B. वायरलेस फिडेलिटी
C. वायर्ड फिडेलिटी
D. वायर्ड फोकस

Q.10 जब एक वेब साइट के ग्राहक नकली नेटवर्क ट्रैफ़िक की प्रचुरता के कारण इसे एक्सेस नहीं कर पाते हैं, तो इसे _______ रूप में जाना जाता है।

A. वायरस
B. ट्रोजन हॉर्स
C. क्रेकिंग
D. डिनायल ऑफ़ सर्विस

Q.11 टीसीपी/आईपी मॉडल में, निम्नलिखित में से कौन ट्रांसपोर्ट लेयर प्रोटोकॉल नहीं है?

A. UDP
B. SCTP
C. BOOTP
D. TCP

Q.12 निम्नलिखित में से किसका उपयोग इंटरनेट को जोड़ने के लिए नहीं किया जा सकता है?

A. विद्युत लाइन
B. केबल टीवी लाइन
C. उपग्रह
D. टेलीफोन लाइनें

Q.13 निम्नलिखित में से कौन सा एक सोशल-मीडिया नेटवर्किंग प्लेटफ़ॉर्म है?

[UP Police ASI, 2018]

A. Rediffmail.com
B. Gmail.com
C. Msn.com
D. Twitter.com

Q.14 सिंपल नेटवर्क प्रबंधन प्रोटोकॉल (SNMP) किस पोर्ट नंबर पर संचालित होता है?

[UP Police ASI, 2018]

A. 160
B. 161
C. 164
D. 163

Q.15 डोमेन नामों को हल करने के लिए कौन से प्रोटोकॉल से संबंधित है?

[UP Police ASI, 2018]

A. एसएमटीपी
B. डीएनएस
C. एक्स-विंडो
D. एफ़टीपी

Q.16 स्टारबैंड _______ प्रदान करता है।

A. एफटीटीएच इंटरनेट एक्सेस
B. केबल एक्सेस
C. टेलीफोन एक्सेस
D. सैटेलाइट एक्सेस

Q.17 ईथरनेट (Ethernet) किसका एक उदाहरण है?

[Madhya Pradesh Public Service Commission (MPPSC), 2017]

A. MAN
B. LAN
C. WAN
D. Wi-Fi

Q.18 संचार नेटवर्क जिसका प्रयोग बड़ी संस्थाओं द्वारा प्रादेशिक, राष्ट्रीय और वैश्विक क्षेत्र में किया जाता है, _____ कहलाता हैं।

A. LAN
B. WAN
C. MAN
D. VAN

Q.19 जो अनधिकृत पहुंच प्राप्त करता है, महत्वपूर्ण डेटा को नष्ट कर देता है, वैध उपयोगकर्ता की सेवा से इनकार करता है या उनके लक्ष्यों के लिए समस्या का कारण बनता है-

[Madhya Pradesh Public Service Commission (MPPSC), 2019]

A. व्हाइट हैट हैकर
B. क्रैकर
C. प्रोग्रामर
D. डेटाबेस व्यवस्थापक

Q.20 एक हाई-स्पीड इंटरनेट कनेक्शन या वाइडबैंड ट्रांसमिशन के रूप में जाना जाता है:

A. डायल-अप नेटवर्क
B. डिजिटल ट्रांसमिशन
C. वाइड एरिया नेटवर्क
D. ब्रॉडबैंड नेटवर्क

Q.21 एक साभिप्राय विघटनकारी सॉफ़्टवेयर जो कंप्यूटर से कंप्यूटर तक फैलता है, _____ के रूप में जाना जाता है।

[Madhya Pradesh Public Service Commission (MPPSC), 2018]

A. सर्च इंजन
B. चैट सॉफ्टवेयर
C. ई-मेल
D. वायरस

Q.22 डेटाग्राम स्विचिंग OSI मॉडल की किस लेयर पर किया जाता है?

A. नेटवर्क लेयर
B. फिजिकल लेयर
C. एप्लीकेशन लेयर
D. ट्रांसपोर्ट लेयर

Q.23 निम्नलिखित में से कौन-से उपकरण का प्रयोग फ़ोन लाइन पर डिजिटल डेटा भेजने के लिए किया जाता है?

[Allahabad High Court Review Officer (RO), 2019]

A. यूएसबी   **B.** स्कैनर   **C.** प्रिंटर   **D.** मॉडेम

Q.24 एक _________ कंप्यूटर नेटवर्क पर एक केंद्रीय सर्वर है जो जुड़े हुए ग्राहक को सर्वर की भंडारण क्षमता तक पहुंचने में सक्षम बनाता है।

A. वेब सर्वर   **B.** एप्लीकेशन सर्वर
C. प्रिंट सर्वर   **D.** फ़ाइल सर्वर

Q.25 इनमें से कौन सा नेटवर्क एज डिवाइस नहीं है?

A. पीसी   **B.** स्मार्टफोन्स
C. सर्वर   **D.** स्विच

Q.26 इंटरनेटवर्किंग के लिए किस प्रोटोकॉल का उपयोग किया जाता है?

A. HTTP   **B.** PPP   **C.** TCP/IP   **D.** SMTP

Q.27 फ़ायरवॉल के संबंध में असंगत कथन का चयन कीजिए।

A. फ़ायरवॉल एक सॉफ्टवेयर हो सकता है
B. फ़ायरवॉल एक हार्डवेयर हो सकता है
C. फ़ायरवॉल सॉफ्टवेयर और हार्डवेयर का संयोजन हो सकता है
D. फ़ायरवॉल कंप्यूटर को आग से बचाता है

Q.28 इनमें से कौन नेटवर्किंग डिवाइस नहीं है?

A. राऊटर   **B.** स्विच   **C.** फ़ायरवॉल   **D.** हब

Q.29 मैक एड्रेस किस प्रारूप में लिखा जाता है?

A. द्विआधारी प्रारूप   **B.** अष्टक प्रारूप
C. दशमलव प्रारूप   **D.** षोडश आधारी प्रारूप

Q.30 फ़ायरवॉल का उपयोग संचार नेटवर्क/सिस्टम में किससे सुरक्षा के लिए किया जाता है?

A. अनधिकृत हमला   **B.** डेटा संचालित हमला
C. आग का हमला   **D.** वायरस का हमला

// स्मार्ट उत्तर पुस्तिका //

सही उत्तर — उन छात्रों के प्रतिशत को इंगित करता है जिन्होंने प्रश्नों का सही उत्तर दिया था।

छोड़ दिया — उन छात्रों के प्रतिशत को इंगित करता है जिन्होंने प्रश्नों को छोड़ दिया था।

प्रश्न संख्या	उत्तर	सही उत्तर / छोड़ दिया	प्रश्न संख्या	उत्तर	सही उत्तर / छोड़ दिया	प्रश्न संख्या	उत्तर	सही उत्तर / छोड़ दिया	प्रश्न संख्या	उत्तर	सही उत्तर / छोड़ दिया	प्रश्न संख्या	उत्तर	सही उत्तर / छोड़ दिया
1	D	48.74 % / 47.2 %	7	C	58.95 % / 30.93 %	13	D	53.53 % / 31.02 %	19	B	24.85 % / 71.25 %	25	D	78.22 % / 13.22 %
2	A	61.38 % / 36.13 %	8	D	53.58 % / 44.29 %	14	B	58.97 % / 33.02 %	20	D	10.46 % / 74.38 %	26	C	87.93 % / 11.57 %
3	C	50.76 % / 33.53 %	9	B	48.72 % / 48.06 %	15	B	54.01 % / 44.88 %	21	D	48.01 % / 43.02 %	27	D	58.25 % / 34.38 %
4	B	83.47 % / 12.7 %	10	D	44.28 % / 43.22 %	16	D	66.71 % / 30.22 %	22	A	21.77 % / 71.2 %	28	C	68.45 % / 30.55 %
5	A	55.54 % / 31.33 %	11	C	44.31 % / 54.47 %	17	B	83.74 % / 11.54 %	23	D	52.16 % / 30.04 %	29	D	41.06 % / 37.57 %
6	A	83.18 % / 14.61 %	12	A	64.08 % / 33.47 %	18	B	63.52 % / 32.68 %	24	D	46.02 % / 41.32 %	30	A	46.16 % / 32.62 %

कार्य विश्लेषण	
औसत अंक (%)	40.0%
टॉपर्स स्कोर (%)	63.33%
आपका स्कोर	

//संकेत और समाधान//

1. अरपानेट वह नेटवर्क था जो इंटरनेट का आधार बना।

1967 में, अरपानेट को अमेरिकी एडवांस्ड रिसर्च प्रोजेक्ट्स एजेंसी (ARPA) के निर्देशन में विकसित किया गया था।

1969 में, यह विचार चार विश्वविद्यालय के कंप्यूटरों के अंतर्संबंध के साथ एक वास्तविकता बन गया।

अरपानेट ने पैकेट्स नामक छोटी इकाइयों में जानकारी भेजने के नए विचार का लाभ उठाया, जिन्हें विभिन्न रास्तों पर रूट किया जा सकता था और अपने गंतव्य पर फिर से संगठित किया जा सकता था।

1970 के दशक में टीसीपी/आईपी प्रोटोकॉल के विकास ने नेटवर्क के आकार का विस्तार करना संभव बना दिया, जो अब नेटवर्कों का नेटवर्क बन गया था।

अतः विकल्प (D) सही है।

2. सर्वर एक कंप्यूटर डिवाइस/प्रोग्राम है जो अन्य डिवाइस/प्रोग्राम के लिए कार्यक्षमता प्रदान करता है।

सर्वर कई क्लाइंट्स के बीच डेटा या संसाधन साझा करने या क्लाइंट के लिए कम्प्यूटेशन करने जैसे कार्य प्रदान कर सकते हैं।

यह नेटवर्क संसाधनों का प्रबंधन करता है।

यह एक स्थानीय क्षेत्र नेटवर्क (LAN) या इंटरनेट पर एक विस्तृत क्षेत्र नेटवर्क (WAN) पर सिस्टम को डेटा प्रदान कर सकता है।

वेब सर्वर, मेल सर्वर और फाइल सर्वर आदि विभिन्न प्रकार के सर्वर के उदाहरण हैं।

एक व्यक्तिगत प्रणाली संसाधनों को प्रदान कर सकती है और उन्हें उसी समय दूसरी प्रणाली से उपयोग कर सकती है।

क्लाइंट-सर्वर सिस्टम आज रिक्वेस्ट-रिस्पांस मॉडल द्वारा (और अक्सर पहचाने जाने वाले) द्वारा निष्पादित किए जाते हैं।

डिवाइस जो अनुरोध करता है, और सर्वर से प्रतिक्रिया प्राप्त करता है, उसे क्लाइंट कहा जाता है।

अतः विकल्प (A) सही है।

3. राउटर एक उपकरण है जो एक नेटवर्क से दूसरे नेटवर्क पर डेटा की आवाजाही को सक्षम बनाता है।

यह कंप्यूटर नेटवर्क के बीच डेटा पैकेट प्राप्त, विश्लेषण और अग्रेषित करता है। एक राउटर कम से कम दो नेटवर्क से जुड़ा होता है, आमतौर पर दो लैन या वैन या एक लैन और इसका आईएसपी नेटवर्क।

अतः विकल्प (C) सही है।

4. HTTP का पूर्ण रूप हाइपरटेक्स्ट ट्रांसफर प्रोटोकॉल है।

हाइपरटेक्स्ट ट्रांसफर प्रोटोकॉल एक एप्लिकेशन प्रोटोकॉल है, जिसका उपयोग आसान प्रवेश के लिए किया जाता है। यह प्रोटोकॉल सहयोगी, वितरित, हाइपरमीडिया सूचना प्रणाली के लिए है।

इसमें अन्य संसाधनों के लिए हाइपरलिंक शामिल हैं जिन्हें उपयोगकर्ता आसानी से माउस क्लिक या वेब ब्राउज़र में स्क्रीन को टैप करके एक्सेस कर सकता है।

अतः विकल्प (B) सही है।

5. रूटिंग एक नेटवर्क में ट्रैफ़िक के लिए या कई नेटवर्क के बीच या उनके पार के पथ को चुनने की प्रक्रिया है।

रूटिंग प्रक्रिया आमतौर पर रूटिंग टेबल के आधार पर अग्रेषण को निर्देशित करती है। रूटिंग टेबल विभिन्न नेटवर्क गंतव्यों के मार्गों का रिकॉर्ड बनाए रखते हैं।

अतः विकल्प (A) सही है।

6. DSLAM का कार्य एनालॉग सिग्नल को डिजिटल सिग्नल में बदलना है।

DSLAM का अर्थ डिजिटल सब्सक्राइबर लाइन एक्सेस मल्टीप्लेक्सर है और इसका उपयोग टेलीकॉम द्वारा इंटरनेट प्रदान करने के उद्देश्य से एनालॉग सिग्नल को डिजिटल सिग्नल में बदलने के लिए किया जाता है। एक दूरसंचार कंपनी के केंद्रीय कार्यालय में स्थित डीएसएलएएम यह कार्य करता है।

अतः विकल्प (A) सही है।

7. 'ERNET' का अर्थ शिक्षा और अनुसंधान नेटवर्क है।

शिक्षा और अनुसंधान नेटवर्क (ईआरनेट) इलेक्ट्रॉनिक्स और सूचना प्रौद्योगिकी मंत्रालय, भारत सरकार का एक स्वायत्त वैज्ञानिक समाज है।

अतः विकल्प (C) सही है।

8. सीएमटीएस शब्द डीएसएल से संबद्ध नहीं है।

सीएमटीएस का अर्थ केबल मॉडम टर्मिनेशन सिस्टम है। इसका उपयोग केबल इंटरनेट एक्सेस में किया जाता है। केबल इंटरनेट एक्सेस में, टेलीफोन लाइनों के माध्यम से इंटरनेट प्रदान नहीं किया जाता है और ऐसे कनेक्शन प्रदान करने वाली कंपनियां आवश्यक रूप से टेलीफोन एक्सेस प्रदान नहीं करती हैं।

अतः विकल्प (D) सही है।

9. वायरलेस फ़िडेलिटी वाई-फाई का पूर्ण रूप है।

- वाई-फाई एक वायरलेस लोकल एरिया नेटवर्क है।
- यह एक इलेक्ट्रॉनिक उपकरण को रेडियो तरंगों का उपयोग करके वायरलेस तरीके से डेटा का आदान-प्रदान करने की अनुमति देता है।
- वाई-फाई निजी घरों, व्यवसायों, साथ ही सार्वजनिक स्थानों में सेवाएं प्रदान करता है।
- वाई-फाई पोजिशनिंग सिस्टम किसी डिवाइस के स्थान की पहचान करने के लिए वाई-फाई हॉटस्पॉट की स्थिति का उपयोग करते हैं।

अतः विकल्प (B) सही है।

10. एक डिस्ट्रीब्यूटेड डिनायल-ऑफ-सर्विस (DDoS) अटैक एक दुर्भावनापूर्ण प्रयास है जो लक्षित सर्वर, सर्विस, या नेटवर्क के सामान्य ट्रैफ़िक को बाधित करने के लिए इंटरनेट ट्रैफ़िक की बाढ़ के साथ लक्ष्य या उसके आसपास के बुनियादी ढांचे को प्रभावित करता है।

अतः विकल्प (D) सही है।

11. BOOTP (बूटस्ट्रैप प्रोटोकॉल) एक कंप्यूटर नेटवर्क मैनेजमेंट प्रोटोकॉल है जिसका उपयोग कॉन्फ़िगरेशन सर्वर से नेटवर्क उपकरणों को स्वचालित रूप से आईपी पते को असाइन करने के लिए किया जाता है।

अतः विकल्प (C) सही है।

12. विद्युत लाइन विद्युत तारों को संदर्भित करता है। केबल टीवी लाइन, उपग्रह और टेलीफोन लाइनों का उपयोग इंटरनेट को जोड़ने के लिए किया जा सकता है।

वैकल्पिक रूप से नेट या वेब के रूप में संदर्भित, इंटरनेट (इंटरकनेक्टेड नेटवर्क) शुरू में अकादमिक कंप्यूटर केंद्रों को जोड़कर कंप्यूटिंग प्रौद्योगिकी की प्रगति में सहायता के लिए विकसित किया गया था।

अतः विकल्प (A) सही है।

13. Twitter.com एक सोशल नेटवर्किंग प्लेटफॉर्म है।

एक सोशल नेटवर्किंग सेवा (सोशल नेटवर्किंग साइट या सोशल मीडिया) भी एक ऑनलाइन प्लेटफ़ॉर्म है, जिसका उपयोग लोग अन्य लोगों के साथ सामाजिक नेटवर्क या सामाजिक संबंध बनाने के लिए करते हैं, जो समान व्यक्तिगत या कैरियर के हितों, गतिविधियों, पृष्ठभूमि या वास्तविक जीवन के कनेक्शन साझा करते हैं।

अतः विकल्प (D) सही है।

14. SNMP एजेंट उपयोगकर्ता डेटाग्राम पोर्ट 161 पर अनुरोध प्राप्त करता है।

- प्रबंधक एजेंट में किसी भी उपलब्ध स्रोत पोर्ट से पोर्ट 161 तक अनुरोध भेज सकता है।
- एजेंट की प्रतिक्रिया प्रबंधक पर स्रोत पोर्ट पर वापस भेज दी जाती है।
- यह पोर्ट नंबर 162 का उपयोग करता है जब एजेंट SNMP प्रबंधक को अवांछित जाल भेजते हैं।

अतः विकल्प (B) सही है।

15. डीएनएस डोमेन नामों को हल करने से संबंधित है।

डोमेन नेम प्रणाली कंप्यूटर, सेवाओं, या इंटरनेट या एक निजी नेटवर्क से जुड़े अन्य संसाधनों के लिए एक पदानुक्रमित और विकेंद्रीकृत नामकरण प्रणाली है। यह प्रत्येक प्रतिभागी संस्थाओं को सौंपे गए डोमेन नामों के साथ विभिन्न सूचनाओं को जोड़ता है।

अतः विकल्प (B) सही है।

16. स्टारबैंड सैटेलाइट एक्सेस प्रदान करता है।

स्टारबैंड 2000-2015 से यू.एस. में उपलब्ध दो-तरफा उपग्रह ब्रॉडबैंड इंटरनेट सेवा थी। अन्य ISP से बढ़ती प्रतिस्पर्धा के कारण इसे 30 सितंबर 2015 से बंद कर दिया गया था।

अतः विकल्प (D) सही है।

17. ईथरनेट (Ethernet) LAN का उदाहरण है।

लैन (LAN) का अर्थ लोकल एरिया नेटवर्क है, यह एक डाटा संचार नेटवर्क है जो एक सीमित भौगोलिक क्षेत्र या भवन के भीतर विभिन्न टर्मिनलों या कंप्यूटरों को जोड़ता है।

अतः विकल्प (B) सही है।

18. संचार नेटवर्क जिसका प्रयोग बड़ी संस्थाओं द्वारा प्रादेशिक, राष्ट्रीय और वैश्विक क्षेत्र में किया जाता है, WAN कहलाता हैं।

WAN का अर्थ विस्तृत क्षेत्र नेटवर्क है। यह कई अन्य छोटे LAN (लोकल एरिया नेटवर्क) या MAN (मेट्रोपॉलिटन एरिया नेटवर्क) का संयोजन है। WAN में एक बड़ा भौगोलिक क्षेत्र शामिल है। WAN वायर्ड (ईथरनेट) की मदद से कनेक्ट किया जा सकता है या वायरलेस (4G LTE, पब्लिक वाई-फाई) हो सकता है।

अतः विकल्प (B) सही है।

19. जो अनधिकृत पहुंच प्राप्त करता है, महत्वपूर्ण डेटा को नष्ट कर देता है, वैध उपयोगकर्ता की सेवा से इनकार करता है, या अपने लक्ष्य के लिए समस्याओं का कारण बनता है उसे क्रैकर कहा जाता है।

क्रैकर अक्सर दुर्भावनापूर्ण होते हैं और एक प्रणाली को खराब करने के लिए उसके निपटान के कई साधन होते हैं।

अतः विकल्प (B) सही है।

20. ब्रॉडबैंड शब्द आमतौर पर हाई-स्पीड इंटरनेट एक्सेस को संदर्भित करता है जो पारंपरिक डायल-अप एक्सेस की तुलना में हमेशा चालू और तेज़ होता है।

ब्रॉडबैंड में डिजिटल सब्सक्राइबर लाइन (डीएसएल) जैसी कई हाई-स्पीड ट्रांसमिशन तकनीकें शामिल हैं।

अतः विकल्प (D) सही है।

21. कंप्यूटर वायरस एक प्रकार का मैलिसियस कोड या प्रोग्राम होता है जिसे कंप्यूटर संचालित करने के तरीके को बदलने के लिए लिखा जाता है। इसे एक कंप्यूटर से दूसरे कंप्यूटर में फैलाने के लिए डिज़ाइन किया जाता है।

एक वायरस अपने कोड को निष्पादित करने के लिए मैक्रोज़ का समर्थन करने वाले एक वैध प्रोग्राम या डॉक्यूमेंट में खुद को सम्मिलित या संलग्न करके संचालित होता है।

इस प्रक्रिया में, वायरस में अप्रत्याशित या हानिकारक प्रभाव पैदा करने की क्षमता होती है, जैसे कि यह डाटा को दूषित या नष्ट करके सिस्टम सॉफ्टवेयर को नुकसान पहुंचाता है।

अतः विकल्प (D) सही है।

22. डेटाग्राम स्विचिंग OSI मॉडल की नेटवर्क लेयर पर किया जाता है।

डेटाग्राम स्विचिंग में, डेटाग्राम स्ट्रीम को क्रम में होने की आवश्यकता नहीं है क्योंकि प्रत्येक डेटाग्राम गंतव्य के लिए अलग-अलग मार्ग ले सकता है।

अत: विकल्प (A) सही है।

23. मॉडेम का प्रयोग फ़ोन लाइन पर डिजिटल डेटा भेजने के लिए किया जाता है।

मॉडेम

- मॉडेम आईएसपी से फोन लाइनों, ऑप्टिकल फाइबर, या घर में समाक्षीय केबल (आपके सेवा प्रदाता के आधार पर) के माध्यम से जानकारी प्राप्त करता है और इसे डिजिटल सिग्नल में परिवर्तित करता है।

यूएसबी

- यह सार्वभौमिक श्रृंखला बस है।
- यह उपकरणों के कई अलग-अलग प्रकारों के लिए संयोजन का एक मानक प्रकार है।
- यूएसबी पोर्ट और केबल का प्रयोग प्रिंटर, स्कैनर, कीबोर्ड, इत्यादि जैसे हार्डवेयर को जोड़ने के लिए किया जाता है।

स्कैनर

- यह एक ऐसा उपकरण है जो कंप्यूटर संपादन और प्रदर्शन के लिए फोटोग्राफिक प्रिंट, पोस्टर, पत्रिका के पन्नों और इसी तरह के स्रोतों से छवियों को लेता है।

प्रिंटर

- यह एक आउटपुट उपकरण है।
- यह कंप्यूटर से टेक्स्ट और ग्राफिक आउटपुट स्वीकार करता है और जानकारी को कागज पर स्थानांतरित करता है।

अतः विकल्प (D) सही है।

24. एक फ़ाइल सर्वर कंप्यूटर नेटवर्क पर एक केंद्रीय सर्वर है जो जुड़े हुए ग्राहक को सर्वर की भंडारण क्षमता तक पहुंचने में सक्षम बनाता है।

एक फ़ाइल सर्वर का उपयोग सर्वर पर फ़ाइलों को प्रबंधित करने के लिए किया जाता है जहां इसे अन्य उपलब्ध सिस्टम द्वारा अपलोड, साझा या डाउनलोड किया जा सकता है जो उस नेटवर्क से जुड़े होते हैं।

अतः विकल्प (D) सही है।

25. नेटवर्क एज डिवाइस होस्ट सिस्टम को संदर्भित करते हैं, जो वेब ब्राउज़र जैसे एप्लिकेशन होस्ट कर सकते हैं। एक स्विच होस्ट के रूप में काम नहीं कर सकता है, लेकिन एक केंद्रीय उपकरण के रूप में जिसका उपयोग नेटवर्क संचार को प्रबंधित करने के लिए किया जा सकता है।

अत: विकल्प (D) सही है।

26. TCP/IP कोर्स के साथ इंटर्न नेटवर्किंग TCP/IP से जुड़ी प्रक्रियाओं, प्रोटोकॉल और आर्किटेक्चर को समझने के लिए तकनीशियन का गाइड है, जो IP नेटवर्क को चलाता है।

अत: विकल्प (C) सही है।

27. एक फ़ायरवॉल सामान्यतः एक बाधा है - एक सुरक्षित और विश्वसनीय आंतरिक नेटवर्क और एक बाहरी नेटवर्क के बीच एक अवरोध है।

फायरवॉल को हार्डवेयर और सॉफ्टवेयर, या दोनों के संयोजन के माध्यम से लगाया जा सकता है।

फायरवॉल के प्रकार:

- पैकेट-फ़िल्टरिंग फ़ायरवॉल
- स्टेटफुल पैकेट इंस्पेक्शन (SPI)
- डीप पैकेट इंस्पेक्शन (DPI)

अतः विकल्प (D) सही है।

28. फ़ायरवॉल एक नेटवर्किंग डिवाइस नहीं है। कंप्यूटिंग में, फ़ायरवॉल एक नेटवर्क सुरक्षा प्रणाली है जो पूर्व निर्धारित सुरक्षा नियमों के आधार पर आने वाले और बाहर जाने वाले नेटवर्क ट्रैफ़िक की निगरानी और नियंत्रण करता है। फ़ायरवॉल आमतौर पर एक विश्वसनीय नेटवर्क और एक अविश्वसनीय नेटवर्क, जैसे कि इंटरनेट के बीच एक अवरोध स्थापित करता है।

अतः विकल्प (C) सही है।

29. मैक एड्रेस षोडश आधारी प्रारूप में लिखा जाता है। एक मीडिया एक्सेस कंट्रोल एड्रेस (मैक) एक अद्वितीय पहचानकर्ता है जो नेटवर्क सेगमेंट में संचार में नेटवर्क एड्रेस के रूप में उपयोग के लिए नेटवर्क इंटरफ़ेस नियंत्रक को सौंपा गया है। हर NIC (नेटवर्क इंटरफेस नियंत्रक) में एक हार्डवेयर एड्रेस होता है जिसे मैक के रूप में जाना जाता है, मीडिया एक्सेस कंट्रोल के लिए जहां आईपी एड्रेस टीसीपी/आईपी (नेटवर्किंग सॉफ्टवेयर) से जुड़े होते हैं, मैक एड्रेस नेटवर्क एडैप्टर के हार्डवेयर से जुड़े होते हैं।

अतः विकल्प (D) सही है।

30. अनधिकृत हमलों से सुरक्षा के लिए संचार नेटवर्क/सिस्टम में फ़ायरवॉल का उपयोग किया जाता है। फ़ायरवॉल डिवाइस में डेटा के सुरक्षित इन-फ्लो और आउट-फ्लो को प्रबंधित करता है। यह नेटवर्क ट्रैफ़िक पर नज़र रखता है और विश्वसनीय और अविश्वसनीय नेटवर्क के बीच एक बाधा के रूप में कार्य करता है। यह एक बाधा के रूप में कार्य करता है और केवल सुरक्षित नेटवर्क को डेटा भेजने या प्राप्त करने की अनुमति देता है।

अतः विकल्प (A) सही है।

Q.1 निम्न में से कौन सा कमांड विंडोज एनटी 4.0 के लिए एक इमरजेंसी रिपेयर डिस्क बनाता है?

A. BAT

B. EXE

C. EXE/S

D. ADD/REMOVE प्रोग्राम

Q.2 डेडलॉक के एक्सिस्टेंस के लिए चार आवश्यक शर्तें हैं, म्यूच्यूअल एक्सक्लूशन, नो-प्रीप्शन, सर्कुलर वेट और:

A. होल्ड एंड वेट

B. डेडलॉक अवॉइडेंस

C. रेस अराउंड कंडीशन

D. बफर ओवरफ्लो

Q.3 एक पार्टिसनड डेटा सेट का उपयोग _______ के लिए सबसे अधिक किया जाता है।

A. एक प्रोग्राम या सोर्स लाइब्रेरी

B. प्रोग्राम डेटा स्टोर

C. बैकअप इनफार्मेशन स्टोर

D. आईएसएएम फाइलों को स्टोर

Q.4 पेज-मैप टेबल क्या है?

A. यह एक डेटा फ़ाइल है।

B. यह एक डायरेक्टरी है।

C. इसका उपयोग एड्रेस ट्रांसलेशन के लिए किया जाता है।

D. इनमे से कोई नहीं

Q.5 डिस्पैचर (प्रोसेस शेड्यूलर का हिस्सा) का मुख्य कार्य __________ है।

A. डिस्क पर एक प्रक्रिया की स्वैपिंग

B. सीपीयू को तैयार प्रक्रिया असाइन करना

C. सीपीयू लोड अधिक होने पर कुछ प्रक्रियाओं को सस्पेंड करना

D. डिस्क से प्रक्रियाओं को मुख्य मेमोरी में लाना

Q.6 मल्टी-माइक्रोप्रोसेसर के निर्माण का मुख्य उद्देश्य है:

A. ग्रेटर थ्रूपुट

B. इन्हैंस्ड फाल्ट टॉलरेंस

C. (A) और (B) दोनों

D. इनमें से कोई नहीं

Q.7 जब किसी कंप्यूटर को पहली बार स्टार्ट या रीस्टार्ट किया जाता है, तो एक विशेष प्रकार का फुल लोडर निष्पादित किया जाता है, जिसे _______ कहा जाता है।

A. "कम्पाइल एंड गो" लोडर

B. बूट लोडर

C. बूटस्ट्रैप लोडर

D. रेलटिंग लोडर

Q.8 निम्नलिखित में से कौन सा शेड्यूलिंग एल्गोरिदम प्रिएम्प्टीव शेड्यूलिंग है?

A. एफसीएफएस शेड्यूलिंग

B. एसजेएफ शेड्यूलिंग

C. नेटवर्क शेड्यूलिंग

D. एसआरटीएफ शेड्यूलिंग

Q.9 कई जॉब्स के बीच कंप्यूटर के समय को साझा करने की तकनीक क्या है, जो जॉब्स को इतनी तेजी से स्विच करता है कि ऐसा प्रतीत होता है कि प्रत्येक जॉब के पास स्वयं कंप्यूटर है:

A. टाइम शेयरिंग

B. टाइम आउट

C. टाइम डोमेन

D. फीफो

Q.10 निम्नलिखित में से कौन रीयल टाइम ऑपरेटिंग सिस्टम का उदाहरण है?

A. मैक

B. एमएस-डॉस

C. विंडोज 10

D. प्रोसेस कंट्रोल

Q.11 MS-DOS में, स्थानांतरित करने योग्य ऑब्जेक्ट फ़ाइलें और लोड मॉड्यूल में एक्सटेंशन होते हैं:

A. .OBJ और .COM या .EXE क्रमशः

B. .COM और .OBJ क्रमशः

C. .EXE और .OBJ क्रमशः

D. .DAS और .EXE क्रमशः

Q.12 MS Word की एक विशेषता जो निश्चित अंतराल के बाद डॉक्यूमेंट को स्वचालित रूप से सेव है:

A. डायलॉग बॉक्स पर Save टैब

B. डायलॉग बॉक्स पर Save As टैब

C. उपरोक्त दोनों

D. इनमें से कोई भी नहीं

Q.13 कंप्यूटर के ऑपरेटिंग सिस्टम का प्राथमिक काम _______ है।

A. कमांड रिसोर्स

B. मैनेज रिसोर्स

C. प्रोवाइड यूटिलिटी

D. उपयोगकर्ता के अनुकूल हो

Q.14 लीनियर प्रोग्रामिंग समस्याओं को _______ द्वारा हल किया जा सकता है।

A. रिवाइज्ड सिंप्लेक्स मेथड

B. टर्मेड मेथड

C. मोमेंट डेरिवेशन मेथड

D. होलो मेथड

Q.15 माइक्रोसॉफ्ट विंडो क्या है?

A. ऑपरेटिंग सिस्टम

B. ग्राफिक्स प्रोग्राम

C. वर्ड प्रोसेसिंग

D. डेटाबेस प्रॉब्लम

Q.16 एक मल्टीप्रोग्रामिंग क्या है?

A. मेमोरी आवंटन की एक विधि है जिसके द्वारा कार्यक्रम को समान भागों में विभाजित किया जाता है, या पृष्ठों और कोर को समान भागों या ब्लॉकों में विभाजित किया जाता है।

B. उन एड्रेस से मिलकर बनता है जो एक संगणना के निष्पादन के दौरान एक प्रोसेसर द्वारा उत्पन्न किए जा सकते हैं।

C. प्रोसेसर समय आवंटित करने की एक विधि है।

D. कई प्रोग्रामों के कोर के अंदर अलग अलग क्षेत्रों में उस समय पर रन करने की अनुमति देता है।

Q.17 डायनेमिक लोडिंग का क्या लाभ है?

A. एक प्रयुक्त रूटीन कई बार प्रयोग की जाती है।

B. एक अनयूज्ड रूटीन कभी लोड नहीं होती है।

C. सीपीयू उपयोगिता बढ़ जाती है।

D. इनमे से कोई भी नहीं

Q.18 एसजेएफ एल्गोरिथम पहले कार्य को निष्पादित करता है:

A. क्यू में अंतिम प्रवेश करने वाला

B. क्यू में पहले प्रवेश करने वाला

C. क्यू में सबसे लंबे समय तक प्रवेश करने वाला

D. कम से कम प्रोसेसर की जरूरत के साथ

Q.19 ऑपरेटिंग सिस्टम के साथ चलने वाली प्रक्रियाओं के प्रोग्रामिंग व्यवहार के वर्किंग सेट सिद्धांत में शामिल हैं:

A. उन पृष्ठों का संग्रह जिन तक एक प्रक्रिया पहुँचती है।

B. डिस्क शेड्यूलिंग मैकेनिज्म

C. मेमोरी में कॉलेस्क्यिंग होल

D. प्रक्रियाओं के लिए सीपीयू असाइन करना

Q.20 स्पीड डिफरेंशियल को समायोजित करने के लिए उपयोग किए जाने वाले मेमोरी बफर का नाम क्या है?

A. कैश

B. स्टैक पॉइंटर

C. एकुमुलेटर

D. डिस्क

Q.21 यदि सभी प्रक्रियाएं I/O बाध्य हैं, तो रेडी क्यू लगभग हमेशा _____ होगी और शॉर्ट टर्म शेड्यूलर के पास करने के लिए _______ होगा।

A. पूर्ण, छोटा

B. पूर्ण, बहुत

C. खाली, थोड़ा

D. खाली, बहुत

Q.22 सेगमेंटेशन प्रोग्राम का एड्रेस संग्रहीत करने का सही तरीका क्या है?

A. नेम, ऑफसेट

B. स्टार्ट, स्टॉप

C. एक्सेस, राइट्स

D. ऑफसेट, राइट्स

Q.23 लिंकर प्रोग्राम क्या करता है?

A. निष्पादन के उद्देश्य से प्रोग्राम को मेमोरी में रखता है।

B. इसे आवंटित विशिष्ट मेमोरी क्षेत्र से निष्पादित करने के लिए प्रोग्राम को स्थानांतरित करता है।

C. प्रोग्राम को इसके निष्पादन के लिए आवश्यक अन्य प्रोग्रामों के साथ जोड़ता है।

D. अपने इनपुट डेटा को उत्पन्न करने वाली संस्थाओं के साथ प्रोग्राम को इंटरफेस करता है।

Q.24 टाइम-शेयर्ड ऑपरेटिंग सिस्टम के लिए कौन सी शेड्यूलिंग नीति सबसे उपयुक्त है?

A. शॉर्टेस्ट-जॉब फर्स्ट

B. एलेवेटर

C. राउंड-रोबिन

D. फर्स्ट-कम-फर्स्ट-सर्व

Q.25 एक क्रिटिकल सेक्शन एक प्रोग्राम सेगमेंट है:

A. जो एक निश्चित निर्दिष्ट समय में चलना चाहिए।

B. जो डेडलॉक से बचाती है।

C. जहां शेयर्ड रिसोर्सेस का उपयोग किया जाता है।

D. जिसे सेमाफोर ऑपरेशंस, पी और वी की एक जोड़ी द्वारा संलग्न किया जाना चाहिए।

Q.26 डॉस में विभिन्न कार्यों को करने के लिए किस प्रकार के कमांड की आवश्यकता होती है?

A. इंटरनल कमांड

B. एक्सटर्नल कमांड

C. वैल्युएबल कमांड

D. प्राइमरी कमांड

Q.27 उस सिस्टम का नाम क्या है जो एक्चुअल कंप्यूटर के चलने से संबंधित है न कि प्रोग्रामिंग प्रॉब्लम्स से?

A. ऑब्जेक्ट प्रोग्राम

B. सिस्टम प्रोग्राम

C. सोर्स प्रोग्राम

D. उपरोक्त में से कोई नहीं

Q.28 कंप्यूटर को बूट करने और जीयूआई लोड करने के बाद सबसे पहले कौन सा प्रोग्राम चलता है?

A. डेस्कटॉप मैनेजर

B. फ़ाइल मैनेजर

C. ऑथेंटिकेशन

D. इनमें से कोई नहीं

Q.29 एसएसटीएफ का मतलब _______ है।

A. शॉर्टेस्ट सिग्नल टाइम फर्स्ट

B. शॉर्टेस्ट सीक टाइम फर्स्ट

C. सिस्टम सीक टाइम फर्स्ट

D. सिस्टम शॉर्टेस्ट टाइम फर्स्ट

Q.30 पुअर रिस्पांस टाइम के कारण हैं:

A. प्रोसेसर बिजी

B. हाई I/O रेट

C. हाई पेजिंग रेट

D. (A), (B) और (C)

// स्मार्ट उत्तर पुस्तिका //

सही उत्तर उन छात्रों के प्रतिशत को इंगित करता है जिन्होंने प्रश्नों का सही उत्तर दिया था।

छोड़ दिया उन छात्रों के प्रतिशत को इंगित करता है जिन्होंने प्रश्नों को छोड़ दिया था।

प्रश्न संख्या	उत्तर	सही उत्तर / छोड़ दिया
1	B	20.06 % / 70.86 %
2	A	50.62 % / 42.26 %
3	A	77.1 % / 16.31 %
4	C	44.72 % / 33.99 %
5	B	65.4 % / 31.61 %
6	C	64.46 % / 33.82 %

प्रश्न संख्या	उत्तर	सही उत्तर / छोड़ दिया
7	C	40.77 % / 34.27 %
8	D	16.95 % / 75.28 %
9	A	62.51 % / 34.28 %
10	D	66.23 % / 31.72 %
11	A	87.53 % / 12.3 %
12	A	64.73 % / 33.24 %

प्रश्न संख्या	उत्तर	सही उत्तर / छोड़ दिया
13	B	86.89 % / 10.54 %
14	A	69.07 % / 30.63 %
15	A	55.8 % / 34.33 %
16	D	65.13 % / 31.06 %
17	B	47.61 % / 38.26 %
18	D	51.32 % / 44.57 %

प्रश्न संख्या	उत्तर	सही उत्तर / छोड़ दिया
19	A	56.4 % / 32.78 %
20	A	89.97 % / 10.01 %
21	C	26.32 % / 68.73 %
22	A	66.25 % / 31.89 %
23	C	59.91 % / 31.85 %
24	C	44.69 % / 50.23 %

प्रश्न संख्या	उत्तर	सही उत्तर / छोड़ दिया
25	C	40.04 % / 48.74 %
26	B	40.14 % / 45.05 %
27	B	45.87 % / 51.62 %
28	D	63.48 % / 33.19 %
29	B	40.92 % / 30.68 %
30	D	41.07 % / 30.09 %

कार्य विश्लेषण	
औसत अंक (%)	43.33%
टॉपर्स स्कोर (%)	60.0%
आपका स्कोर	

//संकेत और समाधान//

1. EXE वह कमांड है जो विंडोज एनटी 4.0 के लिए एक इमरजेंसी रिपेयर डिस्क बनाता है। विंडोज एनटी 4.0 में डिस्क रिपेयर के लिए निम्नलिखित चरण हैं:

चरण 1: विंडोज एनटी 4.0 में सर्च बटन पर जाएं, फिर कमांड प्रॉम्प्ट टाइप करें।

चरण 2: फिर "RDISK.EXE" टाइप करें और एंटर दबाएं।

चरण 3: फिर एक पॉप-अप विंडो खोलें। यह पॉप-अप विंडो इमरजेंसी रिपेयर डिस्क को अपडेट करेगी।

अतः विकल्प (B) सही है।

2. डेडलॉक के एक्सिस्टेंस के लिए चार आवश्यक शर्तें हैं, म्यूच्यूअल एक्सक्लूशन, नो-प्रीम्पशन, सर्कुलर वेट और होल्ड एंड वेट है।

ओएस में डेडलॉक एक ऐसी स्थिति है जहां दो या दो से अधिक प्रक्रियाएं अवरुद्ध हो जाती हैं। डेडलॉक की स्थिति के लिए म्यूच्यूअल एक्सक्लूशन, नो-प्रीम्पशन, सर्कुलर वेट और होल्ड एंड वेट इन चार आवश्यक शर्तों को एक साथ होना चाहिए।

म्यूच्यूअल एक्सक्लूशन: कम से कम एक प्रक्रिया को नॉन -शेयरएबल करने योग्य मोड में आयोजित किया जाना चाहिए।

होल्ड एंड वेट: एक संसाधन को होल्ड करने वाली और दूसरे का वेट करने की प्रक्रिया होनी चाहिए।

नो-प्रीम्पशन: संसाधनों को प्रीम्प्ट नहीं किया जा सकता है।

सर्कुलर वेट: प्रक्रियाओं का एक सेट मौजूद होना चाहिए।

अतः विकल्प (A) सही है।

3. एक पार्टिसनड डेटा सेट एक प्रोग्राम या सोर्स लाइब्रेरी के लिए सबसे अधिक उपयोग किया जाता है।

एक पार्टिसनड डेटा सेट (पीडीएस) एक डेटा सेट होता है जिसमें कई मेम्बर होते हैं जिनमें से प्रत्येक में अन्य प्रकार के फाइल सिस्टम में डायरेक्टरी के समान एक अलग सब-डेटा सेट होता है। एक पार्टिसनड डेटा सेट या पीडीएस में एक डायरेक्टरी और मेम्बर्स होते हैं। डायरेक्टरी में प्रत्येक मेम्बर का एड्रेस होता है और इस प्रकार प्रोग्राम या ऑपरेटिंग सिस्टम के लिए प्रत्येक मेम्बर को सीधे एक्सेस करना संभव बनाता है। हालाँकि, प्रत्येक मेम्बर में क्रमिक रूप से संग्रहीत रिकॉर्ड होते हैं।

अतः विकल्प (A) सही है।

4. पेज-मैप टेबल का उपयोग एड्रेस ट्रांसलेशन के लिए किया जाता है। एक पेज टेबल एक कंप्यूटर ऑपरेटिंग सिस्टम में वर्चुअल मेमोरी सिस्टम द्वारा वर्चुअल एड्रेस और फिजिकल एड्रेस के बीच मैपिंग को स्टोर करने के लिए उपयोग की जाने वाली डेटा संरचना है। वर्चुअल एड्रेस का उपयोग एक्सेसिंग प्रक्रिया द्वारा निष्पादित प्रोग्राम द्वारा किया जाता है, जबकि फिजिकल एड्रेस का उपयोग हार्डवेयर द्वारा, या अधिक विशेष रूप से, रैम सबसिस्टम द्वारा किया जाता है। पेज टेबल वर्चुअल एड्रेस ट्रांसलेशन का एक प्रमुख घटक है जो मेमोरी में डेटा एक्सेस करने के लिए आवश्यक है।

अतः विकल्प (C) सही है।

5. डिस्पैचर का मुख्य कार्य सीपीयू को तैयार प्रक्रिया असाइन करना है सीपीयू शेड्यूलर उन प्रक्रियाओं के बीच एक प्रक्रिया का चयन करता है जो निष्पादित करने के लिए तैयार हैं और उनमें से एक को, सीपीयू को असाइन किया जाता है। शॉर्ट-टर्म शेड्यूलर जिन्हें डिस्पैचर्स के रूप में भी जाना जाता है, यह निर्णय लेते हैं कि आगे किस प्रक्रिया को निष्पादित करना है।

अतः विकल्प (B) सही है।

6. ग्रेटर थ्रूपुट और इन्हेंस्ड फाल्ट टॉलरेंस मल्टी-माइक्रोप्रोसेसर सिस्टम के मुख्य उद्देश्य हैं।

इस उद्देश्य के लिए इन सिस्टम्स में हार्डवेयर और सॉफ्टवेयर की बहुलता शामिल है। थ्रूपुट एक प्रोडक्ट या सर्विस की मात्रा है जो एक कंपनी एक स्पेसिफिक पीरियड के भीतर एक ग्राहक को प्रोड्यूज और डिलीवर कर सकती है। फाल्ट टॉलरेंस एक ऐसी प्रक्रिया है जो एक ऑपरेटिंग सिस्टम को हार्डवेयर या सॉफ्टवेयर में फेलियर का जवाब देने में सक्षम बनाती है। यह फाल्ट टॉलरेंस परिभाषा फेलियर या मालफक्शंस के बावजूद संचालन जारी रखने की सिस्टम की क्षमता को संदर्भित करती है।

अतः विकल्प (C) सही है।

7. बूटस्ट्रैप लोडर एक प्रोग्राम है जो कंप्यूटर के इम्प्रोम, रोम, या अन्य नॉन-वोलेटाइल मेमोरी में रहता है यह कंप्यूटर को चालू करते समय प्रोसेसर द्वारा स्वचालित रूप से निष्पादित होता है एक बूटलोडर जिसे बूट प्रोग्राम या बूटस्ट्रैप लोडर के रूप में भी जाना जाता है, एक विशेष ऑपरेटिंग सिस्टम सॉफ्टवेयर है। स्टार्ट-अप के बाद कंप्यूटर की वर्किंग मेमोरी में लोड हो जाता है।

अतः विकल्प (C) सही है।

8. शॉर्टेस्ट रिमेनिंग टाइम फर्स्ट (एसआरटीएफ) शेड्यूलिंग प्रीमेप्टिव शेड्यूलिंग है। इस शेड्यूलिंग में, सबसे कम प्रोसेसिंग टाइम वाली प्रोसेस को पहले एक्सीक्यूट किया जाता है। चूंकि वर्तमान में एक्सीक्यूट प्रोसेस परिभाषा के अनुसार जिसका सबसे कम प्रोसेसिंग टाइम शेष है, और चूंकि उस समय को केवल एक्सीक्यूट की प्रोगेस के रूप में कम किया जाना चाहिए, प्रोसेस या तो तब तक चलेगी जब तक कि यह पूरा नहीं हो जाता है या यदि कोई नई प्रोसेस ऐड कर दी जाती है तो उसे पूर्ववत कर दिया जाता है जिसके लिए एक शॉर्टेस्ट की टाइम की राशि आवश्यकता होती है।

अतः विकल्प (D) सही है।

9. कई जॉब्स के बीच कंप्यूटर के समय को साझा करने की तकनीक, जो जॉब्स को इतनी तेजी से स्विच करता है कि ऐसा प्रतीत होता है कि प्रत्येक जॉब के पास स्वयं कंप्यूटर है उसे टाइम शेयरिंग कहते हैं। टाइम शेयरिंग से तात्पर्य एक साथ कई जॉब्स के लिए टाइम स्लॉट में कंप्यूटर संसाधनों के आवंटन से है। उदाहरण के लिए, एक मेनफ्रेम कंप्यूटर जिसमें कई उपयोगकर्ता लॉग इन हैं। प्रत्येक उपयोगकर्ता मेनफ्रेम के संसाधनों का उपयोग करता है - यानी मेमोरी, सीपीयू, आदि।

अतः विकल्प (A) सही है।

10. प्रोसेस कंट्रोल रीयल टाइम ऑपरेटिंग सिस्टम का सबसे अच्छा उदाहरण है। रीयलटाइम ऑपरेशन सिस्टम का कार्य इनपुट/आउटपुट डिवाइस, कंप्यूटर मेमोरी और सीपीयू सहित एप्लिकेशन कार्यों द्वारा साझा किए गए सिस्टम में संसाधनों को नियंत्रित करना है।

अतः विकल्प (D) सही है।

11. MS-DOS में, स्थानांतरित करने योग्य ऑब्जेक्ट फ़ाइलें और लोड मॉड्यूल में क्रमशः .OBJ और .COM या .EXE एक्सटेंशन होते हैं।

.OBJ: .OBJ एक ज्योमेट्री डेफिनिशन फाइल फॉर्मेट है जिसे सबसे पहले वेवफ्रंट टेक्नोलॉजीज ने अपने एडवांस्ड विजुअलाइजर एनिमेशन पैकेज के लिए विकसित किया था।

.COM: डोमेन नाम डॉट कॉम इंटरनेट के डोमेन नेम सिस्टम में एक शीर्ष-स्तरीय डोमेन है। इसका नाम वाणिज्यिक (कमर्शियल) शब्द से लिया गया है, जो वाणिज्यिक संगठनों द्वारा पंजीकृत डोमेन के लिए इसके मूल उद्देश्य को दर्शाता है।

.EXE: .EXE निष्पादन योग्य फ़ाइल स्वरूप के लिए एक फ़ाइल एक्सटेंशन है। निष्पादन योग्य एक फ़ाइल है जिसमें एक प्रोग्राम होता है - यानी, एक विशेष प्रकार की फ़ाइल जो कंप्यूटर में प्रोग्राम के रूप में निष्पादित या चलाने में सक्षम होती है। एक निष्पादन योग्य फ़ाइल को माइक्रोसॉफ्ट DOS या

विंडोस में किसी प्रोग्राम द्वारा कमांड या डबल क्लिक के माध्यम से चलाया जा सकता है।

अतः विकल्प (A) सही है।

12. MS Word की एक विशेषता जो दस्तावेज़ को डायलॉग बॉक्स पर कुछ अंतराल के बाद Save करता है, यह ऑटो रिकवर भी कहलाता है।

अतः विकल्प (A) सही है।

13. कंप्यूटर के ऑपरेटिंग सिस्टम का प्राथमिक काम रिसोर्स मैनेज है। एक ऑपरेटिंग सिस्टम एक प्रोग्राम है जो कंप्यूटर और कंप्यूटर हार्डवेयर के उपयोगकर्ता के बीच एक मध्यवर्ती भाग के रूप में कार्य करता है और सभी प्रकार के कार्यक्रमों के निष्पादन को नियंत्रित करता है। ऑपरेटिंग सिस्टम एक ऐसा प्रोग्राम है, जिसे शुरू में एक बूट द्वारा कंप्यूटर में लोड किया जाता है। प्रोग्राम, एक कंप्यूटर में अन्य सभी कार्यक्रमों का प्रबंधन करता है।

अतः विकल्प (B) सही है।

14. लीनियर प्रोग्रामिंग समस्याओं को रिवाइज्ड सिंप्लेक्स मेथड द्वारा आसानी से हल किया जा सकता है और सामान्य लीनियर प्रोग्रामिंग समस्या को हल करने के लिए सिम्प्लेक्स एल्गोरिथम एक पुनरावृत्त प्रक्रिया है जो सीमित चरणों में सटीक ऑप्टिमा समाधान प्रदान करता है।

अतः विकल्प (A) सही है।

15. माइक्रोसॉफ्ट विंडोज, जिसे विंडोज और विंडोज ओएस भी कहा जाता है, पर्सनल कंप्यूटर (पीसी) चलाने के लिए माइक्रोसॉफ्ट कॉर्पोरेशन द्वारा विकसित कंप्यूटर ऑपरेटिंग सिस्टम (ओएस) है।

विंडोज का पहला संस्करण, 1985 में जारी किया गया था, यह केवल एक जीयूआई था जिसे माइक्रोसॉफ्ट के मौजूदा डिस्क ऑपरेटिंग सिस्टम या एमएस-डॉस के विस्तार के रूप में पेश किया गया था। ऐप्पल इंक के अपने मैकिंटोश सिस्टम सॉफ़्टवेयर के लिए उपयोग की जाने वाली लाइसेंस प्राप्त अवधारणाओं के आधार पर, विंडोज ने पहली बार डॉस उपयोगकर्ताओं को एक वर्चुअल डेस्कटॉप खोलने वाले ग्राफिकल को विजुअली नेविगेट करने की इजाजत दी, जिसमें इलेक्ट्रॉनिक फ़ोल्डर्स और फाइलों की सामग्री को टेक्स्ट प्रॉम्प्ट पर कमांड और डायरेक्टरी पाथ टाइप करने बजाय माउस बटन के क्लिक के साथ प्रदर्शित किया गया था। माइक्रोसॉफ्ट विंडोज बाजार में 32-बिट्स और 64-बिट्स में उपलब्ध है।

अतः विकल्प (A) सही है।

16. मल्टीप्रोग्रामिंग कई प्रोग्रामों के कोर के अंदर अलग अलग क्षेत्रों में उस समय पर रन करने की अनुमति देता है। मल्टीप्रोग्रामिंग समानांतर प्रसंस्करण का एक प्राथमिक रूप है जिसमें एक ही समय में कई प्रोग्राम एक यूनिप्रोसेसर पर चलाए जाते हैं, ऑपरेटिंग सिस्टम एक प्रोग्राम के हिस्से को निष्पादित करता है फिर दूसरे का हिस्सा और इसी तरह उपयोगकर्ता को ऐसा प्रतीत होता है कि सभी प्रोग्राम एक ही समय में निष्पादित हो रहे हैं।

अतः विकल्प (D) सही है।

17. डायनेमिक लोडिंग का लाभ यह है कि अनयूज़्ड रूटीन कभी लोड नहीं होता है। डायनेमिक लोडिंग को ओएस से विशेष समर्थन की आवश्यकता नहीं होती है। हालाँकि, ऑपरेटिंग सिस्टम गतिशील लोडिंग को लागू करने के लिए लाइब्रेरी रूटीन प्रदान करके प्रोग्रामर की मदद कर सकता है।

अतः विकल्प (B) सही है।

18. सबसे छोटा जॉब पहले (एसजेएफ) या छोटे जॉब वाली प्रोसेस का चयन होता है, वह प्रक्रिया जो किसी विशेष कार्य के लिए सक्रिय है। एसजेएफ एल्गोरिथम पहले कम से कम प्रोसेसर की जरूरत के साथ कार्य को निष्पादित करता है।

अतः विकल्प (D) सही है।

19. ऑपरेटिंग सिस्टम के साथ चलने वाली प्रक्रियाओं के प्रोग्रामिंग व्यवहार के वर्किंग सेट सिद्धांत में उन पृष्ठों का संग्रह शामिल होता है जो एक प्रक्रिया तक पहुंचती है लिनक्स ऑपरेटिंग सिस्टम में प्रक्रिया नियंत्रण ब्लॉक सी संरचना कार्य संरचना द्वारा दर्शाया जाता है।

अतः विकल्प (A) सही है।

20. स्पीड डिफरेंशियल को समायोजित करने के लिए उपयोग किए जाने वाले मेमोरी बफर को कैश कहा जाता है। यह एक हार्डवेयर या सॉफ्टवेयर कॉम्पोनेन्ट है जो डेटा संग्रहीत करता है ताकि उस डेटा के लिए भविष्य के अनुरोधों को तेज़ी से सर्व किया जा सके। कैश, सीपीयू और मुख्य मेमोरी के बीच फास्ट मेमोरी जोड़ने का काम करता है।

अतः विकल्प (A) सही है।

21. यदि सभी प्रक्रियाएं I/O बाध्य हैं, तो रेडी क्यू लगभग खाली हो जाएगी और अल्पकालिक अनुसूचक को कुछ करना होगा। I/O बाध्य प्रक्रियाएं गणना की तुलना में I/O करने में अधिक समय व्यतीत करती हैं। जब कोई प्रक्रिया इनपुट/आउटपुट अनुरोध जारी करती है तो यह रनिंग स्टेट से ब्लॉक्ड स्टेट में चली जाती है। जब कोई प्रक्रिया स्वयं समाप्त हो जाती है तो यह स्टेट को समाप्त करने के लिए रनिंग स्टेट से जाती है।

अतः विकल्प (C) सही है।

22. ऑपरेटिंग सिस्टम एक साधारण गणना करके तालिका की तलाश करके रियल एड्रेस प्राप्त कर सकता है: नेम का एड्रेस + ऑफ्सेट। सेगमेंटेशन एक मेमोरी-मैनेजमेंट योजना है जो प्रोग्रामर की मेमोरी के दृष्टिकोण का समर्थन करती है। एक लॉजिकल एड्रेस स्पेस सेगमेंटेशन का एक संग्रह है। प्रत्येक सेगमेंट का एक नेम और एक लेंथ होती है। इसलिए प्रोग्रामर प्रत्येक एड्रेस को दो मात्राओं द्वारा निर्दिष्ट करता है: एक सेगमेंट नेम और एक ऑफसेट। कार्यान्वयन में आसानी के लिए, सेगमेंट को क्रमांकित किया जाता है और सेगमेंट नेम के बजाय सेगमेंट संख्या द्वारा संदर्भित किया जाता है।

अतः विकल्प (A) सही है।

23. लिंकर प्रोग्राम, प्रोग्राम को इसके निष्पादन के लिए आवश्यक अन्य प्रोग्रामों के साथ जोड़ता है।

लिंकर एक सिस्टम में एक प्रोग्राम है जो प्रोग्राम के ऑब्जेक्ट मॉड्यूल को एक ऑब्जेक्ट फ़ाइल में लिंक करने में मदद करता है। यह जोड़ने की प्रक्रिया करता है। लिंकर को लिंक एडिटर भी कहा जाता है। लिंकिंग कोड और डेटा के टुकड़ों को एक फ़ाइल में एकत्रित करने और बनाए रखने की प्रक्रिया है।

अतः विकल्प (C) सही है।

24. राउंड-रॉबिन (आरआर) कंप्यूटिंग में प्रक्रिया और नेटवर्क शेड्यूलर द्वारा नियोजित एल्गोरिथम में से एक है। जैसा कि आमतौर पर इस शब्द का उपयोग किया जाता है, टाइम स्लाइस (जिसे टाइम क्वांटा के रूप में भी जाना जाता है) को प्रत्येक प्रक्रिया को समान भागों में और सर्कुलर क्रम में बाँटा जाता है, बिना प्राथमिकता के सभी प्रक्रियाओं को संभालना (चक्रीय कार्यकारी के रूप में भी जाना जाता है)। राउंड-रॉबिन शेड्यूलिंग सरल, लागू करने में आसान और नुकसान से मुक्त है। राउंड-रॉबिन शेड्यूलिंग को अन्य शेड्यूलिंग समस्याओं पर लागू किया जा सकता है, जैसे कंप्यूटर नेटवर्क में डेटा पैकेट शेड्यूलिंग। यह एक ऑपरेटिंग सिस्टम अवधारणा है।

अतः विकल्प (C) सही है।

25. एक क्रिटिकल सेक्शन एक प्रोग्राम सेगमेंट है जहां शेयर्ड रिसोर्सेस का उपयोग किया जाता है। एक क्रिटिकल सेक्शन एक प्रक्रिया से संबंधित कोड का एक सेक्शन है। समवर्ती कार्यक्रम जो एक शेयर्ड रिसोर्सेस तक पहुँचता है, उदाहरण के लिए, एक शेयर्ड वेरिएबल, शेयर्ड कम्युनिकेशन चैनल, शेयर्ड फ़ाइल, आदि और कार्यक्रम के सही व्यवहार के लिए, केवल एक प्रक्रिया ही एक्सेस कर सकती है।

अतः विकल्प (C) सही है।

26. डॉस में विभिन्न कार्यों को करने के लिए एक्सटर्नल कमांड की आवश्यकता होती है।

एक्सटर्नल कमांड शक्तिशाली हैं। वे समस्याओं को ठीक करने, प्रदर्शन में सुधार करने और अन्य कार्यों को करने में भी मदद करते हैं। एक्सटर्नल कमांड में आमतौर पर इंटरनल कमांड की तुलना में अधिक रिसोर्स रिक्वायरमेंट्स होती हैं। उन्हें इंटरनल कमांड से अलग अलग फाइलों में रखने से विंडोज़ पर लोड कम करने में मदद मिलती है। एक्सटर्नल कमांड की फाइल को कंप्यूटर पर कॉपी करके जरूरत पड़ने पर उन्हें विंडोज में भी ऐड किया जा सकता है।

अतः विकल्प (B) सही है।

27. सिस्टम प्रोग्राम वास्तविक कंप्यूटर के चलने से संबंधित है, प्रोग्रामिंग समस्याओं से नहीं। एक कंप्यूटर प्रोग्राम निर्देशों का एक संग्रह है जो कंप्यूटर द्वारा निष्पादित किए जाने पर एक विशिष्ट कार्य करता है।

अतः विकल्प (B) सही है।

28. ऑथेंटिकेशन प्रोग्राम कंप्यूटर को बूट करने और जीयूआई लोड करने के बाद सबसे पहले चलाया जाता है। ऑथेंटिकेशन व्यक्ति या उपकरण को सत्यापित करने की एक प्रक्रिया है। उदाहरण के लिए, जब आप फेसबुक में लॉग इन करते हैं, तो आप एक उपयोगकर्ता नाम और पासवर्ड दर्ज करते हैं।

अतः विकल्प (D) सही है।

29. एसएसटीएफ का मतलब शॉर्टेस्ट सीक टाइम फर्स्ट है। एसएसटीएफ एल्गोरिथ्म में, उस अनुरोध को पहले उसे एक्सीक्यूट किया जाता है, जिसका सीक टाइम सबसे कम होता है। शॉर्टेस्ट सीक टाइम फर्स्ट रीड और राइट के रिक्वेस्ट्स को पूरा करने में डिस्क के आर्म्स और हेड की गति को निर्धारित करने के लिए एक सेकेंडरी स्टोरेज शेड्यूलिंग एल्गोरिथ्म है।

अतः विकल्प (B) सही है।

30. पुअर रिस्पांस टाइम आमतौर पर प्रोसेसर बिजी, हाई I/O रेट और हाई पेजिंग रेट के कारण होता है। हम अपने नए एपीआई के साथ इंटरमिटेंट परफॉर्मेंस कर रहे हैं, जहां प्रतिक्रिया समय 300 एमएस से 20 सेकंड तक हो सकता है।

अतः विकल्प (D) सही है।

Q.1 निम्नलिखित सभी हड्डूप का एक्यूरेटली डिस्क्राइब करते हैं, एक्सेट ___________ के।

A. ओपन-सोर्स
B. रियल-टाइम
C. जावा-बेस्ड
D. डिस्ट्रिब्यूटेड कंप्यूटिंग एप्रोच

Q.2 ___________ को एक प्रोग्रामिंग मॉडल के रूप में वर्णित किया जा सकता है जिसका उपयोग हड्डूप-आधारित अनुप्रयोगों को विकसित करने के लिए किया जाता है जो भारी मात्रा में डेटा को संसाधित कर सकते हैं।

A. मैपरेड्यूज
B. महौट
C. ऊज़ी
D. उल्लिखित सभी

Q.3 डेटाबेस में रिलेटेड फ़ील्ड को ___________ बनाने के लिए समूहीकृत किया जाता है।

A. डेटा फ़ाइल
B. डेटा रिकॉर्ड
C. मेन्यू
D. बैंक

Q.4 एक्सप्रेशन बिल्डर एक एक्सेस टूल है जो एक्सप्रेशन ऐड करने के लिए एक्सप्रेशन _______ को कंट्रोल करता है।

A. टेबल
B. बॉक्स
C. सेल
D. पैलेट

Q.5 एट्रिब्यूट ID, CITY और NAME पर विचार करें। इनमें से किसे एक सुपर को (सुपर की) के रूप में माना जा सकता है?

A. NAME
B. ID
C. CITY
D. CITY, ID

Q.6 एक डेटाबेस में प्राथमिक कुंजी का उद्देश्य ___________ है।

A. डेटाबेस को अनलॉक करना
B. डेटा का नक्शा प्रदान करें
C. एक रिकॉर्ड की विशिष्ट पहचान करे
D. डेटाबेस संचालन पर अवरोध स्थापित करना

Q.7 एमएस एक्सेस में एक डेटाबेस ऑब्जेक्ट, जो डेटाबेस में डाटा के बारे में एक प्रश्न को स्टोर करता है:

A. टेबल
B. फॉर्म
C. केरी
D. रिपोर्ट

Q.8 जिसमें सभी डीटरमिनेंट कैंडिडेट 'की' हो, नॉर्मलाईजेशन के बाद उस टेबल का नॉर्मल फॉर्म क्या होगा?

A. BCNF
B. 2NF
C. 5NF
D. 4NF

Q.9 गलत कथन का पता लगाएं:

A. नॉन-रिलेशनल डेटाबेस के लिए आवश्यक है कि डेटा जोड़ने से पहले स्कीमा को परिभाषित किया जाए।
B. NoSQL डेटाबेस को पूर्वनिधारित स्कीमा के बिना डेटा सम्मिलित करने की अनुमति देने के लिए बनाया गया है।
C. NewSQL डेटाबेस को पूर्वनिधारित स्कीमा के बिना डेटा सम्मिलित करने की अनुमति देने के लिए बनाया गया है।
D. उल्लिखित सभी

Q.10 कई सर्वर इंस्टेंस में एक डेटाबेस को "शार्डिंग" ___________ के साथ प्राप्त किया जा सकता है।

A. लैन
B. सैन
C. मैन
D. उल्लिखित सभी

Q.11 जैसे-जैसे कंपनियां हड्डूप के साथ प्रयोगात्मक चरण से आगे बढ़ती हैं, कई एडिशनल कैपेबिलिटीज की आवश्यकता का उल्लेख देते हैं, जिसमें ___________ भी शामिल है।

A. इम्प्रोवेड डेटा स्टोरेज और इन्फॉर्मेशन रिट्रीवल
B. डेटा इंटीग्रेशन के लिए इम्प्रोवेड एक्सट्रेक्ट, ट्रांसफॉर्म और लोड फीचर्स
C. इम्प्रोवेड डेटा वेयरहाउसिंग फंक्शनैलिटी
D. इम्प्रोवेड सिक्योरिटी, वर्कलोड मैनेजमेंट और SQL सपोर्ट

Q.12 हड्डूप पर आधारित ___________ के साथ फेसबुक बिग डेटा से टैकल करता है।

A. 'प्रोजेक्ट प्रिज्म'
B. 'प्रिज्म'
C. 'प्रोजेक्ट बिग'
D. 'प्रोजेक्ट डाटा'

Q.13 निम्नलिखित में से डीबीएमएस की पहचान कीजिये?

A. पीएल-एसक्यूएल
B. एमएस–पॉवरपॉइंट
C. एमएस–एक्सेस
D. एमएस–एक्सेल

Q.14 एमएस ऑफिस 2007 का कौन सा पैकेज आरडीबीएमएस को मैनेज करता है?

A. एक्सेल
B. एक्सेस
C. गूव
D. वननोट

Q.15 निम्नलिखित में से डीबीएमएस का उपयोग कौन नही करता हैं?

A. अल्टीमेट यूजर
B. एडमिनिस्ट्रेटर
C. डेटाबेस डिज़ाइनर
D. हार्डवेयर सपोर्ट टीम

Q.16 DBMS और RDBMS के बीच का अंतर यह है कि-

A. DBMS में हेरफेर किया जा सकता है लेकिन RDBMS में हेरफेर नहीं किया जा सकता है।
B. DBMS एक वाणिज्यिक प्रकार का डेटाबेस है जो RDBMS इंजीनियरों का डेटा है।
C. DBMS विभिन्न फाइलों को एक दूसरे के साथ नहीं जोड़ सकता है जबकि एक RDBMS कर सकता है।
D. (A) और (B) दोनों

Q.17 DBMS में, एक डिफाइंड फील्ड में ___________ हो सकती है।

A. एक निश्चित लंबाई
B. एक असीमित लंबाई
C. डेटा प्रकार द्वारा परिभाषित एक निश्चित लंबाई
D. प्रोग्रामर द्वारा परिभाषित असीमित लंबाई

Q.18 निम्नलिखित में से कौन सा RDBMS है?

A. जावा बीन्स
B. फॉक्स प्रो
C. ओरेकल
D. डीबेस IV

Q.19 सही कथन का पता लगाएं:

A. डॉक्यूमेंट में कई अलग-अलग की-वैल्यू पेयर्स, या की-ऐरे पेयर्स, या यहां तक कि नेस्टेड डॉक्यूमेंट भी हो सकते हैं।
B. MongoDB के पास विभिन्न प्रकार की पॉपुलर प्रोग्रामिंग लैंग्वेज और डेवलपमेंट एनवायरनमेंट के लिए ऑफिसियल ड्राइवर हैं।
C. रिलेशनल डेटाबेस की कम्पेयर्ड में, NoSQL डेटाबेस अधिक स्केलेबल होते हैं और बेहतर प्रदर्शन प्रदान करते हैं।
D. उल्लिखित सभी

Q.20 निम्नलिखित में से कौन एक NoSQL डेटाबेस का प्रकार है?

A. SQL
B. डॉक्यूमेंट डेटाबेस
C. JSON
D. उपरोक्त सभी

A. कैसेंड्रा   **B.** रियाकी   **C.** मोंगोडीबी   **D.** रेडिस

Q.21 निम्नलिखित में से कौन सा कथन सही है?
- **A.** एचबेस एक डिस्ट्रीब्यूटेड कॉलम-ओरिएंटेड डेटाबेस है
- **B.** एचबेस ओपन सोर्स नहीं है
- **C.** एचबेस क्षैतिज रूप से मापनीय है।
- **D.** (A) और (C) दोनों

Q.22 सही कथन ज्ञात कीजिए:
- **A.** डेटा को प्रोसेस करने के लिए हड्रूप को विशेष हार्डवेयर की आवश्यकता होती है।
- **B.** हड्रूप 2.0 रीयल-टाइम डेटा की लाइव स्ट्रीम प्रोसेसिंग की अनुमति देता है।
- **C.** हड्रूप प्रोग्रामिंग फ्रेमवर्क में आउटपुट फाइल्स को लाइन्स या रिकॉर्ड्स में डिवाइड किया जाता है।
- **D.** उल्लेख में से कोई नहीं

Q.23 प्राइमरी 'की' वाली एंटिटीज को क्या कहा जाता है?
- **A.** प्राइमरी एंटिटीज
- **B.** स्ट्रांग एंटिटीज
- **C.** वीक एंटिटीज
- **D.** प्राइमरी 'की'

Q.24 एक पारदर्शी (ट्रांसपेरेंट) डीबीएमएस __________ है।
- **A.** उपयोगकर्ताओं से संवेदनशील जानकारी को नहीं छुपा सकता
- **B.** अपने लॉजिकल स्ट्रक्चर को उपयोगकर्ताओं से छुपा कर रखता
- **C.** अपने फिजिकल स्ट्रक्चर को उपयोगकर्ताओं से छुपा कर रखता
- **D.** (A) और (B) दोनों

Q.25 एक डेटाबेस में संग्रहीत डेटा डेटाबेस तक पहुंचने वाले एप्लीकेशन से स्वतंत्र होना चाहिए। इस नियम को __________ कहा जाता है।
- **A.** लॉजिकल डेटा इंडिपेंडेंसी
- **B.** फिजिकल डेटा इंडिपेंडेंसी
- **C.** डेटा इंडिपेंडेंसी
- **D.** इनमें से कोई नहीं

Q.26 डेटाबेस में डेटा का नाम बताएं जो उसके उपयोगकर्ता के दृष्टिकोण से स्वतंत्र होना चाहिए और तार्किक डेटा में कोई भी परिवर्तन इसका उपयोग करने वाले एप्लीकेशन को प्रभावित नहीं करना चाहिए।
- **A.** लॉजिकल डेटा इनडिपेंडेंसी
- **B.** फिजिकल डेटा इनडिपेंडेंसी
- **C.** डेटा रिडंडेंसी
- **D.** डेटा लॉजिक

Q.27 उस सिस्टम का नाम बताएं, जिसमें एंड-यूज़र यह देखने में सक्षम न हो कि डेटा विभिन्न स्थानों पर डिस्ट्रीब्यूट किया गया है।
- **A.** डिस्ट्रीब्यूशन इनडिपेंडेंसी
- **B.** डिस्ट्रीब्यूशन डिपेंडेंसी
- **C.** लॉजिक रिडंडेंसी
- **D.** डिस्ट्रीब्यूशन लॉजिक

Q.28 उस डेटाबेस का नाम बताइए जो उस एप्लिकेशन से इंडिपेंडेंट हो एवं जो इसका उपयोग करता है।
- **A.** इंटीग्रिटी रुल
- **B.** लॉजिकल रुल
- **C.** लॉजिकल रिलेशनशिप
- **D.** इंटीग्रिटी इंडिपेंडेंसी

Q.29 निम्न में से कौन एक NoSQL डेटाबेस नहीं है?
- **A.** SQL सर्वर
- **B.** मोंगोडीबी
- **C.** कैसेंड्रा
- **D.** उल्लिखित में से कोई नहीं

Q.30 निम्नलिखित में से कौन वाइड-कॉलम स्टोर है?

// स्मार्ट उत्तर पुस्तिका //

सही उत्तर | उन छात्रों के प्रतिशत को इंगित करता है जिन्होंने प्रश्नों का सही उत्तर दिया था।

छोड़ दिया | उन छात्रों के प्रतिशत को इंगित करता है जिन्होंने प्रश्नों को छोड़ दिया था।

प्रश्न संख्या	उत्तर	सही उत्तर / छोड़ दिया
1	B	79.0 % / 15.46 %
2	A	61.19 % / 32.36 %
3	B	43.08 % / 51.69 %
4	B	61.33 % / 36.47 %
5	B	42.04 % / 43.87 %
6	C	85.26 % / 14.58 %

प्रश्न संख्या	उत्तर	सही उत्तर / छोड़ दिया
7	C	79.56 % / 16.03 %
8	A	51.88 % / 46.33 %
9	A	14.73 % / 81.39 %
10	B	47.95 % / 47.6 %
11	D	84.36 % / 13.63 %
12	A	19.04 % / 73.01 %

प्रश्न संख्या	उत्तर	सही उत्तर / छोड़ दिया
13	C	84.04 % / 15.37 %
14	B	59.22 % / 35.0 %
15	D	57.35 % / 32.18 %
16	C	81.72 % / 10.47 %
17	C	83.8 % / 13.51 %
18	C	55.42 % / 34.56 %

प्रश्न संख्या	उत्तर	सही उत्तर / छोड़ दिया
19	D	28.55 % / 69.9 %
20	B	52.48 % / 30.92 %
21	D	52.0 % / 31.81 %
22	B	47.82 % / 44.33 %
23	B	84.26 % / 13.54 %
24	C	54.31 % / 41.49 %

प्रश्न संख्या	उत्तर	सही उत्तर / छोड़ दिया
25	B	60.43 % / 30.52 %
26	A	85.84 % / 11.23 %
27	A	64.36 % / 34.82 %
28	D	67.9 % / 31.04 %
29	A	76.49 % / 18.69 %
30	A	40.11 % / 57.63 %

कार्य विश्लेषण	
औसत अंक (%)	60.0%
टॉपर्स स्कोर (%)	60.0%
आपका स्कोर	

//संकेत और समाधान//

1. उपरोक्त सभी रियल टाइम को छोड़कर का एक्यूरेटली एक्सेप्ट करते हैं। हडूप को शुरुआत में बैच प्रोसेसिंग के लिए डिज़ाइन किया गया था। इसका मतलब है कि इनपुट में एक बड़ा डेटासेट एक बार में प्रोसेस करें और एक बड़ा आउटपुट लिखें। मैपरेड्यूज की अवधारणा रियल टाइम के बजाय बैच के लिए तैयार की गई है। अपाचे हडूप कमोडिटी हार्डवेयर के समूहों पर बड़े डेटा के डिस्ट्रिब्यूटेड स्टोरेज और डिस्ट्रिब्यूटेड प्रोसेसिंग के लिए एक ओपन सोर्स सॉफ्टवेयर फ्रेमवर्क है।

अतः विकल्प (B) सही है।

2. मैपरेड्यूज को सबसे अच्छा एक प्रोग्रामिंग मॉडल के रूप में वर्णित किया जा सकता है जिसका उपयोग हडूप- आधारित अनुप्रयोगों को विकसित करने के लिए किया जाता है जो भारी मात्रा में डेटा को संसाधित कर सकते हैं। यह एक प्रोग्रामिंग मॉडल है और समानांतर, वितरित एल्गोरिदम के साथ बड़े डेटा सेट को संसाधित करने और उत्पन्न करने के लिए एक संबद्ध कार्यान्वयन है। मैपरेड्यूज डेटा के पेटाबाइट्स को छोटे टुकड़ों में विभाजित करके, और उन्हें हडूप कमोडिटी सर्वर पर समानांतर में संसाधित करके समवर्ती प्रसंस्करण की सुविधा प्रदान करता है। अंत में, यह एक समेकित आउटपुट को वापस एप्लिकेशन में वापस करने के लिए एकाधिक सर्वरों से सभी डेटा एकत्र करता है।

अतः विकल्प (A) सही है।

3. एक डेटाबेस में रिलेटेड फ़ील्ड को डेटा रिकॉर्ड बनाने के लिए समूहीकृत किया जाता है। एक रिकॉर्ड आमतौर पर निश्चित संख्या और अनुक्रम में विभिन्न डेटा टाइप्स के फ़ील्ड्स का एक संग्रह है। एक डेटाबेस की संरचना में, कई विशिष्ट नाम वाले घटकों से युक्त भाग को डेटा फ़ील्ड कहा जाता है। कई डेटा रिकॉर्ड एक डेटा फ़ाइल बनाते हैं, और कई डेटा फ़ाइल मिलकर एक डेटाबेस बनाते हैं।

अतः विकल्प (B) सही है।

4. एक्सप्रेशन सिंबल का एक लीगल कॉम्बिनेशन है जिसके रिजल्ट की वैल्यू होती है। एक एक्सप्रेशन बिल्डर एक एक्सेस टूल है जो एक एक्सप्रेशन को प्रवेश करने के लिए एक्सप्रेशन बॉक्स को कंट्रोल करता है।

एक्सप्रेशन बिल्डर एक जनरल-पर्पस वाला टूल है जो फंक्शन और WEAP ब्रांचेज को एडिटिंग बॉक्स में खींचकर और छोड़ कर WEAP के एक्सप्रेशन बनाने में आपकी मदद करता है।

अतः विकल्प (B) सही है।

5. "सुपर की" उन कीज का सेट है जिनके द्वारा हम किसी रो या फिर टपल को यूनिकली प्राप्त कर सकते हैं | सुपर की एक 'की' की श्रेष्ठता को दर्शाता है। इस प्रकार, एक "सुपर की", कीज का सुपरसेट है जिसे कैंडिडेट की के रूप में भी जाना जाता है यहाँ।ID एकमात्र ऐसा एट्रिब्यूट है, जिसे सुपर की (सुपर की) के रूप में लिया जा सकता है। अन्य एट्रिब्यूट विशिष्ट नहीं है।

अतः विकल्प (B) सही है।

6. प्राथमिक कुंजी एक विशेष रिलेशनल डेटाबेस तालिका स्तंभ (या स्तंभों का संयोजन) है जो सभी तालिका अभिलेखों को विशिष्ट रूप से पहचानने के लिए निर्दिष्ट है। एक प्राथमिक कुंजी की मुख्य विशेषता यह है कि इसमें प्रत्येक डेटा के लिए एक अद्वितीय मान होना चाहिए और इसमें कभी भी शून्य मान नहीं हो सकता है।

अतः विकल्प (C) सही है।

7. एमएस एक्सेस में डेटाबेस चार ऑब्जेक्ट्स से बना होता है - टेबल, क्वेरी, फ़ॉर्म और रिपोर्ट । साथ में, ये ऑब्जेक्ट आपको अपने डेटा को दर्ज करने, स्टोर करने, विश्लेषण और संकलन करने की अनुमति देते हैं जैसे आप चाहते हैं। MS एक्सेस में डेटाबेस ऑब्जेक्ट में क्वेरी डेटाबेस में डेटा के बारे में एक प्रश्न संग्रहीत करता है।

अतः विकल्प (C) सही है।

8. जिसमे सभी डीटरमिनेंट कैंडीडेट 'की' हो, नॉर्मलाईजेशन के बाद उस टेबल का नॉर्मल फॉर्म BCNF होगा। BCNF में एक संबंध है यदि, और केवल यदि, प्रत्येक डिटर्मिनेन्ट कैंडीडेट 'की' है। बॉयस-कोडड सामान्य रूप 3NF का एक विशेष स्थिति है।

अतः विकल्प (A) सही है।

9. एक रिलेशनल डेटाबेस का उपयोग करने का कोई तरीका नहीं है, जो पहले से पूरी तरह से असंरचित या अज्ञात डेटा को प्रभावी ढंग से संबोधित कर सकता है। नॉन-रिलेशनल डेटाबेस (जिन्हें अक्सर NoSQL डेटाबेस कहा जाता है) ट्रेडिशनल रिलेशनल डेटाबेस से भिन्न होते हैं, जिसमें वे अपने डेटा को नॉन-टेबुलर रूप में स्टोर करते हैं। इसके बजाय, नॉन-रिलेशनल डेटाबेस डाक्यूमेंट जैसे डेटा स्ट्रक्चर पर आधारित हो सकते हैं। विभिन्न फॉर्मेट में विभिन्न प्रकार की सूचनाओं की एक श्रृंखला को समाहित करते हुए एक डाक्यूमेंट को अत्यधिक विस्तृत किया जा सकता है। विभिन्न प्रकार की सूचनाओं को साथ-साथ डाइजेस्ट और ऑर्गनॉइज़ करने की यह क्षमता नॉन-रिलेशनल डेटाबेस को रिलेशनल डेटाबेस की तुलना में अधिक फ्लेक्सिबल बनाती है।

अतः विकल्प (A) सही है।

10. कई सर्वर इंस्टेंस में एक डेटाबेस को "शार्डिंग" SQL डेटाबेस के साथ प्राप्त किया जा सकता है, लेकिन आमतौर पर सैन और अन्य जटिल व्यवस्थाओं के माध्यम से हार्डवेयर को एक सर्वर के रूप में कार्य करने के लिए पूरा किया जाता है। शेयरिंग एक सिंगल डेटासेट को कई डेटाबेस में वितरित करने की एक विधि है, जिसे बाद में कई मशीनों पर संग्रहीत किया जा सकता है। यह बड़े डेटासेट को छोटे टुकड़ों में विभाजित करने और कई डेटा नोड्स में संग्रहीत करने की अनुमति देता है, जिससे सिस्टम की कुल स्टोरेज क्षमता बढ़ जाती है।

अतः विकल्प (B) सही है।

11. जैसे-जैसे कंपनियां हडूप के साथ प्रयोगात्मक चरण से आगे बढ़ती हैं, कई एडिशनल कैपेबिलिटीज की आवश्यकता का उल्लेख देते हैं, जिसमें इम्प्रोवेड सिक्योरिटी, वर्कलोड मैनेजमेंट और SQL सपोर्ट शामिल हैं।

हडूप में सिक्योरिटी जोड़ना चुनौतीपूर्ण है क्योंकि सभी इंटरैक्शन क्लासिक क्लाइंट-सर्वर पैटर्न का पालन नहीं करते हैं।

अतः विकल्प (D) सही है।

12. हडूप पर आधारित 'प्रोजेक्ट प्रिज्म' के साथ फेसबुक बिग डेटा से टैकल करता है। प्रिज्म ऑटोमेटिकली रूप से कंप्यूटिंग सुविधाओं के विशाल नेटवर्क में जहां कहीं भी डेटा की आवश्यकता होती है, उसकी प्रतिलिपि बनाता है और स्थानांतरित करता है।

फेसबुक के परिसर में एक गहन बड़ी डेटा-थीम वाली व्याख्यान में, कंपनी ने अपनी नवीनतम बुनियादी ढांचा परियोजना का खुलासा किया। कोडनेम प्रिज्म, इस परियोजना का उद्देश्य सबसे बड़ी समस्याओं में से एक को हल करना है। फेसबुक ने विशिष्ट रूप से बड़े पैमाने पर संचालन का सामना किया है कि कैसे सर्वर क्लस्टर बनाया जाए जो भौगोलिक रूप से वितरित होने पर भी एक इकाई के रूप में काम कर सके।

अतः विकल्प (A) सही है।

13. एमएस-एक्सेस एक जनरल-पर्पस डेटाबेस मैनेजमेंट सिस्टम है जो डेटाबेस की डेफिनेशन, क्रिएशन, क्वेरी, अपडेट और एडमिनिस्ट्रेशन की अनुमति देने के लिए डिज़ाइन किया गया एक सॉफ्टवेयर सिस्टम है। प्रसिद्ध डीबीएमएस में मायएसक्यूएल, माइक्रोसॉफ्ट एसक्यूएल सर्वर, ओरेकल, एसएपी आदि शामिल हैं।

अतः विकल्प (C) सही है।

14. माइक्रोसॉफ्ट एक्सेस माइक्रोसॉफ्ट ऑफिस पैकेज से एक डेटाबेस मैनेजमेंट सिस्टम (आरडीबीएमएस) है जो एक ग्राफिकल यूजर इंटरफेस और

सॉफ्टवेयर-डेवलपमेंट टूल्स के साथ रिलेशनल माइक्रोसॉफ्ट जेट डाटाबेस इंजन को जोड़ती है।

अत: विकल्प (B) सही है।

15. हार्डवेयर सपोर्ट टीम केवल उस हार्डवेयर को बनाए रखती है जिसमें डीबीएमएस कार्य करता है। बाकी सभी अर्थात, अल्टीमेट यूजर, ऐडमिनिस्ट्रेटर और डेटाबेस डिज़ाइनर डीबीएमएस का उपयोग करते हैं।

- अल्टीमेट यूजर वे यूजर होते हैं जो कभी-कभी डेटाबेस का यूस/एक्सेस करते हैं लेकिन हर बार जब वे डेटाबेस तक पहुंचते हैं तो उन्हें नई जानकारी की आवश्यकता होती है उदाहरण के लिए एक मिडिल या हायर-लेवल मैनेजर है।

- एक डेटाबेस एडमिनिस्ट्रेटर (डीबीए) एक पर्सन/टीम है जो स्कीमा को परिभाषित करता है और डेटाबेस के 3 लेवल्स को भी कंट्रोल करता है।

- डेटाबेस डिज़ाइनर वे यूजर होते हैं जो डेटाबेस के स्ट्रक्चर को डिजाइन करते हैं जिसमें टेबल, इंडेक्स, व्यूज, कंस्ट्रेंट्स, ट्रिगर, स्टोर प्रोसीजर शामिल होता हैं।

अत: विकल्प (D) सही है।

16. RDBMS में एक "की" होती है जो RDBMS के भीतर कई डेटाबेस फ़ाइलों के लिए सामान्य होती है। इस "कॉमन की" की सहायता से, RDBMS प्रोग्राम कुछ ही समय में एक फ़ाइल से दूसरी फ़ाइल में जा सकता है और इस प्रकार आसानी से डेटा एकत्र कर सकता है। यह सुविधा DBMS में उपलब्ध नहीं है।

डेटाबेस मैनेजमेंट सिस्टम (DBMS) एक सॉफ्टवेयर है जिसका उपयोग डेटाबेस को परिभाषित करने, बनाने और बनाए रखने के लिए किया जाता है और डेटा को कंट्रोल्ड एक्सेस प्रोवाइड करता है।

रिलेशनल डेटाबेस मैनेजमेंट सिस्टम (RDBMS) DBMS का एक एडवांस वर्जन है।

अत: विकल्प (C) सही है।

17. DBMS में, एक डिफाइंड फील्ड में डेटा टाइप द्वारा परिभाषित एक निश्चित लंबाई हो सकती है। डेटाबेस सिस्टम में, एक फ़ील्ड में एक निश्चित या परिवर्तनशील लंबाई हो सकती है। निश्चित लंबाई का अर्थ है एक निर्धारित लंबाई जो कभी बदलती नहीं है। एक अनिश्चित-लंबाई फ़ील्ड वह है जिसकी लंबाई प्रत्येक रिकॉर्ड में भिन्न हो सकती है, यह इस बात पर निर्भर करता है कि फ़ील्ड में कौन सा डेटा संग्रहीत है।

अत: विकल्प (C) सही है।

18. RDBMS में ओरेकल डेटाबेस , MySQL, माइक्रोसॉफ्ट SQL सर्वर और IBM DB2 शामिल हैं। इनमें से कुछ प्रोग्राम नॉन-रिलेशनल डेटाबेस का सपोर्ट करते हैं, लेकिन वे मुख्य रूप से रिलेशनल डेटाबेस मैनेजमेंट के लिए उपयोग किए जाते हैं।

अत: विकल्प (C) सही है।

19. MongoDB एक ओपन-सोर्स NoSQL डेटाबेस मैनेजमेंट प्रोग्राम है। NoSQL का उपयोग ट्रेडिशनल रिलेशनल डेटाबेस के विकल्प के रूप में किया जाता है। डिस्ट्रिब्यूटेड डेटा के बड़े सेट के साथ काम करने के लिए NoSQL डेटाबेस काफी उपयोगी है। MongoDB एक टूल है जो डाक्यूमेंट-ओरिएंटेड जानकारी का मैनेज कर सकता है, जानकारी स्टोर या रेट्रीव कर सकता है।

जब रिलेशनल डेटाबेस की कम्पेयर्ड में, NoSQL डेटाबेस अधिक स्केलेबल होते हैं और बेहतर प्रदर्शन प्रदान करते हैं, और उनका डेटा मॉडल कई इश्यू को संबोधित करता है, जिन्हें संबोधित करने के लिए रिलेशनल मॉडल नहीं बनाया गया है: तेजी से बदलते स्ट्रक्चर, सेमी-स्ट्रक्चर और अनस्ट्रक्चर डेटा की लार्ज वॉल्यूम है ।

अन्य प्रोग्रामिंग लैंग्वेज और फ्रेमवर्क्स के लिए बड़ी संख्या में अनऑफिसियल या कम्म्युनिटी सपोर्टेड ड्राइवर भी हैं। डॉक्यूमेंट में कई अलग-अलग की-वैल्यू पेयर्स, या की-ऐरे पेयर्स, या यहां तक कि नेस्टेड डॉक्यूमेंट भी हो सकते हैं।

अत: विकल्प (D) सही है।

20. एक डाक्यूमेंट-ओरिएंटेड डेटाबेस एक विशेष की-वैल्यू स्टोर है, जो स्वयं एक अन्य NoSQL डेटाबेस कैटगरी है। डाक्यूमेंट डेटाबेस प्रत्येक की को एक कॉम्प्लेक्स डेटा स्ट्रक्चर के साथ जोड़ते हैं जिसे डाक्यूमेंट के रूप में जाना जाता है। यहाँ चार मुख्य प्रकार के NoSQL डेटाबेस हैं:

- डाक्यूमेंट डेटाबेस
- की-वैल्यू स्टोर
- कॉलम-ओरिएंटेड डेटाबेस
- ग्राफ डेटाबेस

अत: विकल्प (B) सही है।

21. एचबेस एक डेटा मॉडल है जो गूगल की बड़ी टेबल के समान है जिसे स्ट्रक्चर्ड डेटा की भारी मात्रा में त्वरित रैंडम पहुँच प्रदान करने के लिए डिजाइन किया गया है। एचबेस एक डिस्ट्रीब्यूटेड कॉलम-ओरिएंटेड डेटाबेस है जो हडूप फाइल सिस्टम के शीर्ष पर बनाया गया है। यह एक ओपन-सोर्स प्रोजेक्ट है और क्षैतिज रूप से स्केलेबल है।

अत: विकल्प (D) सही है।

22. हडूप बैच 100 और 1000 के रूप में कई कंप्यूटरों पर डिस्ट्रीब्यूटर डेटा को प्रोसेस करता है। हडूप 2.0 रीयल-टाइम डेटा की लाइव स्ट्रीम प्रोसेसिंग की अनुमति देता है। अपाचे हडूप 2 (हडूप 2.0) डिस्ट्रीब्यूट डेटा प्रोसेसिंग के लिए हडूप फ्रेमवर्क का सेकंड इटरेटर है। एक और रिसोर्स नेविगेटर के लिए शार्ट, वाईएआरएन रिसोर्स मैनेजमेंट और टास्क शेड्यूलिंग कार्यों को डेटा प्रोसेसिंग एक के नीचे एक सेपरेट लेयर में रखता है, जिससे हडूप 2 विभिन्न प्रकार के एप्लीकेशन को चलाने में सक्षम होता है।

अत: विकल्प (B) सही है।

23. स्ट्रांग एंटिटीज 'की' प्राइमरी 'की' होती है। वीक एंटिटीज स्ट्रांग एंटिटीज पर निर्भर हैं। इसका एक्सिस्टेंस किसी अन्य एंटिटी पर निर्भर नहीं है। एक एंटिटी सेट जिसमें प्राइमरी 'की' बनाने के लिए पर्याप्त गुण नहीं होते हैं उसे वीक एंटिटी सेट कहा जाता है। जिसकी प्राइमरी 'की' होती है उसे एक स्ट्रांग एंटिटी सेट कहा जाता है। एक स्ट्रांग एंटिटी को एक आयत द्वारा दर्शाया जाता है।

अत: विकल्प (B) सही है।

24. एक पारदर्शी (ट्रांसपेरेंट) डीबीएमएस अपने फिजिकल स्ट्रक्चर को उपयोगकर्ताओं से छुपा कर रखता है।

एक डीबीएमएस जो अपनी फिजिकल स्ट्रक्चर को उपयोगकर्ता से छिपा कर रखता है, एक पारदर्शी (ट्रांसपेरेंट) डीबीएमएस के रूप में जाना जाता है। एक डीबीएमएस ट्रांसपेरेंसी के विभिन्न स्तर प्रदान कर सकता है। हालांकि, वे सभी एक ही समग्र उद्देश्य में भाग लेते हैं: वितरित डेटाबेस का उपयोग, एक केंद्रीकृत डेटाबेस के बराबर करने के लिए करते हैं।

हम डीबीएमएस में चार मुख्य प्रकार की पारदर्शिता की पहचान कर सकते हैं:

- वितरण पारदर्शिता
- लेन-देन पारदर्शिता
- प्रदर्शन पारदर्शिता
- डीबीएमएस पारदर्शिता

अत: विकल्प (C) सही है।

25. एक डेटाबेस में संग्रहीत डेटा डेटाबेस तक पहुंचने वाले एप्लीकेशन से स्वतंत्र होना चाहिए। डेटाबेस की फिजिकल संरचना में किसी भी परिवर्तन का बाहरी एप्लीकेशन द्वारा डेटा तक पहुंचने के तरीके पर कोई प्रभाव नहीं होना

चाहिए। इस नियम को फिजिकल डेटा इंडिपेंडेंसी कहा जाता है। यह डीबीएमएस का पहला बड़ा नियम है।

अत: विकल्प (B) सही है।

26. किसी डेटाबेस में लॉजिकल डेटा उसके उपयोगकर्ता के दृष्टिकोण (एप्लीकेशन) से स्वतंत्र होना चाहिए। लॉजिकल डेटा में किसी भी परिवर्तन का प्रभाव उसको उपयोग करने वाले एप्लीकेशन पर नहीं होना चाहिए। इस नियम को लॉजिकल डेटा इंडिपेंडेन्सी कहा जाता है। उदाहरण के लिए, यदि दो टेबल्स को मिला दिया जाता है या एक को दो अलग-अलग टेबल्स में विभाजित किया जाता है, तो उपयोगकर्ता एप्लीकेशन पर कोई प्रभाव या परिवर्तन नहीं होना चाहिए। यह लागू करने के लिए सबसे कठिन नियमों में से एक है। यह डीबीएमएस का दूसरा प्रमुख नियम है।

अत: विकल्प (A) सही है।

27. डिस्ट्रीब्यूशन इनडिपेंडेंसी में, एंड-यूजर यह देखने में सक्षम नहीं होता कि डेटा विभिन्न स्थानों पर डिस्ट्रीब्यूट किया गया है। उपयोगकर्ताओं को हमेशा यह ज्ञात होना चाहिए कि डेटा केवल एक साइट पर स्थित है। इस नियम को वितरित डेटाबेस सिस्टम का आधार रूप में माना गया है। यह डीबीएमएस का तीसरा प्रमुख नियम है।

अत: विकल्प (A) सही है।

28. इंटीग्रिटी इंडिपेंडेंसी डेटाबेस जो एप्लिकेशन से इंडिपेंडेंट होता है, एवं इसका उपयोग करता है।

एक डेटाबेस उस एप्लिकेशन से इंडिपेंडेंट होना चाहिए जो इसका उपयोग करता है। एप्लीकेशन में किसी भी बदलाव किये बिना इसकी सभी प्रामाणिकता बाधाओं को स्वतंत्र रूप से संशोधित किया जा सकता है। यह नियम एक डेटाबेस को फ्रंट-एंड एप्लिकेशन और उसके इंटरफेस से स्वतंत्र बनाता है।

अत: विकल्प (D) सही है।

29. SQL सर्वर एक NoSQL डेटाबेस नहीं है। माइक्रोसॉफ्ट SQL सर्वर माइक्रोसॉफ्ट द्वारा विकसित एक रिलेशनल डेटाबेस मैनेजमेंट सिस्टम है। Microsoft SQL सर्वर डेटाबेस टेक्नोलॉजी मार्केट लीडर्स में से एक है। यह एक रिलेशनल डेटाबेस मैनेजमेंट सिस्टम है जो बिजनेस इंटेलिजेंस, ट्रांजैक्शन प्रोसेसिंग और एनालिटिक्स सहित कई एप्लिकेशन को सपोर्ट करता है।

अत: विकल्प (A) सही है।

30. कैसेंड्रा एक खुला स्रोत गैर-संबंधपरक, या नोएसक्यूएल, डेटाबेस है जो कई डेटा सेंटर और क्लाउड उपलब्धता क्षेत्रों में निरंतर उपलब्धता, जबरदस्त पैमाने और डेटा वितरण को सक्षम बनाता है। सीधे शब्दों में कहें, कैसेंड्रा अत्यधिक पैमाने की आवश्यकता वाले ऍप्लिकेशन्स के लिए अत्यधिक विश्वसनीय डेटा स्टोरेज इंजन प्रदान करता है। कैसेंड्रा और HBase जैसे वाइड-कॉलम स्टोर बड़े डेटासेट पर प्रश्नों के लिए अनुकूलित होते हैं, और रोस के बजाय डेटा के कॉलम को एक साथ स्टोर करते हैं।

अत: विकल्प (A) सही है।

Q.1 निम्नलिखित पीढ़ी के कंप्यूटरों में से किसकी संचालन लागत महंगी थी?
A. पहला   **B.** दूसरा   **C.** तीसरा   **D.** चौथा

Q.2 निम्नलिखित में से कौन तीसरी पीढ़ी का कंप्यूटर नहीं है?
A. आईबीएम 360   **B.** आईबीएम 1401
C. पीडीपी-8   **D.** एचपी2115

Q.3 भारत में पहला कंप्यूटर कहाँ स्थापित किया गया था?
A. भारतीय सांख्यिकी संस्थान, कोलकाता
B. भारतीय सांख्यिकी संस्थान, दिल्ली
C. भारतीय विज्ञान संस्थान, बैंगलोर
D. भारतीय प्रबंधन संस्थान, अहमदाबाद

Q.4 अबेकस का प्रयोग सबसे पहले किस देश ने किया था ?
A. अमेरिका   **B.** इंगलैंड
C. चीन   **D.** इनमें से कोई नहीं

Q.5 नेपियर बोन्स किसके द्वारा आविष्कार किया गया उपकरण है?
A. जॉन नेपियर   **B.** चार्ल्स बैबेज
C. ब्लेस पास्कल   **D.** इनमें से कोई नहीं

Q.6 चार्ल्स बैबेज द्वारा डिजाइन किए गए पहले कंप्यूटर का नाम क्या था?
A. एनालिटिकल इंजन   **B.** डिफरेंस इंजन
C. कॉलॉसस   **D.** ENIAC

Q.7 इंटीग्रेटेड चिप का उपयोग किस वर्ष से शुरू किया गया था?
A. 1888   **B.** 1870   **C.** 1846   **D.** 1864

Q.8 पहली पीढ़ी के कंप्यूटरों में _______ इस्तेमाल किया जाता था।
A. ट्रांजिस्टर   **B.** माइक्रो प्रोसेसर
C. वैक्यूम ट्यूब प्रोसेसर   **D.** इंटीग्रेटेड सर्किट

Q.9 प्रथम इलेक्ट्रॉनिक कंप्यूटर ENIAC का पूर्ण रूप क्या है?
A. इलेक्ट्रिकल न्यूमेरिकल इंटीग्रेटर और कैलकुलेटर
B. इलेक्ट्रॉनिक न्यूमेरिकल इंटीग्रेटर और कैलकुलेटर
C. इलेक्ट्रिकल न्यूमेरिकल इंटीग्रेटेड कंप्यूटर
D. इलेक्ट्रो न्यूमेरिक इंटीग्रिटी कंप्यूटर

Q.10 1960 में टेक्सास संस्थान ने _______ का आविष्कार किया।
A. इंटीग्रेटेड सर्किट   **B.** माइक्रोप्रोसेसर
C. वैक्यूम ट्यूब   **D.** ट्रांजिस्टर

Q.11 पहली यांत्रिक जोड़ने वाली मशीन का आविष्कार ब्लेज़ पास्कल द्वारा _______ में किया गया था।
A. 1652   **B.** 1642   **C.** 1659   **D.** 1643

Q.12 प्रारंभिक कंप्यूटर जैसे ENIAC, EDVAC, और UNIVAC I सभी को _______ के रूप में वर्गीकृत किया जा सकता है।
A. तीसरी पीढ़ी के कंप्यूटर   **B.** दूसरी पीढ़ी के कंप्यूटर
C. पहली पीढ़ी के कंप्यूटर   **D.** इनमे से कोई भी नहीं

Q.13 पहली कंप्यूटर भाषा _______ है।
A. FORTRAN   **B.** C++
C. C   **D.** COBOL

Q.14 डिफरेंस इंजन _______ में आविष्कार किया गया एक उपकरण है।

A. 1922   **B.** 1822   **C.** 1885   **D.** 1858

Q.15 पहली पीढ़ी के कंप्यूटरों की प्रोसेसिंग गति _______ थी।
A. मिलीसेकंड   **B.** माइक्रोसेकंड
C. नैनोसेकंड   **D.** पिकोसेकंड

Q.16 कंप्यूटर की किस पीढ़ी में, ट्रांजिस्टर का उपयोग किया गया था?
A. पहली   **B.** दूसरी   **C.** तीसरी   **D.** चौथी

Q.17 निम्नलिखित में से कौन सा गणना के लिए प्रयोग की जाने वाली सबसे पहली मशीन है?
[UP Police ASI, 2018]
A. अबेकस   **B.** टॉर्केटम
C. इक्वेटोरियम   **D.** ट्यूरिंग मशीन

Q.18 SMTP को किस वर्ष विकसित किया गया था?
A. 1974   **B.** 1976   **C.** 1978   **D.** 1982

Q.19 निम्नलिखित में से किस एप्लिकेशन में एनालॉग कंप्यूटर का उपयोग किया जाता है?
A. इलेक्ट्रिक करंट का मेजरमेंट
B. फ्रीक्वेंसी का मेजरमेंट
C. एक कपैसिटर के रेजिस्टेंस का मेजरमेंट
D. (A), (B) और (C)

Q.20 निम्नलिखित में से पहला वाणिज्यिक ट्रांजिस्टर कंप्यूटर कौन सा था?
A. एडसैक   **B.** मेट्रोविक 950
C. सिरैक   **D.** ज्यूस Z4

Q.21 सबसे पहले माइक्रोप्रोसेसर का प्रयोग निम्न में से किसमें किया गया था?
A. कंप्यूटर   **B.** कैलकुलेटर
C. टेलीफोन   **D.** प्रिंटर

Q.22 C, COBOL और FORTRAN जैसी स्ट्क्चरल प्रोग्रामिंग लैंग्वेज का उपयोग निम्नलिखित में से किस कंप्यूटर में किया गया था?
A. पहली पीढ़ी के कंप्यूटर   **B.** दूसरी पीढ़ी के कंप्यूटर
C. तीसरी पीढ़ी के कंप्यूटर   **D.** चौथी पीढ़ी के कंप्यूटर

Q.23 निम्नलिखित में से किसे भारत के पहले सुपरकंप्यूटर के रूप में माना जाता है?
A. आदित्य   **B.** विक्रम-100
C. परम-8000   **D.** शस्त T

Q.24 1962 में पहला कंप्यूटर गेम "स्पेसवार" किसने प्रोग्राम किया था?
A. स्टीव रसेल   **B.** कोनराड जुसे
C. एलन एम्टेज   **D.** टिम बैरनर्स - ली

Q.25 सुपरकंप्यूटिंग के जनक के रूप में किसे जाना जाता है?
A. डेविड जे ब्राउन   **B.** जीन अमदहल
C. एडम डंकल्स   **D.** सीमोर रोजर क्रे

Q.26 अबेकस का इस्तेमाल पहली बार लगभग 5000 ईसा पूर्व किस देश में किया गया था?
A. जापान   **B.** चीन   **C.** फ्रांस   **D.** इराक

Q.27 पंच कार्ड का आविष्कार किसने किया?

A. चार्ल्स बैबेज	**B.** सीमेन कोसकोव
C. हरमन होलेरिथ	**D.** जोसेफ मैरी जैक्वार्ड

Q.28 पहला इलेक्ट्रॉनिक डिजिटल प्रोग्राम करने योग्य कंप्यूटिंग डिवाइस कौन सा था?

A. एनालिटिकल इंजन	**B.** डिफरेंस इंजन
C. कॉलॉसस	**D.** एनिएक

Q.29 आईबीएम 1401 किस पीढ़ी का कंप्यूटर है?

A. पहली पीढ़ी के कंप्यूटर	**B.** दूसरी पीढ़ी के कंप्यूटर
C. तीसरी पीढ़ी के कंप्यूटर	**D.** चौथी पीढ़ी के कंप्यूटर

Q.30 दुनिया का पहला माइक्रो कंप्यूटर _______है।

A. अल्टेयर 8800	**B.** एचपी
C. एनिऐक	**D.** युनिऐक

// स्मार्ट उत्तर पुस्तिका //

| सही उत्तर | उन छात्रों के प्रतिशत को इंगित करता है जिन्होंने प्रश्नों का सही उत्तर दिया था। |

| छोड़ दिया | उन छात्रों के प्रतिशत को इंगित करता है जिन्होंने प्रश्नों को छोड़ दिया था। |

प्रश्न संख्या	उत्तर	सही उत्तर / छोड़ दिया	प्रश्न संख्या	उत्तर	सही उत्तर / छोड़ दिया	प्रश्न संख्या	उत्तर	सही उत्तर / छोड़ दिया	प्रश्न संख्या	उत्तर	सही उत्तर / छोड़ दिया	प्रश्न संख्या	उत्तर	सही उत्तर / छोड़ दिया
1	A	48.28 % / 49.83 %	7	D	67.72 % / 32.1 %	13	D	57.26 % / 30.25 %	19	D	10.07 % / 74.27 %	25	D	62.71 % / 37.04 %
2	B	44.2 % / 34.98 %	8	C	69.57 % / 30.08 %	14	B	53.43 % / 30.17 %	20	B	66.11 % / 30.14 %	26	D	41.06 % / 52.35 %
3	A	50.42 % / 47.57 %	9	B	45.46 % / 32.48 %	15	A	51.91 % / 34.12 %	21	B	58.51 % / 34.58 %	27	C	26.62 % / 73.37 %
4	C	49.88 % / 44.62 %	10	A	66.01 % / 32.4 %	16	B	52.7 % / 38.94 %	22	C	63.1 % / 36.75 %	28	D	54.9 % / 38.19 %
5	A	68.36 % / 30.13 %	11	B	46.44 % / 42.85 %	17	A	57.19 % / 39.97 %	23	C	25.6 % / 71.11 %	29	B	48.26 % / 40.87 %
6	A	52.59 % / 46.71 %	12	C	67.82 % / 31.7 %	18	D	42.58 % / 39.05 %	24	A	12.07 % / 81.48 %	30	A	63.04 % / 34.86 %

कार्य विश्लेषण	
औसत अंक (%)	63.33%
टॉपर्स स्कोर (%)	70.0%
आपका स्कोर	

//संकेत और समाधान//

1. पहली पीढ़ी के कंप्यूटरों की संचालन लागत सबसे महंगी थी।

(1946 - 1959) के बीच विकसित कंप्यूटर, कंप्यूटर की पहली पीढ़ी हैं। वे बड़े थे और बुनियादी गणनाओं तक ही सीमित थे। इनमें वैक्यूम ट्यूब जैसे बड़े उपकरण शामिल थे। पहली पीढ़ी के कंप्यूटरों के उदाहरणों में ENIAC, EDVAC, UNIVAC, IBM-701, और IBM-650 शामिल हैं।

अतः विकल्प (A) सही है।

2. आईबीएम 1401 तीसरी पीढ़ी का कंप्यूटर नहीं है।

आईबीएम 1400 श्रृंखला दूसरी पीढ़ी (ट्रांजिस्टर) मध्य-श्रेणी के व्यावसायिक दशमलव कंप्यूटर थे जिन्हें आईबीएम ने 1960 के दशक की शुरुआत में विपणन किया था।

अत: विकल्प (B) सही है।

3. भारत में पहला कंप्यूटर भारतीयसांख्यिकी संस्थान, कोलकाता में स्थापित किया गया था।

भारत में कंप्यूटिंग का इतिहास 1955 मेंशुरू हुआ, जब एडी बूथ द्वारा डिजाइन किया गया एक एचईसी -2 एम कलकत्ता में भारतीयसांख्यिकी संस्थान (आईएसआई) में स्थापित किया गया था। 1955 में, रंगास्वामीनरसिम्हन के नेतृत्व में एक टीम ने बॉम्बे में टाटा इंस्टीट्यूट ऑफ फंडामेंटलरिसर्च (TIFR) में एक डिजिटल कंप्यूटर का डिजाइन और निर्माण शुरू किया।

अत: विकल्प (A) सही है।

4. चीन ने सबसे पहले अबेकस का इस्तेमाल किया।

चीनी में सुआन-पैन नामक अबेकस, जैसा कि आज भी प्रतीत होता है, चीन में पहली बार लगभग 1200 ईसवी सन् में लिखा गया था। उपकरण धातु सुद्दढ़ीकरण के साथ लकड़ी से बना था। प्रत्येक छड़ पर, क्लासिक चीनी अबेकस में ऊपरी डेक पर 2 मोती और निचले डेक पर 5 मोती होते हैं; ऐसे अबेकस को 2/5 अबेकस भी कहा जाता है।

अत: विकल्प (C) सही है।

5. जॉन नेपियर ने नेपियर बोन्स का आविष्कार किया।

नेपियर बोन्स, उत्पादों और संख्याओं के भागफल की गणना के लिए स्कॉटलैंड के मर्चिस्टन के जॉन नेपियर द्वारा बनाई गई एक मैन्युअल रूप से संचालित गणना उपकरण। पूरे उपकरण में आमतौर पर रिम के साथ एक बेस बोर्ड शामिल होता है; उपयोगकर्ता नेपियर की छड़ों को गुणा या भाग करने के लिए रिम के अंदर रखता है।

अत: विकल्प (A) सही है।

6. चार्ल्स बैबेज द्वारा डिजाइन किए गए पहले कंप्यूटर का नाम एनालिटिकल इंजन था।

एनालिटिकल इंजन, जिसे आम तौर पर पहला कंप्यूटर माना जाता है, जिसे 19वीं शताब्दी में अंग्रेजी आविष्कारक चार्ल्स बैबेज द्वारा डिजाइन और आंशिक रूप से बनाया गया था (उन्होंने 1871 में अपनी मृत्यु तक इस पर काम किया)।

अत: विकल्प (A) सही है।

7. साल 1864 से इंटीग्रेटेड चिप्स का इस्तेमाल शुरू हो गया था।

रॉबर्ट नॉयस ने 1959 में फेयरचाइल्ड सेमीकंडक्टर में पहली मोनोलिथिक इंटीग्रेटेड सर्किट चिप का आविष्कार किया था। इसे सिलिकॉन से बनाया गया था। जनरल माइक्रोइलेक्ट्रॉनिक ने बाद में 1964 में रॉबर्ट नॉर्मन द्वारा विकसित 120-ट्रांजिस्टर शिफ्ट रजिस्टर में पहला वाणिज्यिक MOS एकीकृत सर्किट पेश किया। 1964 तक, एमओएस चिप्स द्विध्वीय चिप्स की तुलना में उच्च ट्रांजिस्टर घनत्व और कम विनिर्माण लागत तक पहुंच गए थे।

अत: विकल्प (D) सही है।

8. पहली पीढ़ी के कंप्यूटरों में वैक्यूम ट्यूब प्रोसेसर का इस्तेमाल किया जाता था।

वैक्यूम ट्यूब कंप्यूटर, जिसे अब पहली पीढ़ी का कंप्यूटर कहा जाता है, एक ऐसा कंप्यूटर है जो लॉजिक सर्किट्री के लिए वैक्यूम ट्यूब का उपयोग करता है। ENIAC (द इलेक्ट्रॉनिक न्यूमेरिकल इंटीग्रेटर एंड कंप्यूटर) पहला कंप्यूटर था जो वैक्यूम ट्यूब का उपयोग करता था।

अत: विकल्प (C) सही है।

9. इलेक्ट्रॉनिक न्यूमेरिकल इंटीग्रेटर और कैलकुलेटर पहले इलेक्ट्रॉनिक कंप्यूटर ENIAC का पूर्ण रूप है।

ENIAC (इलेक्ट्रॉनिक न्यूमेरिकल इंटीग्रेटर एंड कंप्यूटर) पहला प्रोग्रामेबल, इलेक्ट्रॉनिक, सामान्य-उद्देश्य वाला डिजिटल कंप्यूटर था। ENIAC को 1945 में पूरा किया गया था और पहली बार 10 दिसंबर, 1945 को व्यावहारिक उद्देश्यों के लिए काम पर रखा गया था।

अत: विकल्प (B) सही है।

10. 1960 में टेक्सास संसथान ने इंटीग्रेटेड सर्किट का आविष्कार किया था।

एक इंटीग्रेटेड सर्किट या अखंड इंटीग्रेटेड सर्किट अर्धचालक सामग्री के एक छोटे से फ्लैट टुकड़े पर इलेक्ट्रॉनिक सर्किट का एक सेट है, आमतौर पर यह सिलिकॉन से निर्मित होता है । बड़ी संख्या में छोटे MOSFETs एक छोटी चिप में एकीकृत होते हैं।

अत: विकल्प (A) सही है।

11. 1642 में, पहली यांत्रिक जोड़ने वाली मशीन का आविष्कार ब्लेज़ पास्कल द्वारा किया गया था।

ब्लेज़ पास्कल, जिन्होंने 1642 में मशीन को जोड़ने के लिए 'पास्कलिन' विकसित किया था, को पहली जोड़ने वाली मशीन का आविष्कारक माना जाता था। ब्लेज़ पास्कल और विल्हेम शिकार्ड 1642 में यांत्रिक कैलकुलेटर के दो मूल आविष्कारक थे।

अत: विकल्प (B) सही है।

12. पहली पीढ़ी के कंप्यूटरों को ENIAC, EDVAC, और UNIVAC I जैसे प्रारंभिक कंप्यूटरों के रूप में वर्गीकृत किया जा सकता है।

पहला पर्याप्त कंप्यूटर पेन्सिलवेनिया विश्वविद्यालय में जॉन डब्ल्यूमौचली और जे. प्रेस्पर एकर्ट द्वारा विशाल ENIAC था। ENIAC (इलेक्ट्रिकल न्यूमेरिकल इंटीग्रेटर और कैलकुलेटर) ने EDVAC और UNIVAC सहित पिछले स्वचालित कैलकुलेटर / कंप्यूटर जैसे बाइनरी वाले के बजाय 10 दशमलव अंकों के एक शब्द का इस्तेमाल किया।

अत: विकल्प (C) सही है।

13. COBOL (कॉमन बिस्ननेस ओरिएंटेड लैंग्वेज) पहली कंप्यूटर भाषा है।

COBOL भाषा आज उपयोग में आने वाली सबसे पुरानी प्रोग्रामिंग भाषाओं में से एक है। COBOL एक संकलित अंग्रेजी जैसी कंप्यूटर प्रोग्रामिंग भाषा है जिसे व्यावसायिक उपयोग के लिए डिज़ाइन किया गया है। यह एक अनिवार्य, प्रक्रियात्मक और, 2002 से, वस्तु-उन्मुख भाषा है। COBOL मुख्य रूप से कंपनियों और सरकारों के लिए व्यापार, वित्त और प्रशासनिक प्रणालियों में उपयोग किया जाता है।

अत: विकल्प (D) सही है।

14. डिफरेंस इंजन एक उपकरण है जिसका आविष्कार 1822 में किया गया था।

चार्ल्स बैबेज ने 1822 में डिफरेंस इंजन को पूरा किया, जिसे बहुपद कार्यों की गणना और सारणीबद्ध करने के लिए डिज़ाइन किया गया था। डिज़ाइन एक

तालिका में स्वचालित रूप से मूल्यों की एक श्रृंखला की गणना करने और परिणामों को प्रिंट करने के लिए एक मशीन का वर्णन करता है।

अत: विकल्प (B) सही है।

15. पहली पीढ़ी के कंप्यूटर की प्रोसेसिंग स्पीड मिलीसेकंड थी।

पहली पीढ़ी में कंप्यूटर की प्रोसेसिंग स्पीड मिलीसेकंड में मापी जाती थी। और हम जान सकते हैं कि मिलीसेकंड आज की प्रसंस्करण गति माप की तुलना में बहुत धीमा है। कंप्यूटर में ट्रांजिस्टर न होने के कारण कंप्यूटर की गति Hz में नहीं मापी जाती थी।

अत: विकल्प (A) सही है।

16. कंप्यूटर की दूसरी पीढ़ी में, ट्रांजिस्टर का उपयोग किया गया था।

- ट्रांजिस्टर को कंप्यूटर में वैक्यूम ट्यूबों ने बदल दिया।
- दूसरी पीढ़ी में बनाए गए कंप्यूटरों ने ट्रांजिस्टर का उपयोग किया, जो उन्हें पहले की तुलना में अधिक विश्वसनीय, आकार में छोटा, तेज गति में, अधिक ऊर्जा-कुशल और सस्ता था।

अत: विकल्प (B) सही है।

17. सबसे पहले ज्ञात गणना उपकरण शायद अबेकस है।

यह कम से कम 1100 ईसा पूर्व का है और आज भी विशेष रूप से एशिया में उपयोग में है।

अब, तब के रूप में, इसमें आमतौर पर एक आयताकार फ्रेम होता है जिसमें मोतियों के साथ पतली समानांतर छड़ें होती हैं।

इसका उपयोग बड़ी संख्याओं को गिनने और जोड़, घटाव, गुणा और भाग जैसी अंकगणितीय गणना करने के लिए किया जाता था।

अत: विकल्प (A) सही है।

18. SMTP को 1982 में विकसित किया गया था।

SMTP संचार दिशानिर्देशों का एक समूह है जो सॉफ़्टवेयर को इंटरनेट पर इलेक्ट्रॉनिक मेल प्रसारित करने की अनुमति देता है, जिसे सिंपल मेल ट्रांसफर प्रोटोकॉल कहा जाता है। यह एक प्रोग्राम है जिसका उपयोग ई-मेल पतों के आधार पर अन्य कंप्यूटर उपयोगकर्ताओं को संदेश भेजने के लिए किया जाता है।

अत: विकल्प (D) सही है।

19. एक एनालॉग कंप्यूटर का उपयोग विभिन्न प्रकार के इंडस्टियल और साइंटिफिक एप्लीकेशन में किया जाता है जैसे इलेक्ट्रिक करंट का मेजरमेंट, फ्रीक्वेंसी का मेजरमेंट और कैपेसिटर के रेजिस्टेंस का मेजरमेंट भी। एनालॉग कंप्यूटर, ऐसा कंप्यूटर है जिसका उपयोग एनालॉग डेटा को प्रोसेस करने के लिए किया जाता है। एनालॉग कंप्यूटर फिजिकल क्वांटिटी के रूप में निरंतर डेटा स्टोर करते हैं और मेजरमेंट की सहायता से कैलकुलेशन करते हैं।

अत: विकल्प (D) सही है।

20. मेट्रोविक 950 पहला कमर्शियल ट्रांजिस्टर कंप्यूटर था, जिसे 1956 से ब्रिटिश कंपनी मेट्रोपॉलिटन-विकर्स द्वारा सात मशीनों की सीमा तक काम करने के लिए बनाया गया था। मेट्रोविक 950, मेट्रोविक की पहली और आखिरी कमर्शियल कंप्यूटर की पेशकश थी।

अत: विकल्प (B) सही है।

21. 1970 के दशक की शुरुआत में बने पहले माइक्रोप्रोसेसरों का उपयोग इलेक्ट्रॉनिक कैलकुलेटर के लिए किया गया था, जिसमें 4-बिट शब्दों पर बाइनरी-कोडेड दशमलव (बीसीडी) अंकगणित का उपयोग किया गया था। पहला माइक्रोप्रोसेसर इंटेल 4004, इंटेल द्वारा जापानी कैलकुलेटर कंपनी बुसिकॉम के लिए विकसित किया गया था।

अत: विकल्प (B) सही है।

22. C, COBOL, ALGOL, BASIC, FORTRAN, Java और Pascal जैसी स्ट्रक्चरल प्रोग्रामिंग लैंग्वेज का उपयोग तीसरी पीढ़ी के कंप्यूटर में किया गया था। तीसरी पीढ़ी के कंप्यूटरों में ट्रांजिस्टर के स्थान पर इंटीग्रेटेड सर्किट (ICs) का उपयोग किया जाता था। तीसरी पीढ़ी की अवधि 1965-1971 तक थी।

अत: विकल्प (C) सही है।

23. सुपरकंप्यूटर परम -8000 (सेन्टर फॉर डेवलपमेंट ऑफ़ एडवांस्ड कंप्यूटिंग (सी-डैक) द्वारा बनाया गया) 1 जुलाई, 1991 को लॉन्च किया गया था जिसे भारत का पहला सुपरकंप्यूटर माना जाता है। 1990 में परम- 8000 भारत का पहला गीगा-स्केल सुपरकंप्यूटर था।

अत: विकल्प (C) सही है।

24. "स्पेसवार" 1962 में स्टीव रसेल द्वारा विकसित एक अंतरिक्ष युद्ध वीडियो गेम है। खेल में दो अंतरिक्ष यान, "सुई" और "कील" शामिल हैं, जो एक तारे के गुरुत्वाकर्षण कुएं में पैंतरेबाज़ी करते हुए हवाई लड़ाई करते हैं।

अत: विकल्प (A) सही है।

25. सीमोर रोजर क्रे एक अमेरिकी इलेक्ट्रिकल इंजीनियर और सुपरकंप्यूटर आर्किटेक्ट थे, जिन्होंने दशकों तक दुनिया में सबसे तेज कंप्यूटरों की एक श्रृंखला तैयार की थी। सीमोर क्रे को सुपरकंप्यूटिंग के जनक के रूप में जाना जाता है। यह लेख सुपरकंप्यूटिंग में क्रे के कई योगदानों का वर्णन करता है क्योंकि उन्होंने 1951 से अपनी मृत्यु तक पांच अलग-अलग कॉर्पोरेट वातावरण में काम किया था।

अत: विकल्प (D) सही है।

26. अबेकस का इस्तेमाल पहली बार लगभग 5000 ईसा पूर्व इराक देश में किया गया था।

सबसे पहले दर्ज की गई गणना उपकरण अबेकस है। अंकगणित के प्रदर्शन के लिए एक सरल कंप्यूटिंग डिवाइस के रूप में उपयोग किया जाता है, अबेकस सबसे पहले 5000 साल पहले बेबीलोनिया (इराक) में इस्तेमाल किया गया था।

अत: विकल्प (D) सही है।

27. हरमन होलेरिथ एक अमेरिकी आविष्कारक थे, जिन्होंने सूचनाओं को सारांशित करने और बाद में, लेखांकन में सहायता करने के लिए एक इलेक्ट्रोमैकेनिकल पंच कार्ड टेबुलेटर विकसित किया था।

अत: विकल्प (C) सही है।

28. अमेरिका में निर्मित एनिएक (इलेक्ट्रॉनिक न्यूमेरिकल इंटीग्रेटर एंड कंप्यूटर) अमेरिका में निर्मित पहला इलेक्ट्रॉनिक प्रोग्रामेबल कंप्यूटर था। 15 फरवरी, 1946 को सेना ने जनता के सामने एनिएक के अस्तित्व का खुलासा किया। एक विशेष समारोह में सेना ने एनिएक और इसके हार्डवेयर आविष्कारक डॉ. जॉन मौचली और जे. प्रेस्पर एकर्ट का परिचय कराया।

अत: विकल्प (D) सही है।

29. आईबीएम 1401 सेकंड जेनरेशन कंप्यूटर है। आईबीएम 1401 एक वेरिएबल वर्ड लेंथ डेसीमल कंप्यूटर है आईबीएम 1401 एक वेरिएबल वर्ड लेंथ डेसीमल कंप्यूटर है जिसे आईबीएम द्वारा 5 अक्टूबर, 1959 को प्रारम्भ करने की घोषणा की गयी थी। 1401 को 8 फरवरी, 1971 को वापस ले लिया गया था। इसका उद्देश्य पंच कार्ड पर संग्रहीत डेटा को संसाधित करने के लिए यूनिट रिकॉर्ड उपकरण को बदलना और बड़े कंप्यूटरों के लिए परिधीय सेवाएं प्रदान करना था।

अत: विकल्प (B) सही है।

30. दुनिया का पहला माइक्रो कंप्यूटर अल्टेयर 8800 था। अल्टेयर 8800 एक माइक्रो कंप्यूटर है जिसे 1974 में MITS द्वारा डिजाइन किया गया था और यह इंटेल 8080 सीपीयू पर आधारित था। अल्टेयर को व्यापक रूप से उस चिंगारी के रूप में पहचाना जाता है जिसने माइक्रो कंप्यूटर क्रांति को पहले व्यावसायिक रूप से सफल पर्सनल कंप्यूटर के रूप में प्रज्वलित किया।

अतः विकल्प (A) सही है।

Q.1 निम्नलिखित में से कौन सी इकाई डेटा की सबसे बड़ी राशि का प्रतिनिधित्व करती है?

[HSSC Canal Patwari, 2021]

A. किलोबाइट
B. मेगाबाइट
C. गीगाबाइट
D. टेराबाइट

Q.2 निम्नलिखित में से कौन से कंप्यूटर के प्राथमिक स्टोरेज डिवाइस हैं?
(a) रैम
(b) कैश मेमोरी
(c) सीपीयू

A. केवल (a)
B. (a) और (c)
C. केवल (b)
D. (a) और (b)

Q.3 निम्नलिखित में से कौन सी बड़ी मात्रा में डेटा संगृहित कर सकता है?

A. सीडी
B. हार्ड डिस्क
C. रैम
D. फ्लॉपी डिस्क

Q.4 कंप्यूटर सिस्टम 0 और 1 के रूप में किसी भी प्रकार के डेटा को स्टोर कर सकता है इसे कहा जाता है?

[Allahabad High Court Review Officer (RO), 2019]

A. बाइनरी नंबर सिस्टम
B. नंबर सिस्टम
C. टेक्स्ट नंबर सिस्टम
D. नंबर यूनिट

Q.5 ऑक्सिलरी मेमोरी को लोकप्रिय रूप से जाना जाता है:

[Allahabad High Court Review Officer (RO), 2019]

A. प्राइमरी स्टोरेज
B. सेकेंडरी स्टोरेज
C. रैंडम एक्सेस स्टोरेज डिवाइस
D. प्रोसेसिंग यूनिट

Q.6 फ्लैश ड्राइव को लोकप्रिय रूप से जाना जाता है:

[Allahabad High Court Review Officer (RO), 2019]

A. माइक्रोप्रोसेसर
B. RAM
C. ROM
D. पेन ड्राइव

Q.7 हार्ड डिस्क रिकॉर्ड जानकारी कैसे देते हैं?

A. प्रसार
B. गुरुत्वाकर्षण
C. चुंबकीय
D. केन्द्रापसारण

Q.8 DVD तकनीक डिजिटल डेटा को संग्रह करने के लिए एक ऑप्टिकल मीडिया का उपयोग करती है। DVD किसका लघु रूप है?

A. डिजिटल वेक्टर डिस्क
B. डिजिटल वॉल्यूम डिस्क
C. डिजिटल वर्सेटाइल डिस्क
D. डिजिटल विजुअलाइज़ेशन डिस्क

Q.9 वर्तमान में सीपीयू द्वारा निष्पादित प्रोग्राम और डेटा, निम्न में से कौन स्टोर करता है?

A. प्राथमिक मेमोरी
B. सहायक मेमोरी
C. सेकेण्डरी मेमोरी
D. तृतीयक मेमोरी

Q.10 निम्न में से किस श्रेणी के कंप्यूटर में आमतौर पर सबसे कम प्रोसेसिंग और स्टोरेज क्षमता होती है?

A. सुपर कंप्यूटर
B. मेनफ्रेम
C. मिनी कंप्यूटर
D. माइक्रो-कंप्यूटरों

Q.11 हार्ड डिस्क पर सबसे छोटी भौतिक भंडारण इकाई क्या है?

[UP Police ASI, 2018]

A. सिलेंडर
B. रो
C. सेक्टर
D. ट्रैक

Q.12 एक डीवीडी इसका उदाहरण है-

[RRB (NTPC), 2017]

A. सॉलिड-स्टेट स्टोरेज डिवाइस
B. आउटपुट डिवाइस
C. हार्ड डिस्क
D. ऑप्टिकल डिस्क

Q.13 निम्नलिखित में से कौन-सा वोलेटाइल मेमोरी है?

A. कैश मेमोरी
B. हार्ड डिस्क
C. डीवीडी
D. सीडी

Q.14 निम्नलिखित में से कौन नॉन- वोलेटाइल मेमोरी का एक उदाहरण है?

[HSSC Canal Patwari, 2021]

A. लार्ज स्केल इंटीग्रेशन
B. रैंडम एक्सेस मेमोरी
C. वैरी लार्ज स्केल इंटीग्रेशन
D. रीड ओनली मेमोरी

Q.15 निम्न में से किसे UV रोशनी में रखकर मिटाया जा सकता है?

[Allahabad High Court Review Officer (RO), 2017]

A. ROM
B. PROM
C. EPROM
D. EEPROM

Q.16 निम्न में से किस मेमोरी की सबसे अधिक डेटा एक्सेस स्पीड होती है?

[Allahabad High Court Review Officer (RO), 2017]

A. रैम
B. कैशे मेमोरी
C. फ्लैश मेमोरी
D. डीवीडी

Q.17 एक साधारण मशीन निर्देश को लाने और निष्पादन करने के लिए आवश्यक समय को कहा जाता है:

A. वास्तविक समय
B. निष्पादन समय
C. सकल समय
D. CPU चक्र

Q.18 निम्न में से कौन सा कंप्यूटर स्टोरेज का न्यूनतम आकार है?

A. 1 गीगाबाइट
B. 1 पेटाबाइट
C. 1 टेराबाइट
D. 1 मेगाबाइट

Q.19 मैग्नेटिक डिस्क किसका उदाहरण है:

A. रजिस्टर
B. प्राइमरी स्टोरेज डिवाइस
C. डाइनामिक स्टोरेज डिवाइस
D. नॉन-वोलाटाइल स्टोरेज

Q.20 निम्न में से कौन सा एक स्टोरेज डिवाइस का प्रकार है?

A. ब्लैक-रे डिस्क
B. व्हाइट-रे डिस्क
C. ब्लू-रे डिस्क
D. उपरोक्त में से कोई नहीं

Q.21 यूएसबी डिवाइस किस रूप में भंडारण की सुविधा प्रदान करता है?

A. प्राथमिक   **B.** द्वितीयक   **C.** तृतीयक   **D.** सहायक

Q.22 सेमीकंडक्टर चिप्स का उपयोग करके कार्यान्वित मेमोरी _______ है।

A. कैश   **B.** मेन   **C.** सेकण्डरी   **D.** रजिस्टर

Q.23 _______ मेमोरी का आकार मुख्य रूप से एड्रेस बस के आकार पर निर्भर करता है।

A. मेन   **B.** वर्चुअल   **C.** सेकण्डरी   **D.** कैश

Q.24 निम्नलिखित में से कौन एड्रेस बस से स्वतंत्र है?

A. सेकण्डरी मेमोरी   **B.** मेन मेमोरी

C. ऑन बोर्ड मेमोरी   **D.** कैश मेमोरी

Q.25 _________ स्टोरेज एक ऐसी प्रणाली है जहां एक रोबोटिक आर्म कंप्यूटर ऑपरेटिंग सिस्टम की मांग के अनुसार ऑफ-लाइन मास स्टोरेज मीडिया को कनेक्ट या डिस्कनेक्ट करेगा।

A. सेकण्डरी   **B.** वर्चुअल   **C.** टर्शियरी   **D.** मैगनेटिक

E. प्राइमरी

Q.26 वह स्टोरेज जो बिजली बंद होने के बाद डेटा को स्टोर या बरकरार रखता है उसे कहा जाता है -

A. वोलेटाइल स्टोरेज   **B.** नॉन-वोलेटाइल स्टोरेज

C. सेकेंसीअल स्टोरेज   **D.** डायरेक्ट स्टोरेज

Q.27 _______ को सहायक संग्रहण भी कहा जाता है।

A. सेकेंडरी मेमोरी   **B.** तृतीयक मेमोरी

C. प्राइमरी मेमोरी   **D.** कैश मेमोरी

Q.28 मैग्नेटिक टेप एक प्रकार का _______ एक्सेस डिवाइस है।

A. सेकेंसीअल   **B.** डायरेक्ट एक्सेस

C. स्टेप   **D.** इनडायरेक्ट

Q.29 वह इलेक्ट्रॉनिक होल्डिंग प्लेस जहां डेटा संग्रहीत किया जा सकता है और बाद में जब भी आवश्यक हो पुनः प्राप्त किया जा सकता है, उसे _______ कहते है।

A. मेमोरी   **B.** ड्राइव   **C.** डिस्क   **D.** सर्किट

Q.30 मैग्नेटिक टेप आम तौर पर _____ के साथ लेपित एक प्लास्टिक रिबन होता है।

A. मैग्नीशियम ऑक्साइड   **B.** क्रोमियम डाइऑक्साइड

C. जिंक आक्साइड   **D.** कॉपर ऑक्साइड

// स्मार्ट उत्तर पुस्तिका //

| सही उत्तर | उन छात्रों के प्रतिशत को इंगित करता है जिन्होंने प्रश्नों का सही उत्तर दिया था। |

| छोड़ दिया | उन छात्रों के प्रतिशत को इंगित करता है जिन्होंने प्रश्नों को छोड़ दिया था। |

प्रश्न संख्या	उत्तर	सही उत्तर / छोड़ दिया	प्रश्न संख्या	उत्तर	सही उत्तर / छोड़ दिया	प्रश्न संख्या	उत्तर	सही उत्तर / छोड़ दिया	प्रश्न संख्या	उत्तर	सही उत्तर / छोड़ दिया	प्रश्न संख्या	उत्तर	सही उत्तर / छोड़ दिया
1	D	48.01 % / 46.77 %	7	C	25.8 % / 70.84 %	13	A	41.5 % / 54.58 %	19	D	24.32 % / 72.68 %	25	C	13.44 % / 76.28 %
2	D	59.49 % / 38.78 %	8	C	51.3 % / 32.83 %	14	D	56.48 % / 31.32 %	20	C	67.45 % / 31.18 %	26	B	68.89 % / 30.18 %
3	B	88.13 % / 10.8 %	9	A	89.65 % / 10.23 %	15	C	80.91 % / 16.2 %	21	B	86.48 % / 10.54 %	27	A	54.34 % / 37.76 %
4	A	61.43 % / 34.93 %	10	D	46.56 % / 44.39 %	16	B	63.61 % / 31.17 %	22	B	55.61 % / 36.99 %	28	A	46.54 % / 44.22 %
5	B	69.02 % / 30.11 %	11	C	44.06 % / 37.62 %	17	D	42.79 % / 38.57 %	23	A	79.53 % / 19.39 %	29	A	85.74 % / 12.67 %
6	D	63.91 % / 32.79 %	12	D	62.84 % / 36.93 %	18	D	87.99 % / 11.32 %	24	A	52.94 % / 32.1 %	30	B	25.41 % / 67.49 %

कार्य विश्लेषण	
औसत अंक (%)	50.0%
टॉपर्स स्कोर (%)	66.67%
आपका स्कोर	

//संकेत और समाधान//

1. विकल्पों में, टेराबाइट डेटा की सबसे बड़ी राशि का प्रतिनिधित्व करता है।

- कंप्यूटर की मेमोरी को आमतौर पर बाइट्स में मापा जाता है।
- टेरा 1000 की चौथी शक्ति का प्रतिनिधित्व करता है।
- एक टेराबाइट को 1,024 गीगाबाइट के रूप में अधिक सटीक रूप से परिभाषित किया गया है।
- 1 TB 1,024 गीगाबाइट (GB) के बराबर है।
- हार्ड डिस्क की भंडारण क्षमता को मेगाबाइट्स, गीगाबाइट्स और टेराबाइट्स में मापा जाता है।

अत: विकल्प (D) सही है।

2. रैम और कैश मेमोरी कंप्यूटर के प्राथमिक स्टोरेज डिवाइस हैं।

- एक प्राथमिक स्टोरेज डिवाइस कोई भी स्टोरेज डिवाइस या कंपोनेंट है जो कंप्यूटर, सर्वर और अन्य कंप्यूटिंग डिवाइस में गैर-वाष्पशील डेटा को स्टोर कर सकता है।
- इसका उपयोग अस्थायी रूप से या कम समय के लिए कंप्यूटर को चलाने के लिए डेटा और एप्लिकेशन को रखने / स्टोर करने के लिए किया जाता है।

अत: विकल्प (D) सही है।

3. हार्ड डिस्क बड़ी मात्रा में डेटा संगृहित कर सकती है।

- हार्ड डिस्क चुंबकीय डिस्क की एक धुरी है, जिसे प्लैटर कहा जाता है।
- हार्ड डिस्क का उपयोग सूचना को रिकॉर्ड करने और संगृहित करने के लिए किया जाता है।
- हार्ड डिस्क के अंदर, डेटा को चुंबकीय रूप से संगृहित किया जाता है और कंप्यूटर बंद होने के बाद भी जानकारी दर्ज रहती है।
- यह हार्ड डिस्क और रैम या मेमोरी के बीच एक महत्वपूर्ण अंतर है, यह तब रीसेट होता है जब कंप्यूटर बंद हो जाता है।
- हार्ड डिस्क को हार्ड ड्राइव के अंदर रखा जाता है जिसका उपयोग डिस्क पर डेटा को पढ़ने और लिखने के लिए किया जाता है।
- हार्ड ड्राइव सीपीयू और डिस्क के बीच सूचना भेजता है और प्राप्त करता है।

अत: विकल्प (B) सही है।

4. कंप्यूटर सिस्टम 0 और 1 के रूप में किसी भी प्रकार के डेटा को स्टोर कर सकता है जिसे बाइनरी नंबर सिस्टम के रूप में जाना जाता है।

बाइनरी नंबर सिस्टम में उच्च को प्रतीकात्मक रूप से '1' द्वारा दर्शाया जाता है और निम्न को '0' द्वारा दर्शाया जाता है।

- 1s और 0s को बाइनरी डिजिट या संक्षेप में 'बिट्स' के रूप में जाना जाता है।
- कंप्यूटर हमेशा बिट्स के साथ काम करते हैं।
- प्रत्येक बिट दो संभावित मानों में से एक ले सकता है, संभव संयोजनों की कुल संख्या, आठ बिट्स का उपयोग करके, कंप्यूटर 256 विभिन्न प्रतीकों का प्रतिनिधित्व कर सकता है।
- यह हमारे अक्षरों, संख्याओं और अन्य स्पेशल कैरेक्टर्स जैसे $, @, +, आदि की पूरी श्रृंखला को कवर करने के लिए पर्याप्त है।
- आठ बिट्स के ऐसे संयोजन को बाइट कहा जाता है।
- कंप्यूटर के मूल तत्व जो 1 या 0 का संकेत दे सकते हैं, फ्लिप-फ्लॉप कहलाते हैं।

- यह एक साधारण विद्युत उपकरण है और या तो '0' या '1' हो सकता है, जिसका अर्थ है कि धारा का प्रवाह या तो आवक या जावक है।

अत: विकल्प (A) सही है।

5. ऑक्सिलरी मेमोरी को लोकप्रिय रूप से सेकेंडरी स्टोरेज के रूप में जाना जाता है।

ऑक्सिलरी मेमोरी:

- ये इकाइयाँ कंप्यूटर पेरीफेरल उपकरणों में से हैं।
- कई बार इन्हें सेकेंडरी स्टोरेज भी कहा जाता है।
- अधिक स्टोरेज क्षमता और डेटा स्थिरता के लिए उनके पास धीमी पहुंच दर होती है।
- यह मेमोरी भविष्य में उपयोग के लिए प्रोग्राम और डेटा रखती है और यह नॉनवोलेटाइल होती है (जैसे ROM)।
- इसका उपयोग इनएक्टिव प्रोग्राम्स को स्टोर करने और डेटा आर्चिव करने के लिए किया जाता है।

प्राइमरी स्टोरेज एक कंप्यूटर सिस्टम का प्रमुख घटक है जो इसे काम करने में सक्षम बनाता है इसके उदाहरण हैं रैंडम एक्सेस मेमोरी (RAM), रीड-ओनली मेमोरी (ROM), कैश और फ्लैश मेमोरी।

RAM एक रीड/राइट मेमोरी है।

- CPU किसी भी समय RAM की सामग्री को बदल सकता है।
- RAM वोलेटाइल होती है।

अत: विकल्प (B) सही है।

6. फ्लैश ड्राइव को पेन ड्राइव के नाम से जाना जाता है।

पेन ड्राइव को USB फ्लैश ड्राइव भी कहा जाता है। यह एक डाटा स्टोरेज डिवाइस है जिसमें एक इंटीग्रेटेड यूएसबी इंटरफेस के साथ फ्लैश मेमोरी शामिल है।

- RAM एक रीड/राइट मेमोरी है।
    - CPU किसी भी समय RAM की सामग्री को बदल सकता है।
    - RAM वोलेटाइल होती है।
- रीड-ओनली मेमोरी (ROM) नॉन - वोलेटाइल होती है और बिजली बंद होने के बाद भी इसकी जानकारी को वापस प्राप्त सकता है।

अत: विकल्प (D) सही है।

7. बड़ी मात्रा में डेटा स्टोर करने के लिए चुंबकीय भंडारण सबसे सस्ती तरीकों में से एक है।

चुंबकीय भंडारण उपकरण एक डिस्क या टेप पर कणों को चुम्बकित करके डेटा संग्रहीत करते हैं। आमतौर पर उपयोग किए जाने वाले उपकरण जो चुंबकीय भंडारण का उपयोग करते हैं उनमें चुंबकीय टेप, फ्लॉपी डिस्क और हार्ड-डिस्क ड्राइव शामिल हैं।

हार्ड डिस्क चुंबकीय डिस्क की एक धुरी है, जिसे प्लैटर कहा जाता है, जो रिकॉर्ड और स्टोर की जानकारी, क्योंकि डेटा को चुंबकीय रूप से संग्रहीत किया जाता है, आपके कंप्यूटर को बंद करने के बाद हार्ड डिस्क में दर्ज जानकारी बरकरार रहती है।

अत: विकल्प (C) सही है।

8. DVD (डिजिटल वर्सेटाइल डिस्क) एक प्रकार का ऑप्टिकल मीडिया है जिसका उपयोग डिजिटल डेटा को संग्रहीत करने के लिए किया जाता है। यह CD के समान आकार का है लेकिन इसकी संचयन क्षमता अधिक है।

"DVD-वीडियो" प्रारूप को 1995 में सोनी, पैनासोनिक, तोशिबा और फिलिप्स सहित इलेक्ट्रॉनिक्स कंपनियों के एक संघ द्वारा मानकीकृत किया गया था।

इसने उच्च गुणवत्ता वाले वीडियो, वाइडस्क्रीन पहलू अनुपात, कस्टम मेनू और अध्याय मार्कर सहित एनालॉग VHS टेप पर कई सुधार प्रदान किए, जो आपको एक वीडियो के भीतर अलग-अलग वर्गों में जाने की अनुमति देते हैं।

वीडियो की गुणवत्ता को कम किए बिना को बार-बार देखा जा सकता है और सॉफ्टवेयर प्रोग्राम वितरित करने के लिए भी उपयोग किया जाता है।

अतः विकल्प (C) सही है।

9. प्राथमिक मेमोरी को मुख्य मेमोरी के रूप में भी जाना जाता है। यह मेमोरी डेटा को अस्थायी रूप से संग्रहीत करती है। यह सीधे सीपीयू से जुड़ा होता है। इसमें सीमित भंडारण क्षमता होती है।

अतः विकल्प (A) सही है।

10. माइक्रो-कंप्यूटर में आमतौर पर सबसे कम प्रोसेसिंग और स्टोरेज क्षमता होती है।

- एक माइक्रो कंप्यूटर एक छोटे पैमाने पर एक पूर्ण कंप्यूटर है, जिसे एक समय में एक व्यक्ति द्वारा उपयोग के लिए डिज़ाइन किया गया है।

- एक पुरातन शब्द, एक माइक्रो कंप्यूटर को अब मुख्य रूप से एक व्यक्तिगत कंप्यूटर (पीसी), या एकल-चिप माइक्रोप्रोसेसर पर आधारित उपकरण कहा जाता है। सामान्य माइक्रो कंप्यूटर में लैपटॉप और डेस्कटॉप शामिल हैं।

अतः विकल्प (D) सही है।

11. हार्ड डिस्क पर सबसे छोटी भौतिक भंडारण इकाई सेक्टर है।

3.5 इंच की हार्ड डिस्क पर एक हजार से अधिक ट्रैक हो सकते हैं। प्रत्येक ट्रैक के अनुभागों को सेक्टर कहा जाता है।

एक सेक्टर एक डिस्क पर सबसे छोटी भौतिक भंडारण इकाई है और आकार में लगभग हमेशा 512 बाइट्स (0.5 kB) है।

परंपरागत रूप से, 2.5-इंच ड्राइव का उपयोग लैपटॉप के लिए किया जाता है जबकि 3.5-इंच ड्राइव डेस्कटॉप कंप्यूटर के लिए उपयोग किया जाता है।

अतः विकल्प (C) सही है।

12. डीवीडी एक डिजिटल ऑप्टिकल डिस्क डेटा संग्रहण प्रारूप है जिसका 1995 में आविष्कार और विकसित किया गया था और 1996 के अंत में प्रमोचित हुआ था।

यह माध्यम किसी भी प्रकार की डिजिटल जानकारी को संग्रहित कर सकता है और इसका इस्तेमाल आमतौर पर सॉफ्टवेयर और अन्य कंप्यूटर फ़ाइलों के साथ-साथ वीडियो प्रोग्राम के लिए भी किया जाता है, जिन्हें डीवीडी प्लेयर पर देखा जाता है।

यह डीवीडी, समान आयामों के कॉम्पैक्ट डिस्क की तुलना में उच्च भंडारण क्षमता प्रदान करती हैं।

अतः विकल्प (D) सही है।

13. कैश मेमोरी, वोलेटाइल मेमोरी है। कैश मेमोरी, जिसे सीपीयू मेमोरी भी कहा जाता है, रैंडम एक्सेस मेमोरी (रैम) है जिसे एक कंप्यूटर माइक्रोप्रोसेसर नियमित रूप से रैम तक पहुंचने की तुलना में अधिक तेज़ी से एक्सेस कर सकता है।

यह वोलेटाइल मेमोरी आमतौर पर सीधे सीपीयू चिप के साथ एकीकृत होती है या एक अलग चिप पर रखी जाती है जिसमें सीपीयू के साथ एक अलग बस इंटरकनेक्ट होता है।

अतः विकल्प (A) सही है।

14. रीड-ओनली मेमोरी, नॉन-वोलेटाइल मेमोरी का एक उदाहरण है।

नॉन- वोलेटाइल मेमोरी एक कंप्यूटर मेमोरी है जो संचालित न होने पर भी संग्रहीत जानकारी को बनाए रख सकती है।

नॉन- वोलेटाइल मेमोरी के उदाहरणों में रीड-ओनली मेमोरी, फ्लैश मेमोरी, अधिकांश प्रकार के चुंबकीय कंप्यूटर स्टोरेज डिवाइस (जैसे हार्ड डिस्क, फ्लॉपी डिस्क और चुंबकीय टेप), ऑप्टिकल डिस्क शामिल हैं।

अतः विकल्प (D) सही है।

15. EPROM एक प्राथमिक मेमोरी है। EPROM पर पराबैंगनी प्रकाश की सहायता से पुराने प्रोग्राम को हटाकर नया प्रोग्राम लिखा जा सकता है। इसके लिए EPROM को सर्किट से निकालना पड़ता है। इस गुण के कारण ही यह अल्ट्रावॉयलेट EPROM भी कहलाता है।

अतः विकल्प (C) सही है।

16. दिए गए विकल्पों में सबसे अधिक डेटा एक्सेस स्पीड कैशे मेमोरी की होती है।

यह एक कंप्यूटर में सबसे तेज मेमोरी है, और आमतौर पर मदरबोर्ड पर एकीकृत होता है और सीधे प्रोसेसर या मुख्य रैंडम एक्सेस मेमोरी (रैम) में एम्बेडेड होता है। कैशे मेमोरी प्रोग्रामों के भंडारण और प्रोसेसर द्वारा नियमित रूप से एक्सेस किए गए डेटा को तेजी से स्टोरेज और एक्सेस प्रदान करती है।

अतः विकल्प (B) सही है।

17. CPU द्वारा निष्पादित किए जाने वाले चरणों के मौलिक अनुक्रम को CPU चक्र कहा जाता है, इसे "भ्रूण-निष्पादन चक्र" के रूप में भी जाना जाता है ।

प्रत्येक चक्र के दौरान, एक CPU एक बुनियादी ऑपरेशन कर सकता है जैसे कि एक निर्देश प्राप्त करना, मेमोरी एक्सेस करना या डेटा लिखना।

रियल-टाइम कंप्यूटर की जवाबदेही का एक स्तर है जो उपयोगकर्ता को पर्याप्त रूप से तत्काल के रूप में महसूस करता है या जो कंप्यूटर को कुछ बाहरी प्रक्रिया के साथ बनाए रखने में सक्षम बनाता है।

अतः विकल्प (D) सही है।

18. दिये गये विकल्पों में से, कंप्यूटर स्टोरेज का न्यूनतम आकार मेगाबाइट है।

एक मेगाबाइट एक मिलियन बाइट्स की जानकारी है। यह विवरण इंटरनेशनल सिस्टम ऑफ़ क्वांटिटीज़ के द्वारा अपनाया गया है। इसका अनुशंसित प्रतीक MB है।

अतः विकल्प (D) सही है।

19. मैग्नेटिक डिस्क नॉन-वोलाटाइल मेमोरी का एक उदाहरण है जो सीपीयू द्वारा सीधे तौर पर नहीं पहुंचती है, क्योंकि यह इनपुट / आउटपुट चैनलों के माध्यम से एक्सेस नहीं किया जाता है।

मैग्नेटिक डिस्क एक गोलाकार प्लेट है जो धातु या प्लास्टिक से निर्मित होती है जिसे मैग्नेटाइज्ड सामग्री से लेपित किया जाता है। डिस्क के दोनों पक्षों का उपयोग किया जाता है और प्रत्येक सतह पर उपलब्ध रीड/राईट हेड्स के साथ एक डिस्क पर कई डिस्क क्रमबद्ध ढंग से लगे होते हैं।

अतः विकल्प (D) सही है।

20. ब्लू-रे डिस्क एक डिजिटल ऑप्टिकल डिस्क डेटा स्टोरेज फॉर्मेट है। यह डीवीडी प्रारूप की जगह लेने के लिए तैयार किया गया था। यह डिवाइस हाई डेफिनिशन वीडियो रेजोल्युशन (1080पी) के स्टोरेज के लिए सक्षम है।

अतः विकल्प (C) सही है।

21. द्वितीयक भंडारण एक अनहासी भंडारण है जो डिवाइस के बंद होने के बाद भी संग्रहीत सूचनाओं को नष्ट नहीं होने देता है और सीधे सीपीयू द्वारा इससे जानकारी प्राप्त नहीं की जा सकती है।

अतः विकल्प (B) सही है।

22. मेन मेमोरी को सेमीकंडक्टर चिप्स का उपयोग करके कार्यान्वित किया जाता है। मेन मेमोरी मदरबोर्ड पर स्थित होती है। इसमें मुख्य रूप से रैम और थोड़ी मात्रा में रोम होता है।

अतः विकल्प (B) सही है।

23. मेन मेमोरी का आकार सीपीयू के एड्रेस बस के आकार पर निर्भर करता है। मेन मेमोरी में मेन रूप से रैम और रोम होते हैं जहां रैम में वर्तमान डेटा और प्रोग्राम होते हैं और रोम में BIOS जैसे स्थायी प्रोग्राम होते हैं।

अतः विकल्प (A) सही है।

24. सेकेंडरी मेमोरी एड्रेस बस से स्वतंत्र होती है। यह स्टोरेज स्पेस को बढ़ाता है। इसे मैग्नेटिक स्टोरेज डिवाइस के रूप में कार्यान्वित किया जाता है। इसके उदाहरण है - हार्ड डिस्क और सॉलिड-स्टेट ड्राइव आदि।

अतः विकल्प (A) सही है।

25. टर्शियरी स्टोरेज एक ऐसी प्रणाली है जहां एक रोबोटिक आर्म कंप्यूटर ऑपरेटिंग सिस्टम की मांग के अनुसार ऑफ-लाइन मास स्टोरेज मीडिया को कनेक्ट या डिस्कनेक्ट किया जाता है। इसका उपयोग बड़े कंप्यूटर सिस्टम और व्यावसायिक कंप्यूटर नेटवर्क पर एंटरप्राइज़ स्टोरेज और वैज्ञानिक कंप्यूटिंग के क्षेत्र में किया जाता है और यह कुछ ऐसा है जो एक विशिष्ट पर्सनल कंप्यूटर पहले कभी नहीं देखता है।

अत: विकल्प (C) सही है।

26. नॉन-वोलेटाइल स्टोरेज (एनवीएम) एक प्रकार की कंप्यूटर मेमोरी है जो बिजली बंद होने पर भी सहेजे गए डेटा को सुरक्षित रखता है। नॉन-वोलेटाइल मेमोरी डिजिटल मीडिया के बीच अत्यधिक लोकप्रिय है। यह यूएसबी मेमोरी स्टिक और डिजिटल कैमरों के लिए मेमोरी चिप्स में व्यापक रूप से उपयोग किया जाता है। नॉन-वोलेटाइल मेमोरी हार्ड डिस्क सहित अपेक्षाकृत धीमी प्रकार की माध्यमिक भंडारण प्रणालियों की आवश्यकता को समाप्त कर देती है।

अतः विकल्प (B) सही है।

27. सेकेंडरी मेमोरी जो हमें बड़ी मात्रा में डेटा स्टोर करने की अनुमति देती है उसे अक्सर सहायक मेमोरी के रूप में जाना जाता है। यह आम तौर पर स्थायी आधार पर बड़ी मात्रा में डेटा संग्रहीत करता है।

अतः विकल्प (A) सही है।

28. मैग्नेटिक टेप सेक्वेंसीअल डिवाइस हैं, वे सेकेंडरी स्टोरेज डिवाइस हैं और बड़ी मात्रा में डेटा स्टोर करने के लिए उपयोग किए जाते हैं। सेक्वेंसीअल डिवाइस में, डेटा को उसी क्रम में पुनर्प्राप्त किया जा सकता है जिसमें इसे संग्रहीत किया जाता है।

अतः विकल्प (A) सही है।

29. वह इलेक्ट्रॉनिक होल्डिंग प्लेस जहां डेटा संग्रहीत किया जा सकता है और बाद में जब भी आवश्यक हो पुनः प्राप्त किया जा सकता है, उसे मेमोरी कहते है। मेमोरी को रजिस्टर, कैश, मेन मेमोरी आदि में वर्गीकृत किया जा सकता है।

अतः विकल्प (A) सही है।

30. मैग्नेटिक टेप आम तौर पर क्रोमियम डाइऑक्साइड के साथ लेपित एक प्लास्टिक रिबन होता है।

प्लास्टिक रिबन एक मैग्नेटिक रिकॉर्डिंग सामग्री के साथ लेपित है। आयरन ऑक्साइड और क्रोमियम डाइऑक्साइड आमतौर पर मैग्नेटिक टेप में उपयोग किए जाते हैं। टेप पर डेटा को छोटे अदृश्य बिंदुओं के रूप में दर्ज किया जाता है।

अतः विकल्प (B) सही है।

Q.1 विंडोज की में Esc की का उपयोग निम्न में से किस लिए नहीं किया जाता है?

A. एक डायलॉग-बॉक्स बंद करने के लिए
B. एक सलेक्ट कमांड रन करने के लिए
C. एक कमांड निरस्त करने के लिए
D. एक सलेक्ट ड्रॉप डाउन लिस्ट बंद करने के लिए

Q.2 यदि आप अपने कंप्यूटर पर "My Computer" ओपन करना चाहते हैं, तो आप _______ दबायेंगे।

A. Window + R
B. Window + E
C. Window + K
D. Window + C

Q.3 "Ctrl + Up Arrow" का उपयोग _________ किया जाता है।

A. कर्सर को एक पेज ऊपर ले जाने के लिए
B. कर्सर को एक लाइन ऊपर ले जाने के लिए
C. कर्सर को स्क्रीन पर ले जाने के लिए
D. कर्सर को एक पैराग्राफ ऊपर ले जाने के लिए

Q.4 विभिन्न एप्लीकेशन के बीच स्विच करने के लिए शॉर्टकट की _________ है।

A. Alt + F1
B. Alt + Tab
C. Shift + Tab
D. Ctrl + Tab

Q.5 माउस या एरो कुंजी के इस्तेमाल के बिना, स्प्रैडशीट में सेल A1 तक पहुंचने का सबसे तेज़ तरीका क्या है?

A. Ctrl + Home को दबाएँ
B. Home को दबाएँ
C. Shift + Home को दबाएँ
D. Alt + Home को दबाएँ

Q.6 कौन सी शॉर्टकट कुंजी (key) वर्तमान प्रेजेंटेशन में एक नई स्लाइड इन्सर्ट करती (जोड़ती) है?

A. Ctrl + N   **B.** Ctrl + M   **C.** Ctrl + S   **D.** Ctrl + C

Q.7 वर्ड फील्ड में मैन्युअल रूप से टाइप करते समय, कोड के ब्रेसेज़ को सम्मिलित करने के लिए आपको क्या दबाना चाहिए?

A. Ctrl + F6
B. Ctrl + F9
C. Alt + F11
D. Shift + F12

Q.8 फ़ील्ड कोड प्रदर्शित करने के लिए शॉर्टकट कुंजी क्या है?

A. Alt + F9
B. Ctrl + F9
C. Shift + F9
D. Space + F9

Q.9 MS वर्ड में जब किसी भी Arrow कुंजी के साथ Ctrl + Shift का उपयोग किसके लिए किया जाता है?

A. टेक्स्ट का एक ब्लॉक चुनने के लिए
B. कुछ हटाने के लिए
C. कुछ पेस्ट करने के लिए
D. (A) और (B) दोनों

Q.10 एक फाइल या फोल्डर को कंप्यूटर से स्थायी रूप से Delete करने के लिए, हम प्रयोग करते हैं:

A. Ctrl + Delete
B. Alt + Delete
C. Shift + Delete
D. Enter + Delete

Q.11 टेबल को विभाजित करने के लिए शॉर्टकट कुंजी क्या है?

A. Ctrl + Alt + Enter
B. Ctrl + Shift + Enter
C. Alt + Shift + Enter
D. Alt + Space + Enter

Q.12 एक टेबल में सूत्र (फार्मूला) को अपडेट करने के लिए शॉर्टकट कुंजी क्या है?

A. F9
B. Alt + F9
C. Ctrl + F9
D. Shift + F9

Q.13 Ctrl + पेजअप (एमएस एक्सेल में) प्रयोग किया जाता है:

A. वर्कबुक में पिछली वर्कशीट पर जाने के लिए
B. वर्तमान वर्कबुक में एक नई वर्कशीट को जोड़ने के लिए
C. वर्तमान वर्कशीट और अगली वर्कशीट को सेलेक्ट करने के लिए
D. दोनों (A) या (B)

Q.14 कॉपीराइट का प्रतीक बनाने के लिए शॉर्टकट कुंजी है:

A. Ctrl + Alt + C
B. Ctrl + Shift + C
C. Shift + C
D. या तो (A) या (B)

Q.15 कीबोर्ड पर नम्बर कुंजी '7' पर कौनसा प्रतीक उपस्थित है:

A. %   **B.** &   **C.** $ **D.** @

Q.16 टर्बो C IDE में एक प्रोग्राम को कम्पाइल करने के लिए शॉर्टकट कुंजी क्या है?

A. Ctrl + F9
B. Alt + F9
C. Ctrl + F5
D. Ctrl + F11

Q.17 उपयोग की गई वर्तमान विंडो से __________ दबा कर अगली विंडो पर स्विच करते है।

A. Ctrl + Tab
B. Alt + Tab
C. Alt + Right Arrow
D. End कुंजी

Q.18 उपयोग की गई वर्तमान विंडो से _____ कुंजी दबा कर पिछली विंडो पर स्विच करते है ।

A. Alt + Shift + Tab
B. Home कुंजी
C. Alt + Left arrow
D. Ctrl + Shift + Tab

Q.19 उपयोग की गई सक्रिय विंडो को _____ द्वारा बंद किया जाता है।

A. Ctrl + X
B. Ctrl + W
C. Ctrl + F4
D. (B) और (C) दोनों

Q.20 व्याकरण और वर्तनी की जाँच के लिए निम्न में से किस कुंजी का उपयोग किया जाता है?

A. F3   **B.** F5   **C.** F7   **D.** F9

Q.21 एमएस वर्ड में फॉन्ट डायलॉग बॉक्स लॉन्च करने के लिए निम्नलिखित में से किस शॉर्टकट का उपयोग किया जा सकता है?

A. Ctrl + N   **B.** Alt + N   **C.** Ctrl + D   **D.** Ctrl + F

Q.22 Ctrl + Shift + + कुंजी का प्रभाव क्या है?

A. अपरकेस
B. सुपरस्क्रिप्ट
C. सबस्क्रिप्ट
D. लोअरकेस

Q.23 निम्नलिखित में से किस फंक्शन की का उपयोग सहायता स्क्रीन को प्रदर्शित करने के लिए किया जाता है?

A. F1   **B.** F2   **C.** F9   **D.** F12

Q.24 माइक्रोसॉफ्ट एक्सेल में, Ctrl + राइट ऐरो की स्प्रेडशीट पर ______ सेल की ओर ले जाती है।

A. कॉलम के अंत

B. पंक्ति के अंत

C. एक सेल के बाएं

D. एक सेल के दाएं

Q.25 पावरपॉइंट प्रस्तुति को समाप्त करने के लिए निम्नलिखित में से किस शॉर्टकट कुंजी का उपयोग किया जाता है?

[UP Police ASI, 2018]

A. COMMA

B. HYPEN

C. ESC

D. TAB

Q.26 विंडोज ऑपरेटिंग सिस्टम में, किसी कार्य को पूर्ववत करने के लिए शॉर्टकट कुंजी क्या है?

A. Ctrl + Z   **B.** Ctrl + A   **C.** Ctrl + C   **D.** Ctrl + Y

Q.27 प्रिंट करने से पहले पेज का पूर्वावलोकन करने के लिए किस शॉर्टकट कुंजी का उपयोग किया जाता है?

A. Ctrl+ F5

B. Ctrl+ F2

C. Ctrl+ F10

D. Ctrl+ F6

Q.28 एमएस एक्सेल में बोल्ड फॉर्मेटिंग को लागू करने या हटाने के लिए किस शॉर्टकट की का उपयोग किया जाता है?

A. Ctrl + A   **B.** Ctrl + B   **C.** Ctrl + C   **D.** Ctrl + D

Q.29 डॉक्यूमेंट में एक्सटर्नल/इंटरनल हाइपरलिंक इन्सर्ट करने के लिए ______ का उपयोग किया जाता है।

A. Alt + K   **B.** Ctrl + H   **C.** Ctrl + K   **D.** Ctrl + L

Q.30 इंस्टेंट सर्च बॉक्स में जाने के लिए शॉर्टकट कुंजी क्या है?

A. Alt + S

B. Alt + Shift + S

C. Shift + E

D. Ctrl + E

// स्मार्ट उत्तर पुस्तिका //

सही उत्तर उन छात्रों के प्रतिशत को इंगित करता है जिन्होंने प्रश्नों का सही उत्तर दिया था।

छोड़ दिया उन छात्रों के प्रतिशत को इंगित करता है जिन्होंने प्रश्नों को छोड़ दिया था।

प्रश्न संख्या	उत्तर	सही उत्तर / छोड़ दिया
1	B	62.91 % / 36.24 %
2	B	82.91 % / 10.3 %
3	D	41.62 % / 56.42 %
4	B	60.65 % / 32.24 %
5	D	63.05 % / 34.02 %
6	B	23.36 % / 69.62 %
7	B	45.51 % / 50.6 %
8	A	54.53 % / 44.61 %
9	A	59.83 % / 31.43 %
10	C	63.59 % / 34.28 %
11	B	76.07 % / 20.74 %
12	A	66.72 % / 30.84 %
13	A	61.48 % / 31.86 %
14	A	55.9 % / 38.89 %
15	B	17.73 % / 72.39 %
16	B	47.64 % / 35.18 %
17	B	32.32 % / 67.01 %
18	A	47.02 % / 33.42 %
19	D	48.59 % / 39.06 %
20	C	88.87 % / 10.91 %
21	C	66.11 % / 32.16 %
22	B	62.37 % / 34.84 %
23	A	60.1 % / 37.84 %
24	B	53.35 % / 34.4 %
25	C	68.35 % / 30.6 %
26	A	62.81 % / 30.44 %
27	B	45.86 % / 34.04 %
28	B	19.95 % / 71.46 %
29	C	51.99 % / 45.11 %
30	D	68.86 % / 30.72 %

कार्य विश्लेषण	
औसत अंक (%)	50.0%
टॉपर्स स्कोर (%)	56.67%
आपका स्कोर	

//संकेत और समाधान//

1. एक विंडोज की में Esc की का उपयोग सलेक्ट कमांड को रन करने के लिए नहीं किया जाता है।

अधिकांश कंप्यूटर की पर एक की (अक्सर Esc के रूप में चिह्नित) पाई जाती है और किसी भी तरह के विभिन्न कार्यों के लिए तब उपयोग की जाती है जब वर्तमान प्रक्रिया या प्रोग्राम को बाधित या रद्द करने या पॉप-अप विंडो को बंद करना होता है।
अतः विकल्प (B) सही है।

2. यदि आप अपने कंप्यूटर पर "My Computer" ओपन करना चाहते हैं, तो आप Window + E दबायेंगे।

Window के सभी संस्करणों में, Window + E दबाने पर My Computer खुलता है। आपके कंप्यूटर की ड्राइव को "My PC" के बाईं ओर सूचीबद्ध किया गया है।

अतः विकल्प (B) सही है।

3. "Ctrl + Up Arrow" का उपयोग कर्सर को एक पैराग्राफ ऊपर ले जाने के लिए किया जाता है।

"Ctrl + Up Arrow" का प्रयोग कर्सर को एक पैराग्राफ को ऊपर ले जाने के लिए किया जाता है। दूसरी ओर, Ctrl + Down Arrow कुंजी आपको स्प्रेडशीट की अंतिम पंक्ति में ले जाएगा या कर्सर को एक पैराग्राफ नीचे ले जाएगा।

अतः विकल्प (D) सही है।

4. विभिन्न एप्लिकेशन के बीच स्विच करने की शॉर्टकट की Alt + Tab है।

इस सुविधा का समर्थन करने वाले अनुप्रयोगों में प्रोग्राम समूह, टैब या डॉक्यूमेंट विंडोज़ सभी के बीच स्विच कर सकते है। उसके विपरीत Ctrl + Shift + Tab दबाकर इसी प्रोसेस को रिवर्स सकते है।

अतः विकल्प (B) सही है।

5. MS-Excel में, माउस या एरो कुंजी का उपयोग किए बिना, एक स्प्रेडशीट में, सेल A1 तक पहुँचने का सबसे तेज़ तरीका Ctrl + Home कुंजी को दबाना है।

अतः विकल्प (D) सही है।

6. Ctrl + M वर्तमान प्रेजेंटेशन में एक नई स्लाइड को जोड़ने के लिए शॉर्टकट कुंजी है। दूसरी ओर, Ctrl + N कुंजी एक नयी प्रेजेंटेशन बनाने के लिए है।

अतः विकल्प (B) सही है।

7. कोड ब्रैकेट्स को वर्ड में मैन्युअल रूप से जोड़ने के लिए, आपको एक ही समय पर Ctrl + F9कुंजियों को दबाना होगा। यह वह पहली चीज़ है जो आप कोड को उस फ़ील्ड में टाइप करने से पहले करते हैं, जिसमें आप कोड को मैन्युअल रूप से जोड़ते हैं।
अतः विकल्प (B) सही है।

8. Alt + F9 फ़ील्ड कोड प्रदर्शित करने के लिए शॉर्टकट कुंजी है। Ctrl + F9 एक्सेल वर्कशीट की कार्यपुस्तिका को मिनीमाइज कर देगा या एक्सेल की विंडो मिनीमाइज हो जाएगी।
अतः विकल्प (A) सही है।

9. Ctrl + Shift + Arrow कुंजी एक ही कॉलम या पंक्ति में अंतिम अरिक्त सेल में सेलों के चयन को सक्रिय सेल के रूप में विस्तारित करता है, या यदि अगला सेल रिक्त है, तो चयन को अगले गैर-रिक्त सेल में विस्तारित करता है।

अतः विकल्प (A) सही है।

10. एक फाइल या फोल्डर को कंप्यूटर से स्थायी रूप से Delete करने के लिए, हम Shift + Delete का उपयोग करते हैं।

Shift कुंजी को दबाकर रखें और फिर अपने कीबोर्ड पर Delete कुंजी दबाएं चूंकि आप इसे पूर्ववत नहीं कर सकते, इसलिए आपसे यह पुष्टि करने के लिए कहा जाएगा कि आप फाइल या फोल्डर को हटाना चाहते हैं।

अतः विकल्प (C) सही है।

11. एक बार जब आपके पास Word में एक टेबल हो, तो आप उस टेबल को दो या अधिक टेबल में विभाजित करने का निर्णय ले सकते हैं। इसके लिए MS Word में टेबल को विभाजित करने के लिए Ctrl + Shift + Enter शॉर्टकट कुंजी है।

अतः विकल्प (B) सही है।

12. F9 आपके एक्सेल वर्कबुक में सभी फार्मुलों के आउटपुट को पुनर्गठित करता है। यदि आप सेल वाले फार्मूले को संपादित करना चाहते हैं तो सेल में फॉर्मूला के मान को बदल दें।

अतः विकल्प (A) सही है।

13. पेजों के माध्यम से घुमाने के लिए हम Ctrl + पेजअप का उपयोग कर सकते हैं (या Ctrl + पेज डाउन को दूसरे तरीके से घुमाने के लिए)। एक्सेल में जब आप एक नया दस्तावेज़ शुरू करते हैं, तो आप तीन शीट (शीट1, शीट2, शीट3) में से एक से शुरू करेंगे।
अतः विकल्प (A) सही है।

14. Ctrl + Alt + C (= ©) कॉपीराइट का प्रतीक बनाने के लिए शॉर्टकट कुंजी है। वैकल्पिक रूप से, हम एक ओपन कोष्ठक टाइप कर सकते हैं और फिर 'C' टाइप कर सकते हैं और फिर कोष्ठक को बंद कर सकते हैं। एमएस वर्ड अपने आप एक प्रतीक बनाता है।
अतः विकल्प (A) सही है।

15. '&' प्रतीक कीबोर्ड पर नंबर '7' पर उपस्थित है। '%' प्रतीक कीबोर्ड पर नंबर '5' पर उपस्थित है। '$' प्रतीक कीबोर्ड पर नंबर '4' पर उपस्थित है। '@' प्रतीक कीबोर्ड पर नंबर '2' पर उपस्थित है।
अतः विकल्प (B) सही है।

16. Alt + F9 टर्बो C IDE में एक प्रोग्राम को कम्पाइल (संकलित) करने के लिए शॉर्टकट कुंजी है। Alt + F4 एक प्रोग्राम का निरीक्षण करने के लिए शॉर्टकट कुंजी है और Ctrl + F2 एक प्रोग्राम को रीसेट करने के लिए शॉर्टकट कुंजी है।

अतः विकल्प (B) सही है।

17. Alt + Tab दबाने से आप अपने खुले हुए विंडोज़ के बीच स्विच कर सकते हैं। Alt कुंजी को दबाए जाने के साथ, विंडो के बीच फ्लिप करने के लिए Tab कुंजी फिर से दबाए, और फिर वर्तमान विंडो का चयन कर उसपर जाने के लिए Alt कुंजी को छोड़ दें।

उपयोग की गई वर्तमान विंडो Alt + Tab से अगली विंडो पर स्विच करते है।

अतः विकल्प (B) सही है।

18. वर्तमान विंडो से पिछली विंडो पर स्विच करने के लिए Alt + Shift + Tab का उपयोग किया जाता है। अपनी इच्छित विंडो से आगे जाने के लिए, Alt + Shift कुंजी को दबाकर रखें और बाईं ओर वापस जाने के लिए Tab कुंजी को एक बार फिर से दबाये।

अतः विकल्प (A) सही है।

19. उपयोग की गई सक्रिय विंडो को बंद करने के लिए Ctrl + W और Ctrl + F4 दोनों में से किसी एक प्रयोग कर सकते है। माइक्रोसॉफ्ट वर्ड और अन्य वर्ड प्रोसेसर प्रोग्रामों में, Ctrl + X दबाने से कोई भी टेक्स्ट, चित्र या अन्य चयनित ऑब्जेक्ट को कट किया जाता है।

अतः विकल्प (D) सही है।

20. व्याकरण और वर्तनी की जाँच के लिए F7 कुंजी का उपयोग किया जाता है।

एमएस वर्ड में प्रयुक्त कुछ अन्य शॉर्टकट कुंजी हैं:

- *F7: वर्तनी और व्याकरण की जाँच करने के लिए।*
- *Ctrl + A: सभी टेक्स्ट का चयन करने के लिए।*
- *Ctrl + X: चयनित आइटम को कट करने के लिए।*
- *Ctrl + V: पेस्ट करने के लिए।*
- *Ctrl + End: दस्तावेज़ के अंत में जाने के लिए।*
- *Ctrl + Y: अंतिम क्रिया फिर से करने के लिए।*
- *Ctrl + Z: अंतिम क्रिया को पूर्ववत करने के लिए।*
- *Alt + F: वर्तमान कार्यक्रम में फ़ाइल मेनू विकल्प के लिए।*
- *Alt + E: वर्तमान कार्यक्रम में विकल्पों को संपादित करने के लिए।*

अत: विकल्प (C) सही है।

21. एमएस वर्ड में फॉन्ट डायलॉग बॉक्स लॉन्च करने के लिए Ctrl + D शॉर्टकट का उपयोग किया जा सकता है। फॉन्ट डायलॉग बॉक्स का सबसे अच्छा लाभ इसकी पूर्वावलोकन विंडो है। यह विंडो आपको दिखाती है कि आपकी पसंद आपके दस्तावेज़ के टेक्स्ट को कैसे प्रभावित करती है। फॉन्ट नाम + बॉडी + शीर्षक वर्तमान दस्तावेज़ थीम द्वारा चयनित फॉन्टस को संदर्भित करता है।

अत: विकल्प (C) सही है।

22. सुपरस्क्रिप्ट आधार रेखा से थोड़ा ऊपर होती है।

एक सबस्क्रिप्ट आधार रेखा से थोड़ा नीचे का वर्ण है।

सबस्क्रिप्ट के लिए उपयोग की जाने वाली शॉर्टकट कुंजी Ctrl + L है।

सबस्क्रिप्ट लागू करने के लिए उपयोग की जाने वाली शॉर्टकट कुंजी Ctrl + Shift ++ है।

Ctrl + J एक सुपरस्क्रिप्ट और सबस्क्रिप्ट दोनों प्रदान करता है।

सबस्क्रिप्ट का उपयोग रासायनिक यौगिकों और समस्थानिकों के सूत्रों, गणितीय अभिव्यक्तियों और विशिष्टताओं में किया जाता है।

यह एक ऐसा चरित्र या स्ट्रिंग है जो पूर्ववर्ती टेक्स्ट से छोटा है और आधार रेखा के नीचे होता है।

रासायनिक यौगिकों का वर्णन करने के लिए रसायन विज्ञान में भी उपयोग किया जाता है।

उदाहरण के लिए सूत्र H_2O

2 का उपयोग एक सबस्क्रिप्ट के रूप में किया जाता है।

अत: विकल्प (B) सही है।

23. फ़ंक्शन कुंजियाँ 1960 के दशक के बाद से कीबोर्ड पर शामिल हैं।

F1: लगभग हर कार्यक्रम में सहायता कुंजी के रूप में उपयोग किया जाता है। जब F1 दबाया जाता है, तो एक सहायता स्क्रीन खुलती है, या आपको एक वेब पेज पर निर्देशित किया जाता है। F1 का उपयोग CMOS सेटअप में प्रवेश करने के लिए किया जा सकता है।

कुल में 12 फ़ंक्शन कुंजियाँ हैं, लेकिन कुछ कंप्यूटरों में 19 फ़ंक्शन कुंजियाँ हैं। वे कंप्यूटर कीबोर्ड के शीर्ष पर प्रदर्शित होते हैं। वे या तो एकल या संयोजन में कुछ अन्य कुंजियों के साथ उपयोग किए जाते हैं।

अत: विकल्प (A) सही है।

24. माइक्रोसॉफ्ट एक्सेल में, Ctrl + राइट ऐरो की स्प्रेडशीट पर पंक्ति के अंत सेल की ओर ले जाती है।

शॉर्टकट की	कार्य
Ctrl + डाउन ऐरो	कॉलम के अंत
Ctrl + राइट ऐरो	पंक्ति के अंत
लेफ्ट ऐरो	एक सेल के बाएं
राइट ऐरो	एक सेल के दाएं

अत: विकल्प (B) सही है।

25. ESC कुंजी का उपयोग पावरपॉइंट प्रस्तुति को समाप्त करने के लिए किया जाता है।

माइक्रोसॉफ्ट पॉवरपॉइंट एक प्रस्तुति प्रोग्राम है, जिसे रॉबर्ट गैस्किन्स और डेनिस ऑस्टिन ने फोर्थॉट, इंक नामक एक सॉफ्टवेयर कंपनी में बनाया है।

यह 20 अप्रैल, 1987 को शुरू में केवल मैकिनटोश सिस्टम ऑपरेटिंग सिस्टम-आधारित कंप्यूटरों के लिए जारी किया गया था।

अत: विकल्प (C) सही है।

26. Ctrl + Z किसी कार्य को पूर्ववत करने की शॉर्टकट कुंजी है।

अनडू एक फ़ंक्शन है जो पूर्ववत एक्शन को उलटने के लिए किया जाता है। पूर्ववत फ़ंक्शन का उपयोग करके पूर्ववत की गई कोई भी क्रिया अनडू फ़ंक्शन का उपयोग करके पुनर्स्थापित की जाती है। उदाहरण के लिए, यदि आपने कोई शब्द दर्ज किया है और फिर उसे हटाने के लिए पूर्ववत फ़ंक्शन का उपयोग किया है, तो अनडू फ़ंक्शन मिटाए गए शब्द को पुनर्स्थापित करेगा।

अतः विकल्प (A) सही है।

27. Ctrl+ F2 शॉर्टकट कुंजी का उपयोग प्रिंट करने से पहले पृष्ठ का पूर्वावलोकन करने के लिए किया जाता है।

प्रिंट पूर्वावलोकन का उपयोग करके, आप मुद्रण से पहले मौजूद किसी भी त्रुटि का पता लगा सकते हैं या लेआउट को ठीक कर सकते हैं, जो स्याही या टोनर और पेपर को एक से अधिक बार प्रिंट न करके बचा सकता है।

अत: विकल्प (B) सही है।

28. Ctrl + B एमएस एक्सेल में बोल्ड फॉर्मेटिंग को हटाने के लिए उपयोग की जाने वाली शॉर्टकट की है। Ctrl + B का उपयोग टेक्स्ट को बोल्ड करने या बोल्ड फॉर्मेटिंग को हटाने के लिए भी किया जाता है।

अत: विकल्प (B) सही है।

29. डॉक्यूमेंट में एक्सटर्नल/इंटरनल हाइपरलिंक इन्सर्ट करने के लिए हम शॉर्टकट कुंजी के रूप में Ctrl + K का उपयोग कर सकते हैं।

वैकल्पिक रूप से Ctrl + K और C-K के रूप में संदर्भित, Ctrl + K एक कीबोर्ड शॉर्टकट है जो उपयोग किए गए प्रोग्राम के आधार पर भिन्न होता है। उदाहरण के लिए, कुछ प्रोग्रामों में, हाइपरलिंक डालने के लिए Ctrl + K का उपयोग किया जाता है, और कुछ ब्राउजरों में, Ctrl + K सर्च बार पर फ़ोकस करता है।

अत: विकल्प (C) सही है।

30. इंस्टेंट सर्च बॉक्स में जाने के लिए Ctrl + E शॉर्टकट कुंजी है। क्रोम, एज, फायरफॉक्स, ओपेरा और इंटरनेट एक्सप्लोरर में, Ctrl + E एड्रेस बार, सर्च बार या ओमनीबॉक्स पर फोकस करता है। जब आप वर्तमान पृष्ठ ब्राउज़ कर रहे हों और माउस का उपयोग किए बिना कोई नया एड्रेस टाइप करना चाहते हों या कुछ और सर्च करना चाहते हों, तो इस शॉर्टकट का उपयोग किया जाता है।

अत: विकल्प (D) सही है।

Q.1 वाईफाई का पूर्ण रूप है:

A. वायरलेस फिडेलिटी

B. वायरलेस फंक्शनैलिटी

C. वायर्ड फिडेलिटी

D. वाइड फिडेलिटी

Q.2 निम्नलिखित में से कौन ENIAC का विस्तारित रूप है?

[UP Police ASI, 2018]

A. इलेक्ट्रिकल न्यूमेरिकल इंटीग्रेटर एंड कैलकुलेटर

B. इलेक्ट्रॉनिक न्यूमेरिकल इंटीग्रेटर एंड कंप्यूटर

C. इलेक्ट्रॉनिक नंबर इंटीग्रेटर एंड कंप्यूटर

D. इलेक्ट्रिकल नंबर इंटीग्रेटर एंड कैलकुलेटर

Q.3 कंप्यूटर इमेज फॉर्मेट में PNG का पूर्ण रूप क्या है?

[Allahabad High Court ARO, 2020]

A. प्रिंटेबल न्यू ग्राफिक

B. प्रिंटेबल न्यू ग्राफिकल

C. पोर्ट नैचुरल ग्राफिक्स

D. पोर्टेबल नेटवर्क ग्राफिक्स

Q.4 निम्नलिखित में से कौन OPC का पूर्ण रूप है?

[Allahabad High Court ARO, 2020]

A. ऑप्टिकल कोड रीडिंग

B. ऑप्टिकल प्रोग्राम काउंटर

C. ऑपरेटिंग कंप्यूटर रिसोर्स

D. ओपन प्लेटफॉर्म कम्युनिकेशन

Q.5 यूआरएल का अर्थ__________है।

[Army Public School (PRT), 2019]

A. यूनिवर्सल रिसोर्स लोकेटर

B. यूनिफ़ॉर्म रिसोर्स लोकेटर

C. यूनिफ़ॉर्म रिसोर्स लेबल

D. यूनिवर्सल रिसर्च लोकेटर

Q.6 BCD का अर्थ है:

[Allahabad High Court Review Officer (RO), 2019]

A. बाइनरी कोडेड डेसीमल

B. बिट कंट्रोल डेसीमल

C. बाइनरी कोड डिवाइस

D. बाइट कोडेड डेटा

Q.7 WORM का अर्थ है:

[Allahabad High Court Review Officer (RO), 2019]

A. राइट वन्स, रीड मेनी

B. राइट रीड मेमोरी

C. वाइप ओनली रीड मेमोरी

D. रीड राइट मेमोरी

Q.8 एसएमटीपी का पूर्ण रूप ________ है।

A. स्विच मोड ट्रांसफर प्रोग्रामिंग

B. स्विच मोड ट्रांसफर प्रोटोकॉल

C. सिंपल मेल ट्रांसफर प्रोटोकॉल

D. सिंपल मैन ट्रांसफर प्रोटोकॉल

Q.9 कंप्यूटर से संबंधित गतिविधियों में उपयोग किए जाने वाले यूएसबी का पूर्ण रूप क्या है?

[UGC NET Sociology, 2017]

A. यूनाइटेड सीरियल बस

B. यूनिवर्सल सिक्योरिटी ब्लॉक

C. यूनिवर्सल सीरियल बस

D. अल्ट्रा सिक्योरिटी बोर्ड

Q.10 "एएलयू" का पूर्ण रूप क्या है?

[Rajasthan Police Constable, 2020]

A. अरिथमेटिक लॉजिक यूनिट

B. आर्टिफिशियल लॉजिक यूनिट

C. अरिथमेटिक लैंग्वेज यूनिट

D. आर्टिफिशियल लैंग्वेज यूनिट

Q.11 "फ्लॉप्स" का पूर्ण रूप क्या है?

A. फ्लोटिंग ऑपरेशंस

B. फ़्लोटिंग पॉइंट ऑपरेशंस पर सेकंड

C. फॉर्मेटिंग ऑन पीर सेवर

D. फाइल सिस्टम ऑपरेशन्स

Q.12 "फोरट्रान" का पूर्ण रूप क्या है?

A. फॉरेन ट्रांसलेशन   B. फॉरेक्स ट्रांसफर

C. फार्मूला ट्रांसलेशन   D. फॉर्मेटिंग एंड ट्रांसलेटिंग

Q.13 "पीएनजी" का पूर्ण रूप क्या है?

A. पोर्टेबल नेचुरल ग्राफिक्स

B. पोर्टेबल नेटवर्क ग्राफ

C. प्रीटी नेटवर्क ग्राफिक्स

D. पोर्टेबल नेटवर्क ग्राफिक्स

Q.14 नेटवर्क के संदर्भ में "एसएपी" का क्या अर्थ है?

A. स्मार्ट एक्सेस प्वाइंट   B. सर्विस एक्सेस प्वाइंट

C. सर्विस एट पॉइंट   D. सर्विस एक्सेस परमिशन

Q.15 "कोबोल" का पूर्ण रूप क्या है?

[UPPCL Technician Electrical, 2021]

A. कंप्यूटर एंड बिजनेस लैंग्वेज

B. कंप्यूटर एंड बेसिक ऑपरेशन लैंगुएज

C. कॉमन बिजनेस ओरिएंटेड लैंग्वेज

D. कॉमन बिज़नेस ऑर्गनाइज्ड लैंग्वेज

Q.16 "जीएआईएस" का पूर्ण रूप क्या है?

A. गेटवे इंटरनेट एक्सेस सर्विस

B. ग्लोबल इंटरनेट एक्सेस सर्विस

C. ग्रुप फॉर एसाइन्ड इंटरनेट सर्विसेज

D. ग्लोबल ऐरे ऑफ़ इंटरनेट सर्वस

Q.17 "डीटीपी" का पूर्ण रूप क्या है?

A. डेनियल ऑफ टॉप प्रोजेक्ट्स

B. डेस्कटॉप पब्लिशिंग

C. डिस्क टर्मिनल प्रोजेक्ट

D. डेवलपमेंट ऑफ़ ट्रांसपेरेंट पैक्ट

Q.18 "एफएटी" का पूर्ण रूप क्या है?
A. फ़ाइल एक्सेस टर्मिनल
B. फ़ाइल एक्सेस टेक्नोलॉजी
C. फर्स्ट टाइम एक्शन
D. फ़ाइल एलोकेशन टेबल

Q.19 सूचना और संचार प्रौद्योगिकी के क्षेत्र में, EEPROM का पूर्ण रूप क्या है?
A. इलेक्ट्रिकली इरेजेबल प्रोग्रामेबल रीड-ओनली मेमोरी
B. इलेक्ट्रिकली इफीसिएन्ट पोर्टेबल रीड-ओनली मेमोरी
C. इलेक्ट्रिकली इफीसिएन्ट प्रोग्रामेबल रीड-ओनली मेमोरी
D. इन्हैन्स्ड इलेक्ट्रिकल पोर्टेबल रीड-ओनली मेमोरी

Q.20 FTP के लिए विस्तार है:
A. फाइल ट्रांसफर प्रोटोकॉल
B. फ़ाइल टर्निंग प्रोटोकॉल
C. फ़ाइल ट्रांसफर प्रोग्राम
D. फाइल्ड ट्रांसफर प्रोग्राम

Q.21 VGA का पूर्ण रूप क्या है?
A. वीडियो ग्लोबल एरे
B. विज़ुअल ग्राफ ऐरे
C. वीडियो ग्राफिक्स ऐरे
D. ऊपर के सभी

Q.22 ASCII का पूर्ण रूप क्या है?
A. अमेरिकन स्टैंडर्ड कोड फॉर इंफॉर्मेशन इंटरफेस
B. अमेरिकन स्टैंडर्ड कोड फॉर इंफॉर्मेशन इंटरचेंज
C. अमेरिकन स्टैंडर्ड कोड फॉर इंटरफेस इंटरचेंज
D. अमेरिकन स्टैंडर्ड कोडर फॉर इंफॉर्मेशन इंटरफेस

Q.23 'इंटरनेट' शब्द WWWW में, चौथे W का अर्थ है:
A. वार्म
B. वेब
C. ट्रैक
D. वर्ड

Q.24 MAN का पूर्ण रूप क्या है?
A. मेट्रोपॉलिटन एरिया नेटवर्क
B. मोबाइल एरिया नेटवर्क
C. मेमोरी अथॉरिटी नेटवर्क
D. मेट्रोपॉलिटन अथॉरिटी नेटवर्क

Q.25 ISP का पूर्ण रूप क्या है ?
A. इंटरनेट सर्विस प्रोवाइडर
B. इंटरनेट सेग्रीगेशन प्रिंसिपल
C. इनफॉर्मल सेग्रीगेशन प्रिंसिपल
D. इनफॉर्मल सर्विस प्रोवाइडर

Q.26 पीडीएफ का फुल फॉर्म क्या है?
A. पेंट डॉक्यूमेंट फॉर्मेट
B. प्रिंट डॉक्यूमेंट फाइल
C. पोर्टेबल डॉक्यूमेंट फॉर्मेट
D. प्रिंट डॉक्यूमेंट फॉर्मेट

Q.27 PROM का पूर्ण रूप क्या है?
A. प्राथमिक रीड ओनली मेमोरी
B. प्रोग्रामेबल रीड ओनली मेमोरी
C. प्रोग्राम रीड-आउटपुट मेमोरी
D. प्रोग्राम रीड ओनली मेमोरी

Q.28 BIOS का फुल फॉर्म क्या है?
A. बुनियादी निवेश/उत्पादन प्रणाली
B. बेसिक इन / आउट सिस्टम
C. बेसिक इनपुट/आउटपुट सिस्टम
D. मूल इनपुट/आउटपुट स्टेशन

Q.29 DNS का अर्थ ____ है।
A. डोमेन की नामांकन प्रणाली
B. डेटा नेट सेवा
C. डेटा नेट सिस्टम
D. डोमेन नेम सेटअप

Q.30 एसएलएसआई का पूर्ण रूप क्या है?
A. स्माल-लार्ज स्केल इंटीग्रेशन
B. सिंपल -लार्ज स्केल इंटीग्रेशन
C. सैंपल-लार्ज स्केल इंटीग्रेशन
D. सुपर-लार्ज स्केल इंटीग्रेशन

// स्मार्ट उत्तर पुस्तिका //

सही उत्तर | उन छात्रों के प्रतिशत को इंगित करता है जिन्होंने प्रश्नों का सही उत्तर दिया था।

छोड़ दिया | उन छात्रों के प्रतिशत को इंगित करता है जिन्होंने प्रश्नों को छोड़ दिया था।

प्रश्न संख्या	उत्तर	सही उत्तर / छोड़ दिया
1	A	76.27 % / 11.45 %
2	B	56.3 % / 31.42 %
3	D	14.61 % / 77.96 %
4	D	58.84 % / 32.48 %
5	B	64.5 % / 34.72 %
6	A	24.62 % / 70.72 %

प्रश्न संख्या	उत्तर	सही उत्तर / छोड़ दिया
7	A	43.04 % / 32.54 %
8	C	69.96 % / 30.04 %
9	C	61.8 % / 38.02 %
10	A	80.39 % / 14.75 %
11	B	42.66 % / 40.59 %
12	C	10.76 % / 81.28 %

प्रश्न संख्या	उत्तर	सही उत्तर / छोड़ दिया
13	D	80.21 % / 13.22 %
14	B	10.02 % / 84.92 %
15	C	58.59 % / 32.94 %
16	A	42.11 % / 48.23 %
17	B	67.41 % / 31.69 %
18	D	63.73 % / 31.23 %

प्रश्न संख्या	उत्तर	सही उत्तर / छोड़ दिया
19	A	44.43 % / 43.21 %
20	A	83.87 % / 11.79 %
21	C	49.64 % / 39.08 %
22	B	63.91 % / 31.02 %
23	A	85.79 % / 11.15 %
24	A	69.13 % / 30.44 %

प्रश्न संख्या	उत्तर	सही उत्तर / छोड़ दिया
25	A	45.03 % / 53.6 %
26	C	50.84 % / 39.66 %
27	B	85.69 % / 12.22 %
28	C	59.1 % / 36.31 %
29	A	66.83 % / 31.83 %
30	D	31.12 % / 67.02 %

कार्य विश्लेषण	
औसत अंक (%)	53.33%
टॉपर्स स्कोर (%)	53.33%
आपका स्कोर	

//संकेत और समाधान//

1. वाईफाई का पूर्ण रूप वायरलेस फिडेलिटी है।

वाईफाई के संबंध में निम्नलिखित बिंदु हैं:

- वाईफाई एक इलेक्ट्रॉनिक उपकरण है जो रेडियो तरंगों का उपयोग करके वायरलेस रूप से डेटा के आदान-प्रदान की अनुमति देता है।
- वाईफाई का पूर्ण रूप वायरलेस फिडेलिटी है।
- 1998 में वाईफाई शुरू किया गया था।
- आविष्कारक: डॉ. ओ' सुलिवन थे।
- आमतौर पर यह लोकल एरिया नेटवर्किंग (लैन) के लिए उपयोग किया जाता है।
- वाईफाई का नाम फर्म इंटरब्रांड द्वारा बनाया गया था।

अतः विकल्प (A) सही है।

2. ENIAC का अर्थ इलेक्ट्रॉनिक न्यूमेरिकल इंटीग्रेटर एंड कंप्यूटर है।

इलेक्ट्रॉनिक न्यूमेरिकल इंटीग्रेटर एंड कंप्यूटर पहला प्रोग्रामेबल, इलेक्ट्रॉनिक, सामान्य प्रयोजन वाला डिजिटल कंप्यूटर था।

हालांकि ENIAC को डिजाइन किया गया था और मुख्य रूप से संयुक्त राज्य अमेरिका की सेना की बैलिस्टिक अनुसंधान प्रयोगशाला (जो बाद में सेना अनुसंधान प्रयोगशाला का एक हिस्सा बन गया) के लिए तोपखाने की फायरिंग टेबल की गणना करने के लिए उपयोग किया गया था, इसका पहला प्रोग्राम थर्मोन्यूक्लियर हथियार की व्यवहार्यता का अध्ययन था।

अतः विकल्प (B) सही है।

3. पोर्टेबल नेटवर्क ग्राफिक्स कंप्यूटर इमेज फॉर्मेट में PNG का पूर्ण रूप है।

- PNG (पोर्टेबल नेटवर्क ग्राफिक्स)
- PNG कंप्यूटर पर बिट-मैप्ड या रास्टर छवियों को संग्रहीत करने के लिए एक प्रारूप है।
- PNG को GIF प्रारूप छवियों के परवर्ती के रूप में भी जाना जाता है।
- यह GIF फ़ाइलों जैसी छवियों को सेव करने के लिए कम कंप्रेशन तकनीक का उपयोग करता है लेकिन कॉपीराइट समस्याओं के बिना।
- इसमें अनुक्रमित रंग का बिटमैप होता है इसलिए इसे बिट-मैप्ड इमेज भी कहा जाता है।
- पोर्टेबल नेटवर्क ग्राफिक्स फॉर्मेट को 1995 की शुरुआत में विकसित किया गया था।
- PNG फॉर्म थॉमस बुटेल के तहत काम करने वाली एक टीम द्वारा बनाया गया था।
- इसके विकास का मुख्य कारण केवल GIF में 256 रंगों की सीमा थी।
- PNG का एक फ़ाइल एक्सटेंशन ".png" है।
- PNG कम-रिज़ॉल्यूशन वाली छवियां प्रदान करता है जो अच्छी दिखती हैं और जल्दी लोड होती हैं।
- पारदर्शिता की मात्रा को नियंत्रित किया जा सकता है।
- यह प्रारूप इंटरलेसिंग का समर्थन करता है, और इसे GIF प्रारूप की तुलना में तेजी से विकसित किया जा सकता है।
- PNG प्रारूप गामा सुधार का भी समर्थन करता है।
- छवियों को सही रंग का उपयोग करके सेव किया जा सकता है।

- इसे GIF द्वारा प्रदान किए गए पैलेट और ग्रेस्केल प्रारूपों का उपयोग करके भी सेव किया जा सकता है।

अतः विकल्प (D) सही है।

4. ओपन प्लेटफ़ॉर्म कम्युनिकेशन OPC का पूर्ण रूप है।

ओपन प्लेटफ़ॉर्म कम्युनिकेशन (OPC):

- OPC एक सॉफ्टवेयर इंटरफेस इंटरऑपरेबिलिटी मानक है जो विंडोज प्रोग्राम और औद्योगिक हार्डवेयर उपकरणों के बीच डेटा के सुरक्षित और विश्वसनीय आदान-प्रदान की अनुमति देता है।
- यह प्लेटफ़ॉर्म-स्वतंत्र होता है और कई विक्रेता उपकरणों में सूचना के निरंतर प्रवाह को सुनिश्चित करता है।

अतः विकल्प (D) सही है।

5. यूआरएल का अर्थ यूनिफ़ॉर्म रिसोर्स लोकेटर है और इसका उपयोग वर्ल्ड वाइड वेब पर एड्रेस निर्दिष्ट करने के लिए किया जाता है। एक यूनिफ़ॉर्म रिसोर्स लोकेटर (यूआरएल), जिसे बोलचाल की भाषा में वेब एड्रेस कहा जाता है, एक वेब संसाधन का संदर्भ है जो कंप्यूटर नेटवर्क पर इसके स्थान और इसे पुनर्प्राप्त करने के लिए एक तंत्र को निर्दिष्ट करता है।

अतः विकल्प (B) सही है।

6. BCD का अर्थ बाइनरी कोडेड डेसीमल है।

BCD संख्याओं का स्टोरेज है जिसमें प्रत्येक दशमलव अंक को एक बाइनरी संख्या में परिवर्तित किया जाता है और एक 8-बिट बाइट में संग्रहीत किया जाता है।

- BCD बाइनरी एन्कोडिंग की तुलना में संख्याओं के लिए अधिक स्टोरेज का उपयोग करता है।
- बाइनरी कोडेड डेसीमल विधि प्रत्येक डेसीमल अंक को बाइनरी में कोड करती है और इसे अपने बाइट में स्टोर करती है।
- यह एन्कोडिंग 4-बिट या 8-बिट में किया जा सकता है (आमतौर पर 4-बिट को प्राथमिकता दी जाती है)।
- यह एक तेज और कुशल प्रणाली है जो मौजूदा बाइनरी सिस्टम की तुलना में डेसीमल नंबरों को बाइनरी नंबरों में परिवर्तित करती है।
- इनका उपयोग आमतौर पर डिजिटल डिस्प्ले में किया जाता है जहां डेटा का हेरफेर बहुत काम का होता है।

अतः विकल्प (C) सही है।

7. WORM का अर्थ राइट वन्स, रीड मेनी है।

यह एक ऑप्टिकल डिस्क तकनीक है जो यूज़र्स को केवल एक बार डिस्क पर डेटा राइट करने की अनुमति देती है।

- डेटा राइट करने के बाद, यह स्थायी हो जाता है और इसे कितनी भी बार पढ़ा जा सकता है।
- डेटा WORM उपकरणों पर स्टोर किया जाता है।
- यूज़र्स को गलती से संवेदनशील जानकारी को मिटाने या बदलने से रोकने के लिए इन उपकरणों में स्टोर्ड डेटा एक नॉन रीराइटेबल फॉर्मेट में होता है।

अतः विकल्प (A) सही है।

8. एसएमटीपी का पूर्ण रूप 'सिंपल मेल ट्रांसफर प्रोटोकॉल' है।

- एक एसएसमटीपी (सिंपल मेल ट्रांसफर प्रोटोकॉल) एक ऐसा एप्लिकेशन है जिसका प्राथमिक उद्देश्य ईमेल भेजने वालों और प्राप्तकर्ताओं के बीच आउटगोइंग मेल भेजना, प्राप्त करना और/या रिले करना है।
- एसएमटीपी, टीसीपी/आईपी प्रोटोकॉल की एप्लिकेशन लेयर का हिस्सा है। "स्टोर और फॉरवर्ड" नामक एक प्रक्रिया का उपयोग

करते हुए, एसएमटीपी आपके ईमेल को नेटवर्क पर और उसके पार ले जाता है। यह आपके संचार को सही कंप्यूटर और ईमेल इनबॉक्स में भेजने के लिए मेल ट्रांसफर एजेंट (एमटीए) नामक किसी चीज़ के साथ मिलकर काम करता है।

अतः विकल्प (C) सही है।

9. यूनिवर्सल सीरियल बस, यूएसबी का पूर्ण रूप है जैसा कि कंप्यूटर से संबंधित गतिविधियों में उपयोग किया जाता है। यूनिवर्सल सीरियल बस एक उद्योग-मानक है जिसका उपयोग कंप्यूटर और इलेक्ट्रॉनिक उपकरणों के बीच कनेक्शन, संचार और बिजली आपूर्ति के लिए बस में उपयोग किए जाने वाले केबल, कनेक्टर और संचार प्रोटोकॉल को परिभाषित करने के लिए किया जाता है। यूएसबी को माउस, कीबोर्ड, प्रिंटर, पोर्टेबल मीडिया प्लेयर, डिस्क ड्राइव आदि जैसे परिधीय उपकरणों के बीच डेटा ट्रांसफर और बिजली की आपूर्ति का समर्थन करने के लिए डिज़ाइन किया गया था।

अतः विकल्प (C) सही है।

10. "एएलयू" का पूर्ण रूप अरिथमेटिक लॉजिक यूनिट है।

कंप्यूटिंग में, एक अरिथमेटिक लॉजिक यूनिट (एएलयू) एक संयोजन डिजिटल सर्किट है जो पूर्णांक बाइनरी संख्याओं पर अंकगणित और बिटवाइज़ संचालन करता है। यह फ्लोटिंग-पॉइंट यूनिट (एफयूपी) के विपरीत है, जो फ्लोटिंग पॉइंट नंबरों पर काम करता है।

अतः विकल्प (A) सही है।

11. "फ्लॉप्स" का पूर्ण रूप फ्लोटिंग पॉइंट ऑपरेशंस पर सेकंड है।

कंप्यूटिंग में, फ्लोटिंग पॉइंट ऑपरेशंस पर सेकंड (फ्लॉप्स, फ्लॉप या फ्लॉप / एस) कंप्यूटर के प्रदर्शन का एक उपाय है, जो वैज्ञानिक गणनाओं के क्षेत्र में उपयोगी है जिसमें फ्लोटिंग-पॉइंट गणना की आवश्यकता होती है।

अतः विकल्प (B) सही है।

12. "फोरट्रान" का पूर्ण रूप फार्मूला ट्रांसलेशन है।

फार्मूला ट्रांसलेशन का संक्षिप्त रूप, फोरट्रान सबसे पुरानी उच्च स्तरीय प्रोग्रामिंग भाषा है। 1950 के दशक के अंत में आईबीएम के लिए जॉन बैकस द्वारा इसे विशेष रूप से वैज्ञानिक अनुप्रयोगों के लिए जिन्हें व्यापक गणितीय गणना की आवश्यकता होती है के लिए डिज़ाइन किया गया था। यह आज भी लोकप्रिय है।

अतः विकल्प (C) सही है।

13. "पीएनजी" का पूर्ण रूप पोर्टेबल नेटवर्क ग्राफिक्स है।

पोर्टेबल नेटवर्क ग्राफिक्स (पीएनजी) एक रेखापुंज-ग्राफिक्स फ़ाइल स्वरूप है जो दोषरहित डेटा संपीड़न का समर्थन करता है। पीएनजी को ग्राफिक्स इंटरचेंज फॉर्मेट (जीआईएफ) के लिए एक बेहतर, गैर-पेटेंट प्रतिस्थापन के रूप में विकसित किया गया था।

अतः विकल्प (D) सही है।

14. नेटवर्क के संदर्भ में "एसएपी" का सर्विस एक्सेस प्वाइंट अर्थ है।

सर्विस एक्सेस प्वाइंट (एसएपी) ओपन सिस्टम इंटरकनेक्शन (ओएसआई) नेटवर्किंग में उपयोग किए जाने वाले नेटवर्क एंडपॉइंट्स के लिए एक पहचान लेबल है। एसएपी एक वैचारिक स्थान है जहाँ एक ओएसआई परत दूसरी ओएसआई परत की सेवाओं का अनुरोध कर सकती है।

अतः विकल्प (B) सही है।

15. "कोबोल" का पूर्ण रूप कॉमन बिजनेस ओरिएंटेड लैंग्वेज है।

कोबोल (कॉमन बिजनेस-ओरिएंटेड लैंग्वेज) व्यावसायिक अनुप्रयोगों के लिए एक उच्च-स्तरीय प्रोग्रामिंग भाषा है। यह ऑपरेटिंग सिस्टम-अज्ञेयवादी होने के लिए डिज़ाइन की गई पहली लोकप्रिय भाषा थी और आज भी कई वित्तीय और व्यावसायिक अनुप्रयोगों में उपयोग में है।

अतः विकल्प (C) सही है।

16. "जीएआईएस" का पूर्ण रूप गेटवे इंटरनेट एक्सेस सर्विस है।

घर पर बुनियादी इंटरनेट कनेक्शन के लिए, गेटवे इंटरनेट एक्सेस सर्विस प्रदाता है जो आपको संपूर्ण इंटरनेट तक पहुंच प्रदान करता है। एक नोड केवल एक भौतिक स्थान है जहां डेटा परिवहन या पढ़ने/उपयोग करने के लिए रुक जाता है।

अतः विकल्प (A) सही है।

17. "डीटीपी" का पूर्ण रूप डेस्कटॉप पब्लिशिंग है।

डेस्कटॉप पब्लिशिंग (डीटीपी) एक व्यक्तिगत ("डेस्कटॉप") कंप्यूटर पर पेज लेआउट सॉफ्टवेयर का उपयोग करके दस्तावेजों का निर्माण है। डेस्कटॉप प्रकाशन सॉफ्टवेयर लेआउट उत्पन्न कर सकता है और पारंपरिक टाइपोग्राफी और प्रिंटिंग की तुलना में टाइपोग्राफिक-गुणवत्ता वाले टेक्स्ट और छवियों का उत्पादन कर सकता है।

अतः विकल्प (B) सही है।

18. "एफएटी" का पूर्ण रूप फ़ाइल एलोकेशन टेबल है।

एक फ़ाइल एलोकेशन टेबल (एफएटी) एक तालिका है जिसे एक ऑपरेटिंग सिस्टम एक हार्ड डिस्क पर रखता है जो क्लस्टर का एक नक्शा प्रदान करता है (हार्ड डिस्क पर तार्किक भंडारण की मूल इकाइयाँ) जिसमें एक फ़ाइल संग्रहीत की गई है।

अतः विकल्प (D) सही है।

19. EEPROM का मतलब है इलेक्ट्रिकली इरेजेबल प्रोग्रामेबल रीड-ओनली मेमोरी।

- यह एक गैर-वाष्पशील मेमोरी है जिसमें संग्रहीत जानकारी को विद्युत जाने के बाद भी बरकरार रखा जाता है।
- एक विशेष प्रकार का PROM जिसमें एक बार में एक बाइट पर विद्युत आवेश को उजागर करके उसमें संग्रहीत जानकारी को मिटाया जा सकता है।
- EEPROM सामान्यत: उत्कृष्ट क्षमता और प्रदर्शन प्रदान करता है।
- EEPROMs का निर्माण फ्लोटिंग-गेट ट्रांजिस्टर के सरणियों के रूप में किया जाता है।

अतः विकल्प (A) सही है।

20. FTP का विस्तार फाइल ट्रांसफर प्रोटोकॉल है।

- फ़ाइल ट्रांसफर प्रोटोकॉल एक मानक संचार प्रोटोकॉल है जिसका उपयोग कंप्यूटर फाइलों को सर्वर से क्लाइंट से कंप्यूटर नेटवर्क पर स्थानांतरित करने के लिए किया जाता है।
- FTP क्लाइंट और सर्वर के बीच अलग-अलग नियंत्रण और डेटा कनेक्शन का उपयोग करके क्लाइंट-सर्वर मॉडल आर्किटेक्चर पर बनाया गया है।

अतः विकल्प (A) सही है।

21. VGA का पूर्ण रूप "विडियो ग्राफिक्स ऐरे" है। यह अधिकांश पीसी में उपयोग किया जाने वाला मानक मॉनिटर या डिस्प्ले इंटरफेस है। VGA मानक मूल रूप से 1987 में IBM द्वारा विकसित किया गया था और 640 × 480 पिक्सल के डिस्प्ले रिज़ॉल्यूशन के लिए अनुमति दी गई थी।

अतः विकल्प (C) सही है

22. ASCII का पूर्ण रूप अमेरिकन स्टैंडर्ड कोड फॉर इनफार्मेशन इंटरचेंज है, इलेक्ट्रॉनिक संचार के लिए एक करैक्टर एन्कोडिंग स्टैण्डर्ड है। ASCII कोड कंप्यूटर, दूरसंचार उपकरण और अन्य उपकरणों में टेक्स्ट को प्रदर्शित करता है।

अतः विकल्प (B) सही है।

23. WWWW पूर्ण रूप वर्ल्ड वाइड वेब वार्म है। वर्ल्ड वाइड वेब वार्म (WWWW) वर्ल्ड वाइड वेब (WWW) के लिए एक सर्च इंजन था। यह ओलिवर मैकब्रायन द्वारा बोल्डर, कोलोराडो, संयुक्त राज्य अमेरिका में स्थित कोलोराडो विश्वविद्यालय में विकसित किया गया था।

अत: विकल्प (A) सही है।

24. MAN का पूर्ण रूप मेट्रोपॉलिटन एरिया नेटवर्क है।

मेट्रोपॉलिटन एरिया नेटवर्क, या MAN, में पूरे शहर, कॉलेज परिसर या एक छोटे से क्षेत्र का कंप्यूटर नेटवर्क शामिल है। MAN, LAN जो आमतौर पर एक इमारत या साइट तक सीमित होता है, से बड़ा होता है। यह एक कंप्यूटर नेटवर्क है जो एक भौगोलिक क्षेत्र या क्षेत्र में कंप्यूटर संसाधनों के साथ उपयोगकर्ताओं को परस्पर जोड़ता है जो कि एक बड़े स्थानीय क्षेत्र नेटवर्क (LAN) द्वारा कवर किया गया है, लेकिन एक विस्तृत क्षेत्र नेटवर्क (WAN) द्वारा कवर क्षेत्र से छोटा है।

अत: विकल्प (A) सही है।

25. ISP का अर्थ इंटरनेट सर्विस प्रोवाइडर है जो व्यक्तियों और संगठनों को इंटरनेट कनेक्शन और सेवाएं प्रदान करता है। ISPs यह सुनिश्चित करने के लिए ज़िम्मेदार हैं कि आप इंटरनेट तक पहुँच सकते हैं, इंटरनेट ट्रैफ़िक को रूट कर सकते हैं, डोमेन नामों को हल कर सकते हैं, और नेटवर्क इन्फ्रास्ट्रक्चर को बनाए रख सकते हैं जो इंटरनेट एक्सेस को संभव बनाता है।

अत: विकल्प (A) सही है।

26. पीडीएफ का फुल फॉर्म पोर्टेबल डॉक्यूमेंट फॉर्मेट है।

वे आम तौर पर केवल-पढ़ने के लिए दस्तावेज़ वितरित करने के लिए उपयोग किए जाते हैं जो किसी पृष्ठ के लेआउट को संरक्षित करते हैं।इसे 1990 के दशक की शुरुआत में एडोबे सिस्टम द्वारा विकसित किया गया था। पीडीएफ ईमेल और अन्य स्रोतों के माध्यम से डेटा ट्रांसमिशन और साझा करने के लिए एक आसान और सुरक्षित दृष्टिकोण प्रदान करता है।

अत: विकल्प (C) सही है।

27. PROM का फुल फॉर्म प्रोग्रामेबल रीड-ओनली मेमोरी है।

रीड-ओनली मेमोरी (ROM) एक प्रकार की मेमोरी है जिसका उपयोग इलेक्ट्रॉनिक्स और कंप्यूटर में किया जाता है। यह एक गैर-वाष्पशील मेमोरी है, यानी ऐसी मेमोरी में संग्रहीत जानकारी स्थायी होती है और इसे बदला नहीं जा सकता है।

अत: विकल्प (B) सही है।

28. BIOS का पूर्ण रूप बेसिक इनपुट/आउटपुट सिस्टम है।

यह वह प्रोग्राम है जो एक पर्सनल कंप्यूटर का माइक्रोप्रोसेसर आपके द्वारा कंप्यूटर सिस्टम को चालू करने के बाद शुरू करने के लिए उपयोग करता है।

अत: विकल्प (C) सही है।

29. DNS,डोमेन नाम प्रणाली के लिए खड़ा है।

यह उपकरणों, उपयोगिताओं, या इंटरनेट या निजी नेटवर्क से जुड़े अन्य संसाधनों के लिए एक पदानुक्रमित और विकेन्द्रीकृत नामकरण प्रणाली है। यह प्रत्येक भाग लेने वाले संगठनों को सौंपे गए डोमेन नामों के साथ अलग-अलग विवरण जोड़ता है।

अत: विकल्प (A) सही है।

30. SLSI सुपर-लार्ज स्केल इंटीग्रेशन का पूर्ण रूप है।

एक एकल उपकरण संगणनाओं का संचालन कर सकता है। सुपर-लार्ज स्केल इंटीग्रेशन या (एसएलएसआई) में 10, 000 और 100,000 ट्रांजिस्टर के बीच माइक्रोप्रोसेसर चिप्स, माइक्रो-कंट्रोलर, बेसिक पीआईसी और कैलकुलेटर उदाहरण हैं।

अत: विकल्प (D) सही है।

Q.1 निम्नलिखित में से किसमें एक हैकर एक नकली वेबसाइट बनाता है या एक वैध वेबसाइट से समझौता करता है ताकि आने वाले उपयोगकर्ताओं का शोषण किया जा सके?

A. फ़िशिंग
B. वाटर होल्डिंग
C. रैंसमवेयर
D. स्कैनिंग

Q.2 नेटवर्क सुरक्षा ऑडिट में _______ की समीक्षा शामिल होनी चाहिए।

A. फ़ायरवॉल
B. एंटीवायरस
C. पासवर्ड दृष्टिकोण
D. उपरोक्त सभी

Q.3 _______ एक नेटवर्क सुरक्षा प्रणाली है जो पूर्व निर्धारित सुरक्षा नियमों के आधार पर आने वाले और बाहर जाने वाले नेटवर्क ट्रैफ़िक की निगरानी और नियंत्रण करती है।

A. हब
B. गेटवे
C. फ़ायरवॉल
D. इनमे से कोई भी नहीं

Q.4 _______ ऐसे कंप्यूटर प्रोग्राम हैं जो हमलावरों द्वारा आपके कंप्यूटर पर रूट या एडमिनिस्ट्रेटिव एक्सेस प्राप्त करने के लिए डिज़ाइन किए गए हैं।

A. बैकडोर
B. रूटकिट
C. मैलवेयर
D. एंटीवेयर

Q.5 बफर ओवरफ्लो अटैक तब होता है जब:

A. अतिरिक्त इनपुट डेटा प्रोग्राम के इनपुट बफर को ओवरफ्लो कर देता है और मेमोरी के दूसरे हिस्से को अधिलिखित कर देता है

B. जब दो अलग-अलग प्रक्रियाओं द्वारा भंडारण स्थान का प्रत्यक्ष या अप्रत्यक्ष रूप से पठन होता है

C. जब उपयोगकर्ताओं से इनपुट एकत्र किए जाते हैं और असामान्य तरीके से कॉन्फ़िगर किए जाते हैं

D. चर सामग्री पर सिस्टम सुरक्षा कार्यों की जांच के बीच समय भिन्नताएं हैं

Q.6 किस प्रमाणीकरण विधि में, सुरक्षित सिस्टम तक पहुँचने के लिए एक टोकन का उपयोग किया जाता है?

A. लेन-देन प्रमाणीकरण
B. बहु कारक प्रमाणीकरण
C. बैंड प्रमाणीकरण से बाहर
D. टोकन प्रमाणीकरण

Q.7 निम्नलिखित में से कौन-सा आक्रमण-आधारित जाँच वेबइंस्पेक्ट नहीं कर सकता है?

A. क्रॉस साइट स्क्रिप्टिंग
B. डायरेक्टरी ट्रैवर्सल
C. पैरामीटर इंजेक्शन
D. इंजेक्टिंग शैल कोड

Q.8 विंडोज पासवर्ड को रिकवर करने के लिए LC4 द्वारा निम्नलिखित में से किस अटैचमेंट का उपयोग नहीं किया जाता है?

A. ब्रूट फ़ोर्स अटैक
B. डिक्शनरी अटैक
C. एमआईटीएम अटैक
D. हाइब्रिड अटैक

Q.9 _______ एक लोकप्रिय कॉर्पोरेट सुरक्षा उपकरण है जिसका उपयोग केवल क्लाउड सेवाओं के साथ ईमेल पर हमले का पता लगाने के लिए किया जाता है।

A. कैन और एबल
B. प्रूफपॉइन्ट
C. एंग्री IP स्कैनर
D. एटरकैप

Q.10 _______ अब अनैतिक हैकिंग के लिए सबसे लोकप्रिय स्वचालित उपकरणों में से एक के रूप में विकसित हो गया है।

A. स्वचालित ऐप्स
B. डेटाबेस सॉफ़्टवेयर
C. मैलवेयर
D. वर्म्स

Q.11 _______ आईटी परिसंपत्तियों की सुरक्षा के लिए व्यावसायिक संगठनों और फर्मों में उपयोग की जाने वाली तकनीक है।

A. नैतिक हैकिंग
B. अनैतिक हैकिंग
C. फिक्सिंग बग
D. आंतरिक डेटा-उल्लंघन

Q.12 निम्न में से कौन सा एक प्रकार का एंटीवायरस प्रोग्राम है?

A. क्विक हील
B. मैकाफी
C. कास्पेर्स्की
D. उपरोक्त सभी

Q.13 यह एक सॉफ्टवेयर प्रोग्राम या हार्डवेयर डिवाइस हो सकता है जो इंटरनेट, नेटवर्क आदि के माध्यम से आने वाले सभी डेटा पैकेट को फ़िल्टर करता है। इसे _______ के रूप में जाना जाता है:

A. एंटीवायरस
B. फ़ायरवॉल
C. कुकीज़
D. मैलवेयर

Q.14 वाई-फाई-हैकिंग की प्रक्रिया में आमतौर पर निम्नलिखित में से किसका उपयोग किया जाता है?

A. एयरक्रैक -एनजी
B. वायरशार्क
C. नॉर्टन
D. उपरोक्त सभी

Q.15 निम्नलिखित में से कौन सा पोर्ट और आईपी एड्रेस स्कैनर उपयोगकर्ताओं के बीच प्रसिद्ध है?

A. कैन और एबल
B. एंग्री आईपी स्कैनर
C. स्नॉर्ट
D. एटरकैप

Q.16 स्पेशल प्रोग्राम जो कंप्यूटर से वायरस का पता लगा सकता है और हटा सकता है उसे ___ कहा जाता है।

A. वायरस
B. कस्टम
C. एंटीवायरस
D. ग्रुपवेयर

Q.17 कौन सा तंत्र कंप्यूटर वायरस 'कीड़ा' द्वारा खुद को डुप्लिकेट करने के लिए उपयोग किया जाता है?

A. स्वैप
B. इन्क्रीमेंट
C. स्पॉन
D. स्वार्म

Q.18 _______ को प्रथम कंप्यूटर वायरस के रूप में जाना जाता है।

A. एलिक कॉर्नर
B. एससीए वायरस
C. क्रीपर वायरस
D. टॉर्टोइस

Q.19 बॉटनेट सफाई और मालवेयर विश्लेषण केंद्र निम्नलिखित में से कौन सा है?

A. साइबर स्वच्छता केंद्र
B. आईआईटी दिल्ली-आईटी विभाग
C. सीडैक
D. आईआईटी बॉम्बे

Q.20 निम्नलिखित में से कौन एक रैंसमवेयर का उदाहरण नहीं है?

A. लॉकी
B. वॉनाक्राई
C. केस्पर्सकी
D. गोल्डनआई

Q.21 निम्नलिखित में से कौन सी एक सुरक्षात्मक दीवार है जिसका उपयोग आपके कंप्यूटर पर अनऑथोराइज़्ड एक्सेस को रोकने के लिए किया जाता है?

[Allahabad High Court ARO, 2020]

A. साइडवाल
B. फायरवाल
C. वॉलपेपर
D. उपरोक्त में से कोई नहीं

Q.22 _________ वायरस अक्सर फ्लॉपी ड्राइव में छोड़ी गई फ़्लॉपी डिस्क द्वारा प्रेषित होते हैं।

A. ट्रोजन हॉर्स
B. बूट सेक्टर
C. स्क्रिप्ट
D. लॉजिक बॉम्ब

Q.23 _________ एक्ज़ीक्यूटेबल के साथ-साथ बूट सेक्टर को भी संक्रमित करता है।

A. नॉन रेजिडेंट वायरस
B. बूट सेक्टर वायरस
C. पॉलीमॉर्फिक वायरस
D. मल्टीपार्टाइट वायरस

Q.24 _________ को पहचानना मुश्किल है क्योंकि वे अपना प्रकार और हस्ताक्षर बदलते रहते हैं।

A. नॉन रेजिडेंट वायरस
B. बूट सेक्टर वायरस
C. पॉलीमॉर्फिक वायरस
D. मल्टीपार्टाइट वायरस

Q.25 आपके कंप्यूटर की हार्ड डिस्क में निम्न में से कौन सा वायरस का सबसे कॉमन सोर्स है?

A. इनकमिंग ईमेल
B. आउटगोइंग ईमेल
C. सीडी रोम
D. वेबसाइट

Q.26 जिसमें कोई उपयोगकर्ता एक पैकेट बनाता है जो देखने में कुछ और प्रतीत होता है उस अटैक को कहते है?

A. स्मर्फिंग
B. ट्रोजन
C. ई-मेल बॉम्बिंग
D. स्पूफिंग

Q.27 कोड रेड _________ का एक प्रकार है।

A. एंटीवायरस प्रोग्राम
B. फोटो एडिटिंग सॉफ्टवेयर
C. कंप्यूटर वायरस
D. वीडियो एडिटिंग सॉफ्टवेयर

Q.28 _________ मास्टर बूट रिकॉर्ड को संक्रमित करता है और इस वायरस को हटाना चुनौतीपूर्ण और जटिल कार्य है।

A. बूट सेक्टर वायरस
B. पॉलीमॉर्फिक
C. मल्टीपार्टाइट
D. ट्रोजन्स

Q.29 वायरस _________ द्वारा अलग-अलग तरीकों से पता लगने से छिप जाता है।

A. 2
B. 3
C. 4
D. 5

Q.30 वायरस ट्रांसमिशन का मार्ग क्या है?

A. मॉनिटर
B. फ्लैश ड्राइव
C. माउस
D. केबल

// स्मार्ट उत्तर पुस्तिका //

सही उत्तर उन छात्रों के प्रतिशत को इंगित करता है जिन्होंने प्रश्नों का सही उत्तर दिया था।

छोड़ दिया उन छात्रों के प्रतिशत को इंगित करता है जिन्होंने प्रश्नों को छोड़ दिया था।

प्रश्न संख्या	उत्तर	सही उत्तर / छोड़ दिया
1	B	27.04 % / 69.97 %
2	D	43.58 % / 55.6 %
3	C	84.57 % / 10.81 %
4	B	44.0 % / 46.69 %
5	A	26.32 % / 70.09 %
6	D	29.8 % / 68.26 %

प्रश्न संख्या	उत्तर	सही उत्तर / छोड़ दिया
7	D	82.17 % / 13.63 %
8	C	53.03 % / 31.41 %
9	B	15.58 % / 81.03 %
10	C	88.21 % / 10.41 %
11	A	81.31 % / 13.98 %
12	D	79.72 % / 10.3 %

प्रश्न संख्या	उत्तर	सही उत्तर / छोड़ दिया
13	B	55.97 % / 40.07 %
14	A	56.58 % / 40.24 %
15	B	69.15 % / 30.4 %
16	C	77.13 % / 21.6 %
17	C	59.47 % / 36.63 %
18	C	48.92 % / 44.59 %

प्रश्न संख्या	उत्तर	सही उत्तर / छोड़ दिया
19	A	49.74 % / 37.19 %
20	C	86.91 % / 12.69 %
21	B	45.48 % / 44.56 %
22	B	85.95 % / 13.76 %
23	D	26.97 % / 68.51 %
24	C	84.72 % / 15.1 %

प्रश्न संख्या	उत्तर	सही उत्तर / छोड़ दिया
25	A	54.22 % / 30.27 %
26	D	60.87 % / 33.13 %
27	C	77.63 % / 12.26 %
28	A	42.67 % / 30.28 %
29	B	40.1 % / 53.8 %
30	B	27.02 % / 72.07 %

कार्य विश्लेषण	
औसत अंक (%)	50.0%
टॉपर्स स्कोर (%)	56.67%
आपका स्कोर	

//संकेत और समाधान//

1. हैकर्स अधिक से अधिक उपकरणों, सेवाओं या उपयोगकर्ताओं को लक्षित करते हैं। ऐसा करने के लिए, वे ऐसी तकनीकों का उपयोग करते हैं जो इंटरनेट के खुलेपन का लाभ उठाती हैं, ये हैं:

- फ़िशिंग: बड़ी संख्या में लोगों को ईमेल भेजकर संवेदनशील जानकारी मांगना या उन्हें नकली वेबसाइट पर जाने के लिए प्रोत्साहित करना।

- वाटर होल्डिंग: आने वाले उपयोगकर्ताओं का शोषण करने के लिए नकली वेबसाइट स्थापित करना या वैध वेबसाइट से समझौता करना।

- रैंसमवेयर: जिसमें डिस्क एन्क्रिप्टिंग एक्सटॉर्शन मालवेयर का प्रसार शामिल हो सकता है।

- स्कैनिंग: बेतरतीब ढंग से इंटरनेट के व्यापक क्षेत्रों पर हमला करना।

अतः विकल्प (B) सही है।

2. नेटवर्क सुरक्षा ऑडिट एक सूचना सुरक्षा ऑडिट है। एक नेटवर्क सुरक्षा ऑडिट में निम्नलिखित की समीक्षा शामिल होनी चाहिए:

1) फायरवॉल: इसे फायरवॉल कॉन्फ़िगरेशन और कमजोरियों की जांच करनी चाहिए।

2) एंटीवायरस सॉफ्टवेयर: जांचें कि सिस्टम वायरस मुक्त है। सभी सिस्टम में एंटीवायरस सॉफ्टवेयर अपडेट होना चाहिए।

3) पासवर्ड दृष्टिकोण: कंपनी की पासवर्ड नीतियों की जांच करनी चाहिए ताकि पासवर्ड का दुरुपयोग न हो।

4) बैकअप: विफलता के मामले में नुकसान को दूर करने के लिए संगठनों में महत्वपूर्ण डेटा का बैकअप होना चाहिए।

5) सक्रिय निर्देशिका: सभी सूचनाओं को एक केंद्रीकृत निर्देशिका में सहेजा जाना चाहिए। निर्देशिका को नियमित आधार पर प्रबंधित किया जाना चाहिए।

अतः विकल्प (D) सही है।

3. फ़ायरवॉल एक नेटवर्क सुरक्षा प्रणाली है जो पूर्व निर्धारित सुरक्षा नियमों के आधार पर आने वाले और बाहर जाने वाले नेटवर्क ट्रैफ़िक की निगरानी और नियंत्रण करती है।

फायरवॉल या तो हार्डवेयर या सॉफ्टवेयर हो सकते हैं लेकिन आदर्श कॉन्फ़िगरेशन में दोनों शामिल होंगे। आपके कंप्यूटर और नेटवर्क तक पहुंच सीमित करने के अलावा, फ़ायरवॉल सुरक्षित प्रमाणीकरण प्रमाणपत्र और लॉगिन के माध्यम से किसी निजी नेटवर्क तक दूरस्थ पहुंच की अनुमति देने के लिए भी उपयोगी है।

अतः विकल्प (C) सही है।

4. रूटकिट ऐसे कंप्यूटर प्रोग्राम हैं जो हमलावरों द्वारा आपके कंप्यूटर पर रूट या एडमिनिस्ट्रेटिव एक्सेस प्राप्त करने के लिए डिज़ाइन किए गए हैं।

एक बार जब कोई हमलावर व्यवस्थापकीय विशेषाधिकार प्राप्त कर लेता है, तो उसके लिए आपके सिस्टम का फायदा उठाना आसान हो जाता है। अधिकांश वायरस के विपरीत, यह विनाशकारी नहीं है और वर्म के विपरीत, इसका उद्देश्य जितना संभव हो सके संक्रमण फैलाना नहीं है।

अतः विकल्प (B) सही है।

5. बफर ओवरफ्लो अटैक तब होता है जब कोई प्रोग्राम के संचालन को बाधित करने का प्रयास करता है। बफर ओवरफ्लो अटैक में, अतिरिक्त इनपुट डेटा प्रोग्राम के इनपुट बफर को ओवरफ्लो कर देता है और प्रोग्राम के मेमोरी स्पेस के दूसरे हिस्से को ओवरराइट कर देता है। इससे प्रोग्राम के व्यवहार में

अप्रत्याशित परिवर्तन हो सकता है या ओवरफ्लो सॉफ़्टवेयर में निर्देशों को अधिलेखित कर सकता है।

जब दो अलग-अलग प्रक्रियाओं द्वारा भंडारण स्थान का प्रत्यक्ष या अप्रत्यक्ष रूप से पठन होता है, तो यह गुप्त भंडारण चैनल होता है।

जब उपयोगकर्ताओं से इनपुट एकत्र किए जाते हैं और असामान्य तरीके से कॉन्फ़िगर किए जाते हैं, तो उन्हें विकृत इनपुट हमले के रूप में जाना जाता है।

जब सिस्टम सुरक्षा कार्यों के बीच चर सामग्री की जांच के बीच समय भिन्नता होती है, तो इन्हें चेक के समय या उपयोग के हमलों के समय के रूप में जाना जाता है।

अतः विकल्प (A) सही है।

6. टोकन प्रमाणीकरण: इसमें सुरक्षित सिस्टम तक पहुंचने के लिए टोकन का उपयोग किया जाता है। इससे हैकर के लिए अकाउंट एक्सेस करना मुश्किल हो जाता है क्योंकि अकाउंट को एक्सेस करने के लिए उनके पास लॉगिन क्रेडेंशियल होना चाहिए।

लेन-देन प्रमाणीकरण: जब डेटा की तुलना वर्तमान लेनदेन के विवरण से की जाती है तो यह उचित गलतियाँ दिखाता है।

बहु-कारक प्रमाणीकरण: इसके लिए पहचान सत्यापित करने के दो या दो से अधिक स्वतंत्र तरीकों की आवश्यकता होती है। उदाहरण: एटीएम जिसे लेनदेन के लिए कार्ड और पिन की आवश्यकता होती है।

आउट ऑफ बैंड ऑथेंटिकेशन: यह ऑथेंटिकेशन खरीद के लिए दो अलग-अलग चैनलों का उपयोग करता है। एक चैनल दिखाता है कि प्रक्रिया को पूरा करने के लिए अधिक प्रमाणीकरण की आवश्यकता है।

अतः विकल्प (D) सही है।

7. वेबइंस्पेक्ट क्रॉस-साइट स्क्रिप्टिंग, डायरेक्टरी ट्रैवर्सल और पैरामीटर इंजेक्शन जैसे सामान्य हमलों का प्रयास करके जांच कर सकता है कि वेब सर्वर ठीक से कॉन्फ़िगर किया गया है या नहीं। लेकिन यह सर्वर में दुर्भावनापूर्ण शेल कोड को इंजेक्ट नहीं कर सकता है।

अतः विकल्प (D) सही है।

8. LC4 एक पासवर्ड ऑडिटिंग और रिकवरी टूल है; पासवर्ड की ताकत का परीक्षण करने के लिए उपयोग किया जाता है और हाइब्रिड अटैक, ब्रूट-फोर्स अटैक के साथ-साथ डिक्शनरी अटैक का उपयोग करके खोए हुए माइक्रोसॉफ्ट विंडोज पासवर्ड को पुनर्प्राप्त करने में भी मदद करता है।

अतः विकल्प (C) सही है।

9. प्रूफपॉइंट एक लोकप्रिय कॉर्पोरेट सुरक्षा उपकरण है जिसका उपयोग केवल क्लाउड सेवाओं के साथ ईमेल पर हमले का पता लगाने के लिए किया जाता है। यह फर्मों को विभिन्न सुरक्षा प्रणालियों में हमले के वैक्टर और खामियों का पता लगाने में मदद करता है जिसके माध्यम से हमलावर पहुंच प्राप्त कर सकते हैं।

अतः विकल्प (B) सही है।

10. मैलवेयर सबसे बड़े अपराधियों में से एक है जो कंपनियों को नुकसान पहुंचाता है क्योंकि उन्हें दुर्भावनापूर्ण कार्य को स्वचालित रूप से करने के लिए प्रोग्राम किया जाता है और हैकर्स को परिष्कार के साथ अवैध गतिविधियों को करने में मदद करता है।

अतः विकल्प (C) सही है।

11. एथिकल हैकिंग वह है जिसका उपयोग व्यावसायिक संगठनों और फर्मों द्वारा फर्म को सुरक्षित करने के लिए कमजोरियों का फायदा उठाने के लिए किया जाता है। एथिकल हैकर्स किसी भी संगठन या फर्म की अपनी आईटी और सूचना संपत्ति की सुरक्षा में क्षमताओं को बढ़ाने में मदद करते हैं।

अतः विकल्प (A) सही है।

12. एंटीवायरस एक प्रकार का सॉफ्टवेयर प्रोग्राम है जो उपयोगकर्ता के कंप्यूटर से वायरस का पता लगाने और हटाने में मदद करता है और उपयोगकर्ताओं को काम करने के लिए एक सुरक्षित वातावरण प्रदान करता है। बाजार में कई तरह के एंटीवायरस सॉफ्टवेयर उपलब्ध हैं, जैसे कि कास्परस्की, मैकाफी, क्विक हील, नॉर्टन आदि।

अतः विकल्प (D) सही है।

13. फायरवॉल सॉफ्टवेयर प्रोग्राम और हार्डवेयर आधारित फायरवॉल दो प्रकार के होते हैं।

इस प्रकार के फायरवॉल बाहरी वातावरण जैसे नेटवर्क से आने वाले प्रत्येक डेटा पैकेट को फ़िल्टर करते हैं; ताकि किसी भी तरह का वायरस यूजर के सिस्टम में प्रवेश न कर सके। कुछ मामलों में जहां फ़ायरवॉल किसी भी संदिग्ध डेटा पैकेट का पता लगाता है, वह तुरंत उस डेटा पैकेट को जला देता है या समाप्त कर देता है। संक्षेप में, हम यह भी कह सकते हैं कि यह कई प्रकार के वायरस से बचने के लिए सिस्टम की रक्षा की पहली पंक्ति है।

अतः विकल्प (B) सही है।

14. एयरक्रैक-एनजी एक प्रकार का सॉफ्टवेयर प्रोग्राम है जो लिनक्स-आधारित ऑपरेटिंग सिस्टम जैसे पैरेट, काली आदि में उपलब्ध है। आमतौर पर इसका उपयोग उपयोगकर्ताओं द्वारा वाई-फाई-नेटवर्क को हैक करते समय या नेटवर्क में कमजोरियों को पकड़ने या मॉनिटर करने के लिए नेटवर्क में कमजोरियों का पता लगाने के लिए उपयोग किया जाता है।

अत: सही विकल्प (A) है।

15. एंग्री आईपी स्कैनर एक प्रकार का हैकिंग टूल है जो आमतौर पर व्हाइट हैट और ब्लैक हैट दोनों प्रकार के हैकर्स द्वारा उपयोग किया जाता है। यह उपयोगकर्ताओं के बीच बहुत प्रसिद्ध है क्योंकि यह नेटवर्क उपकरणों में कमजोरियों को खोजने में मदद करता है।

अतः विकल्प (B) सही है।

16. स्पेशल प्रोग्राम जो कंप्यूटर से वायरस का पता लगा सकता है और हटा सकता है उसे एंटीवायरस कहा जाता है।

एंटीवायरस सॉफ्टवेयर, जिसे एंटी-मैलवेयर के रूप में भी जाना जाता है, एक कंप्यूटर प्रोग्राम है जिसका उपयोग मैलवेयर को रोकने, पता लगाने और हटाने के लिए किया जाता है।

एंटीवायरस सॉफ्टवेयर मूल रूप से कंप्यूटर वायरस का पता लगाने और उन्हें हटाने के लिए विकसित किया गया था। हालांकि, अन्य प्रकार के मैलवेयर के प्रसार के साथ, एंटीवायरस सॉफ़्टवेयर ने अन्य कंप्यूटर खतरों से सुरक्षा प्रदान करना शुरू कर दिया। विशेष रूप से, आधुनिक एंटीवायरस सॉफ़्टवेयर उपयोगकर्ताओं को मिसलेनियस ब्राउज़र हेल्पर ऑब्जेक्ट (बीएचओ), ब्राउज़र हैकिंग, रैंसमवेयर, कीलॉगर्स, बैकडोर, रूटकिट, ट्रोजन हॉर्स, वर्म्स, दुर्भावनापूर्ण एलएसपी, डायलर, फ्रॉडटूल, एडवेयर और स्पाइवेयर से बचा सकता है।

अतः विकल्प (C) सही है।

17. कंप्यूटिंग में स्पॉन एक फ़ंक्शन को संदर्भित करता है जो एक नई प्रक्रिया को लोड और निष्पादित करता है।

अतः विकल्प (C) सही है।

18. क्रीपर वायरस को प्रथम कंप्यूटर वायरस के रूप में जाना जाता है। 1971 में, बीबीएन में बॉब थॉमस ने क्रीपर को एक प्रायोगिक स्व-डुप्लिकेटिंग प्रोग्राम के रूप में बनाया, जिसका उद्देश्य नुकसान पहुंचाना नहीं था, बल्कि एक मोबाइल एप्लिकेशन को चित्रित करना था।

अतः विकल्प (C) सही है।

19.

- साइबर स्वच्छ केंद्र बॉटनेट सफाई और मालवेयर विश्लेषण केंद्र है।

- साइबर स्वच्छता केंद्र, इलेक्ट्रॉनिक्स एवं सूचना प्रौद्योगिकी मंत्रालय (MeitY) के तहत भारत सरकार के डिजिटल इंडिया पहल का एक हिस्सा है।

- साइबर स्वच्छता केंद्र इंटरनेट सेवा प्रदाताओं और उत्पाद/एंटीवायरस कंपनियों के साथ निकट समन्वय और सहयोग में संचालित होता है।

- यह केंद्र, सूचना प्रौद्योगिकी अधिनियम, 2000 की धारा 70 बी के प्रावधानों के तहत भारतीय कम्प्यूटर इमरजेंसी रिस्पॉन्स टीम (सीईआरटी-इन) द्वारा संचालित किया जा रहा है।

- यह मोबाइल और कंप्यूटर उपकरणों के लिए काम करता है।

अतः विकल्प (A) सही है।

20. रैंसमवेयर एक प्रकार का दुर्भावनापूर्ण सॉफ्टवेयर है जो साइबर अपराधी किसी कंप्यूटर में संक्रमित करते है और उपयोगकर्ताओं की पहुंच को प्रतिबंधित करता है जब तक कि इसे अनलॉक करने के लिए फिरौती नहीं दी जाती है।

- यह संक्रमित वेब साइटों द्वारा फ़िशिंग ईमेल में अटैचमेंट या लिंक के माध्यम से कंप्यूटर में फैलाया जा सकता है।

- यह आमतौर पर वर्ड, टेक्स्ट और PDF फाइलों को लक्षित करता है।

- उदाहरण: गोल्डनऑय, क्रिप्टोलॉकर, वॉनाक्राई, बैड रैबिट, गैंडक्रैब, सर्बर।

2017 में ईमेल के माध्यम से वॉनाक्राई रैंसमवेयर फैल गया।

2016 में हैकर्स के एक संगठित समूह द्वारा लॉकी रैंसमवेयर का प्रसार हुआ।

गोल्डनआई रैंसमवेयर हमला 2017 में हुआ।

केस्परस्की विंडोज के लिए एक बेसिक एंटीवायरस उत्पाद है।

अतः विकल्प (C) सही है।

21. फ़ायरवॉल एक सुरक्षात्मक दीवार है जिसका उपयोग आपके कंप्यूटर पर अनऑथोराइज़्ड एक्सेस को रोकने के लिए किया जाता है।

- फ़ायरवॉल को एक विशेष प्रकार के नेटवर्क सुरक्षा उपकरण या एक सॉफ्टवेयर प्रोग्राम के रूप में परिभाषित किया जा सकता है जो सुरक्षा नियमों के एक निर्धारित सेट के आधार पर आने वाले और बाहर जाने वाले नेटवर्क ट्रैफ़िक की निगरानी और फ़िल्टर करता है।

- यह आंतरिक निजी नेटवर्क और बाहरी स्रोतों के बीच एक बाधा के रूप में कार्य करता है।

- फ़ायरवॉल का उपयोग मुख्य रूप से मैलवेयर और नेटवर्क-आधारित हमलों को रोकने के लिए किया जाता है।

- एक फ़ायरवॉल गैर-खतरनाक ट्रैफ़िक की अनुमति देता है और कंप्यूटर को वायरस और हमलों से बचाने के लिए दुर्भावनापूर्ण या अवांछित डेटा ट्रैफ़िक को रोकता है।

- फ़ायरवॉल एक साइबर सुरक्षा उपकरण है जो नेटवर्क ट्रैफ़िक को फ़िल्टर करता है और उपयोगकर्ताओं को दुर्भावनापूर्ण सॉफ्टवेयर को संक्रमित कंप्यूटरों में इंटरनेट तक पहुँचने से रोकने में मदद करता है।

अतः विकल्प (B) सही है।

22. बूट सेक्टर वायरस अक्सर फ्लॉपी ड्राइव में छोड़ी गई फ्लॉपी डिस्क द्वारा प्रेषित होते हैं।

बूट सेक्टर वायरस एक प्रकार का वायरस है जो फ्लॉपी डिस्क के बूट सेक्टर या हार्ड डिस्क के मास्टर बूट रिकॉर्ड (एमबीआर) को संक्रमित करता है (कुछ एमबीआर के बजाय हार्ड डिस्क के बूट सेक्टर को संक्रमित करते हैं)। जबकि बूट सेक्टर वायरस एक BIOS स्तर पर संक्रमित होते हैं, वे अन्य फ्लॉपी डिस्क में फैलने के लिए डॉस कमांड का उपयोग करते हैं।

बूट सेक्टर आपके कंप्यूटर पर लोड किया गया पहला सॉफ्टवेयर है। बूट सेक्टर वायरस का एक उदाहरण पैरिटी बूट है। इस वायरस का पेलोड पैरिटी चेक संदेश प्रदर्शित करता है और ऑपरेटिंग सिस्टम को फ्रीज कर देता है, जिससे कंप्यूटर बेकार हो जाता है।

अत: सही विकल्प (B) है।

23. मल्टीपार्टाइट वायरस एक्ज़ीक्यूटेबल के साथ-साथ बूट सेक्टर को भी संक्रमित करता है।

मल्टीपार्टाइट वायरस एक तेजी से बढ़ने वाला वायरस है जो बूट सेक्टर और एक्ज़ीक्यूटेबल्स योग्य फाइलों पर एक साथ अटैक करने के लिए फाइल इंफेक्टर या बूट इंफेक्टर का उपयोग करता है। यह कंप्यूटर को संक्रमित करता है या कई माध्यमों से किसी भी सिस्टम में प्रवेश करता है और इसे निकालना मुश्किल होता है। अधिकांश वायरस या तो बूट सेक्टर, सिस्टम या प्रोग्राम फाइलों को प्रभावित करते हैं।

अत: सही विकल्प (D) है।

24. पॉलीमॉर्फिक वायरस की पहचान करना मुश्किल है क्योंकि वे अपना प्रकार और हस्ताक्षर बदलते रहते हैं।

वे पारंपरिक एंटीवायरस द्वारा आसानी से पता लगाने योग्य नहीं होते हैं। जब भी यह खुद को दोहराता है तो यह आमतौर पर हस्ताक्षर पैटर्न को बदल देता है।

अत: सही विकल्प (C) है।

25. इनकमिंग ईमेल कंप्यूटर की हार्ड डिस्क में वायरस का सबसे कॉमन सोर्स हैं। कंप्यूटर पर अटैक करने के लिए हैकर्स ई-मेल का इस्तेमाल कर रहे हैं।

इनकमिंग ईमेल सबसे कमजोर मेथड है। इनकमिंग ईमेल में वायरस में मालिसियस कोड होता है जो ईमेल संदेशों में वितरित किया जाता है, और इसे तब सक्रिय किया जा सकता है जब कोई उपयोगकर्ता किसी ईमेल संदेश में किसी लिंक पर क्लिक करता है, ईमेल अटैचमेंट खोलता है या संक्रमित ईमेल संदेश के साथ किसी अन्य तरीके से इंटरैक्ट करता है।

अत: सही विकल्प (A) है।

26. स्पूफिंग अटैक तब होता है जब कोई उपयोगकर्ता एक पैकेट बनाता है जो कुछ और या किसी और का प्रतीत होता है।

सूचना सुरक्षा और विशेष रूप से नेटवर्क सुरक्षा के संदर्भ में, एक स्पूफिंग हमला एक ऐसी स्थिति है जिसमें एक व्यक्ति या कार्यक्रम एक अवैध लाभ प्राप्त करने के लिए डेटा को गलत साबित करके सफलतापूर्वक दूसरे के रूप में पहचान करता है।

अत: सही विकल्प (D) है।

27. कोड रेड एक प्रकार का कंप्यूटर वायरस है।

कोड रेड एक प्रकार का कंप्यूटर वायरस है जिसे पहली बार 15 जुलाई 2001 को खोजा गया था क्योंकि यह माइक्रोसॉफ्ट के सर्वर पर अटैक करता है। इसने माइक्रोसॉफ्ट के IIS वेब सर्वर चलाने वाले कंप्यूटरों पर अटैक किया। यह एंटरप्राइज नेटवर्क को सफलतापूर्वक लक्षित करने वाला पहला बड़े पैमाने पर मिश्रित थ्रेट अटैक था। हालांकि वर्म 13 जुलाई को जारी किया गया था, संक्रमित कंप्यूटरों का सबसे बड़ा समूह 19 जुलाई 2001 को देखा गया था। उस दिन, संक्रमित मेजबानों की संख्या 359,000 तक पहुंच गई थी।

अत: सही विकल्प (C) है।

28. बूट सेक्टर वायरस मास्टर बूट रिकॉर्ड को संक्रमित करता है और ऐसे वायरस को हटाना एक चुनौतीपूर्ण और जटिल कार्य है।

ज्यादातर ऐसे वायरस रिमूवेबल डिवाइसेज से फैलते हैं।

अत: विकल्प (A) सही है।

29. वायरस 3 अलग-अलग तरीकों से पता लगाने से छिपता है।

ये स्वयं को एन्क्रिप्ट करके, अतिरिक्त वायरस बाइट्स के साथ डिस्क निर्देशिका को बदलकर या डिस्क डेटा को पुनर्निर्देशित करने के लिए एक स्टील्थ एल्गोरिथम का उपयोग करते हैं।

अत: विकल्प (B) सही है।

30. वायरस ट्रांसमिशन का मार्ग फ्लैश ड्राइव है।

अपने डिवाइस को किसी संक्रमित बाहरी फ्लैश ड्राइव, हार्ड ड्राइव या नेटवर्क ड्राइव से कनेक्ट करना। वेबसाइटों से या फ़ाइल-साझाकरण गतिविधियों के माध्यम से संक्रमित फ़ाइलों को ईमेल अटैचमेंट्स के रूप में डाउनलोड करना। ईमेल, मैसेजिंग ऐप या सोशल नेटवर्क पोस्ट में मालिसियस वेबसाइटों के लिंक पर क्लिक करना।

अत: विकल्प (B) सही है।

Q.1 स्प्रेडशीट में डेटा कैसे व्यवस्थित होते हैं?
A. लाइन एंड स्पेस
B. लेयर्स एंड प्लेन्स
C. रो और कॉलम
D. ऊंचाई तथा चौड़ाई

Q.2 आप किसी वर्ड डॉक्यूमेंट में अधिकतम कितने कॉलम सम्मिलित कर सकते हैं?
A. 35   B. 63   C. 55   D. 65

Q.3 सांख्यिकीय गणना और तालिकाओं और रेखांकन की तैयारी का उपयोग किया जा सकता है:
A. एडोब फोटोशॉप
B. एक्सेल
C. नोटपैड
D. पावर प्वाइंट

Q.4 किसी क्रम या क्रम में किसी कोलेम के आइटमों को व्यवस्थित करने की प्रक्रिया इस प्रकार है:
A. अरेंगिन   B. औटोफिल   C. सोर्टिंग   D. फ़िल्टरिंग

Q.5 चार्ट बनाने के लिए आप क्या उपयोग करते हैं?
A. पाई विज़ार्ड
B. एक्सेल विज़ार्ड
C. डेटा विज़ार्ड
D. चार्ट विज़ार्ड

Q.6 अधिकतम फ़ॉन्ट आकार क्या है जो आप किसी भी करैक्टर के लिए अप्लाई कर सकते हैं?
A. 163   B. 1638   C. 1639   D. 1634

Q.7 निम्नलिखित में से कौन सा कथन गलत है?
A. आप सम और विषम पृष्ठों के लिए विभिन्न शीर्ष लेख पाद लेख सेट कर सकते हैं।
B. आप अलग-अलग वर्गों के लिए अलग-अलग पृष्ठ संख्या प्रारूप सेट कर सकते हैं।
C. आप किसी अनुभाग के पहले पृष्ठ के लिए विभिन्न शीर्ष लेख पाद लेख सेट कर सकते हैं।
D. आप किसी अनुभाग के अंतिम पृष्ठ के लिए विभिन्न शीर्ष लेख और पाद लेख सेट कर सकते हैं।

Q.8 एमएस वर्ड की टेक्स्ट-स्टाइलिंग विशेषता ________ है।
A. वर्ड कलर   B. वर्डफोंट   C. वर्ड आर्ट   D. वर्डफिल

Q.9 वर्ड डॉक्यूमेंट में वॉटरमार्क के रूप में किसका उपयोग किया जा सकता है।
A. टेक्स्ट
B. इमेज
C. (A) और (B) दोनों
D. कोई नहीं

Q.10 एक दस्तावेज़ में फ़ुटनोट्स दिखाई देते हैं?
A. डॉक्यूमेंट के अंत में
B. पेज के नीचे
C. हेडिंग के अंत में
D. कोई नहीं

Q.11 एमएस एक्सेल की ___ सुविधा जल्दी से डेटा की एक श्रृंखला को पूरा करती है।
A. ऑटो कम्प्लीट
B. ऑटो फिल
C. फिल हैंडल
D. सॉर्टिंग

Q.12 लिब्रे ऑफिस राइटर में सेव के लिए शॉर्टकट की क्या है?
A. Ctrl + Shift + S
B. Ctrl + S
C. F12
D. इनमे से कोई भी नहीं

Q.13 लिब्रे ऑफिस में पवार प्वाइंट को क्या कहा जाता है?

A. ड्रॉ
B. इम्प्रेस
C. कैलकुलेटर
D. राइट

Q.14 निम्नलिखित में से कौन-सा एक पावर प्वाइंट के व्यू में से एक नहीं है?
A. नार्मल व्यू
B. स्लाइड सॉर्टर व्यू
C. नोट पेज व्यू
D. रिव्यु

Q.15 आप चयनित पाठ का फ़ॉन्ट आकार कैसे बढ़ा सकते हैं?
A. Ctrl + ;   B. Ctrl +]   C. Ctrl + ,   D. Ctrl + [

Q.16 लिब्रे ऑफिस राइटर में करंट विंडो को बंद करने के लिए शॉर्टकट की क्या है?
A. Ctrl + Q
B. Ctrl + W
C. Ctrl+T
D. इनमे से कोई भी नहीं

Q.17 लिब्रे ऑफिस राइटर में टेम्पलेट कुंजी की शॉर्टकट कुंजी क्या है?
A. Ctrl + T
B. Ctrl + Shift + N
C. Shift + N
D. Ctrl + Z

Q.18 Ctrl + P का उपयोग किया जाता है:
A. प्रिंट डायलॉग बॉक्स
B. पेज फॉर्मेट डायलॉग बॉक्स
C. ओपन सेव डायलॉग बॉक्स
D. पैरा डायलॉग बॉक्स

Q.19 लिबर ऑफिस राइटर में नॉर्मल टेम्पलेट पर आधारित नए राइटर डॉक्यूमेंट का डिफ़ॉल्ट फॉन्ट साइज क्या है?
A. 9pt   B. 10pt   C. 11pt   D. 12pt

Q.20 लिबरऑफिस राइटर स्थिति बार में निम्नलिखित में से कौन प्रदर्शित नहीं होता है?
A. कंप्यूटर का नाम
B. कुल कैरेक्टर
C. वर्तमान पेज नम्बर
D. कुल शब्द

Q.21 = ABS (-45) का सही परिणाम क्या है?
A. +90   B. +45   C. -45   D. -20

Q.22 एक्सेल वर्कबुक किसका संग्रह है?
A. वर्कबुक
B. वर्कशीट
C. चार्ट
D. वर्कशीट और चार्ट

Q.23 पॉवरपॉइंट फ़ाइल एक्सटेंशन क्या है?
A. .xls
B. .popt
C. .pptx
D. .PowerPoint

Q.24 किस मेनू का उपयोग पावर प्वाइंट में किसी ऑब्जेक्ट के आकार को बदलने के लिए किया जाता है?
A. फ़ाइल   B. फॉर्मेट   C. एडिट   D. विउ

Q.25 माइक्रोसॉफ्ट पॉवरपॉइंट प्रेजेंटेशन में कौन सी कमांड आपको पहली स्लाइड में लाती है?
A. अगली स्लाइड बटन
B. पेज अप
C. Ctrl + Home
D. Ctrl + End

Q.26 माइक्रोसॉफ्ट पॉवरपॉइंट कि प्रस्तुति में पृष्ठ को कहा जाता है।
A. स्लाइड   B. E-स्लाइड   C. E-पेज   D. पेज

Q.27 एमएस वर्ड 2007 डॉक्यूमेंट में Help विंडो खोलने के लिए _______ कुंजी दबाइए।

A. F1　　　**B.** F2　　　**C.** F9　　　**D.** F11

Q.28 एमएस ऑफ़िस, फ़ोटोशॉप और एनिमैजिक उदाहरण हैं:

A. डिवाइस ड्राइवर　　　　　**B.** एप्लीकेशन सॉफ्टवेयर
C. सिस्टम सॉफ्टवेयर　　　　**D.** ऑपरेटिंग सिस्टम

Q.29 निम्नलिखित में से कौन-सा सॉफ़्टवेयर माइक्रोसॉफ्ट का उत्पाद नहीं है?

A. ओपनऑफिस
B. आउटलुक
C. एक्सेस
D. विजुअल स्टूडियो एक्सप्रेस

Q.30 एमएस वर्ड डॉक्यूमेंट में टेक्स्ट या पदों को निर्दिष्ट करने को _______ कहा जाता है।

A. वर्ड काउंट　　　　**B.** बुकमार्क
C. नेम्ड वर्ड　　　　**D.** क्रॉस-रिफरेन्स

// स्मार्ट उत्तर पुस्तिका //

सही उत्तर — उन छात्रों के प्रतिशत को इंगित करता है जिन्होंने प्रश्नों का सही उत्तर दिया था।

छोड़ दिया — उन छात्रों के प्रतिशत को इंगित करता है जिन्होंने प्रश्नों को छोड़ दिया था।

प्रश्न संख्या	उत्तर	सही उत्तर / छोड़ दिया	प्रश्न संख्या	उत्तर	सही उत्तर / छोड़ दिया	प्रश्न संख्या	उत्तर	सही उत्तर / छोड़ दिया	प्रश्न संख्या	उत्तर	सही उत्तर / छोड़ दिया	प्रश्न संख्या	उत्तर	सही उत्तर / छोड़ दिया
1	C	78.48 % / 20.3 %	7	D	84.5 % / 11.44 %	13	B	50.99 % / 40.68 %	19	D	47.27 % / 33.82 %	25	C	55.27 % / 44.5 %
2	B	81.77 % / 11.21 %	8	C	82.94 % / 14.56 %	14	D	46.06 % / 42.52 %	20	A	84.56 % / 12.13 %	26	A	88.94 % / 10.88 %
3	B	50.73 % / 32.35 %	9	C	82.19 % / 17.2 %	15	B	15.97 % / 79.07 %	21	C	17.39 % / 67.85 %	27	A	85.15 % / 10.93 %
4	C	60.95 % / 37.14 %	10	B	81.96 % / 14.82 %	16	B	49.53 % / 48.95 %	22	D	60.23 % / 31.02 %	28	B	84.58 % / 12.42 %
5	D	86.34 % / 13.03 %	11	B	40.15 % / 38.03 %	17	B	43.7 % / 44.24 %	23	C	60.02 % / 33.03 %	29	A	76.49 % / 12.42 %
6	B	47.09 % / 38.76 %	12	A	69.66 % / 30.14 %	18	A	68.5 % / 30.15 %	24	B	87.25 % / 12.12 %	30	B	43.53 % / 49.84 %

कार्य विश्लेषण	
औसत अंक (%)	56.67%
टॉपर्स स्कोर (%)	66.67%
आपका स्कोर	

//संकेत और समाधान//

1. रो और कॉलम एक स्प्रेडशीट में व्यवस्थित डेटा हैं। एक कॉलम एक चार्ट, टेबल या स्प्रेडशीट में सेल की एक लंबवत श्रृंखला है। एक रो उन कक्षों की श्रेणी है जो स्प्रैडशीट/वर्कशीट के आर-पार (क्षैतिज) जाती हैं। पंक्तियों की पहचान संख्याओं से की जाती है। जैसे पंक्ति 1, पंक्ति 5 है।

अत: विकल्प (C) सही है।

2. माइक्रोसॉफ्ट वर्ड में आप 63 कॉलम तक एक टेबल सम्मिलित कर सकते हैं, जो कि वर्ड डॉक्यूमेंट में अनुमत कॉलम की संख्या की सीमा है।

अत: विकल्प (B) सही है।

3. पावर प्वाइंट नोटपैड एडोब फोटोशॉप एक्सेल का उपयोग करके टेबल और ग्राफ की सांख्यिकीय गणना और तैयार की जा सकती है।

अत: विकल्प (B) सही है।

4. किसी क्रम या क्रम में किसी कोलेम की वस्तुओं को व्यवस्थित करने की प्रक्रिया को सोर्टिंग के रूप में जाना जाता है। यह किसी क्रम या क्रम में किसी स्तंभ की वस्तुओं को व्यवस्थित करने की प्रक्रिया है जिसे सोर्टिंग के रूप में जाना जाता है।

अत: विकल्प (C) सही है।

5. Microsoft Excel प्रोग्राम में एक विज़ार्ड है जो Microsoft Excel में चार्ट बनाने की प्रक्रिया के माध्यम से उपयोगकर्ताओं को चरण-दर-चरण उपलब्ध है। चार्ट विज़ार्ड "इन्सर्ट मेनू" पर उपलब्ध है, फिर आप "चार्ट" चुनें। विज़ार्ड भी देखें डेटा की एक श्रेणी का चयन करें, बटन पर क्लिक करें और एक्सेल एक एम्बेडेड चार्ट का उत्पादन करता है।

अत: विकल्प (D) सही है।

6. ड्रॉपडाउन सूची से माइक्रोसॉफ्ट वर्ड 2010 में उपलब्ध अधिकतम फ़ॉन्ट-आकार 72 है, हालांकि फ़ॉन्ट का आकार फ़ॉन्ट के लिए मैन्युअल रूप से टाइप करके 1638 तक सेट किया जा सकता है।

अत: विकल्प (B) सही है।

7. एक शीर्ष लेख प्रत्येक पृष्ठ का शीर्ष मार्जिन है, और एक पाद लेख प्रत्येक पृष्ठ का निचला मार्जिन है। शीर्ष लेख और पाद लेख उस सामग्री को शामिल करने के लिए उपयोगी होते हैं, जिसे आप किसी दस्तावेज़ के प्रत्येक पृष्ठ पर दिखाना चाहते हैं जैसे कि आपका नाम, दस्तावेज़ का शीर्षक या पृष्ठ संख्याएँ।

अत: विकल्प (D) सही है।

8. एमएस वर्ड की टेक्स्ट-स्टाइलिंग विशेषता वर्डआर्ट है। माइक्रोसॉफ्ट वर्ड में स्टाइल्स फीचर कुछ ऐसे टूल्स में से एक है जो मुझे फ्री लिब्रे ऑफिस सूट में जाने से रोकता है।

अत: विकल्प (C) सही है।

9. टेक्स्ट और इमेज दोनों को वर्ड डॉक्यूमेंट में वॉटरमार्क के रूप में इस्तेमाल किया जा सकता है। यह ध्यान रखना महत्वपूर्ण है कि वॉटरमार्क किसी शब्द डॉक्यूमेंट के सभी पृष्ठों में एक ही बार में डाला जा सकता है।

अत: विकल्प (C) सही है।

10. फुटनोट्स पृष्ठ के निचले भाग में दिखाई देते हैं और एंडनोट दस्तावेज़ के अंत में आते हैं। फुटनोट या एंडनोट पर एक संख्या या प्रतीक दस्तावेज़ में एक संदर्भ चिह्न के साथ मेल खाता है। जहाँ आप फुटनोट या एंडनोट का संदर्भ देना चाहते हैं, वहाँ क्लिक करें। संदर्भ टैब पर, फुटनोट सम्मिलित करें या एंडनोट सम्मिलित करें चुनें।

अत: विकल्प (B) सही है।

11. एमएस एक्सेल की ऑटो फिल सुविधा जल्दी से डेटा की एक श्रृंखला को पूरा करती है।

सेल के निचले दाएं कोने पर माउस पॉइंटर को तब तक रखें जब तक कि वह ब्लैक प्लस का चिन्ह न हो। बाईं माउस बटन पर क्लिक करें और दबाए रखें, और उन सेल पर प्लस चिन्ह खींचें, जिन्हें आप भरना चाहते हैं। और आपके लिए ऑटो फिल सुविधा का उपयोग करते हुए श्रृंखला अपने आप भर जाती है।

अत: विकल्प (B) सही है।

12. 'Ctrl + Shift + S' एक अलग नाम से मौजूदा डेटा को सेव करती है। डेटा से संबंधित फ़ाइल नाम नए नाम में बदल जाता है।
अत: विकल्प (A) सही है।

13. लिब्रे ऑफिस में पवार प्वाइंट को इम्प्रेस कहा जाता है।

लिब्रे ऑफिस में शामिल प्रेजेंटेशन (स्लाइड शो) प्रोग्राम है। आप ऐसी स्लाइड्स बना सकते हैं, जिनमें कई अलग-अलग तत्व शामिल हैं, जिसमें टेक्स्ट, बुलेटेड और क्रमांकित सूचियाँ, टेबल, चार्ट और कई ग्राफिक ऑब्जेक्ट्स जैसे क्लिपआर्ट, ड्रॉइंग और फोटोग्राफ शामिल हैं।

अत: विकल्प (B) सही है।

14. रिव्यु पावर प्वाइंट के व्यू में से एक नहीं है

पावर प्वाइंट में विचार जो आप अपनी प्रस्तुति को संपादित करने, प्रिंट करने और वितरित करने के लिए उपयोग कर सकते हैं, वे इस प्रकार हैं:

- नार्मल व्यू
- स्लाइड सॉर्टर व्यू
- नोट पेज व्यू
- आउटलाइन व्यू
- स्लाइड शो व्यू
- प्रेज़ेंटर व्यू
- मास्टर व्यू: स्लाइड, हैंडआउट और नोट्स

अत: विकल्प (D) सही है।

15. फ़ॉन्ट आकार बढ़ाने के लिए, Ctrl +] दबाएं। फ़ॉन्ट आकार को कम करने के लिए, Ctrl + [दबाएँ।

अत: विकल्प (B) सही है।

16. वैकल्पिक रूप से Ctrl + W और C - W के रूप में जाना जाता है, Ctrl + W एक कीबोर्ड शॉर्टकट है जो अक्सर एक प्रोग्राम, विंडो, टैब, या डाक्यूमेंट को बंद करने के लिए उपयोग किया जाता है।

अत: विकल्प (B) सही है।

17. लिब्रे ऑफिस राइटर में टेम्प्लेट कुंजी की शॉर्टकट कुंजी Ctrl + Shift + N है। मेनू बार से, फ़ाइल>टेम्प्लेट>टेम्प्लेट प्रबंधित करें चुनें या Ctrl + Shift + N दबाएं। टेम्प्लेट डायलॉग खुलता है। आप प्रारंभ केंद्र से टेम्पलेट संवाद भी खोल सकते हैं।
अत: विकल्प (B) सही है।

18. Ctrl+P एक शॉर्टकट की है जिसका उपयोग अक्सर किसी दस्तावेज़ या पृष्ठ को प्रिंट करने के लिए किया जाता है। Apple कंप्यूटर पर, प्रिंट करने का शॉर्टकट Command key+P कीस भी हो सकती हैं। कंट्रोल P और C-p के रूप में भी जाना जाता है, Ctrl + P एक शॉर्टकट की है जिसका उपयोग अक्सर किसी दस्तावेज़ या पृष्ठ को प्रिंट करने के लिए किया जाता है।

अत: विकल्प (A) सही है।

19. फ़ॉन्ट आकार pt में मापा जाता है; 1 पॉइंट (संक्षिप्त pt) एक इंच के 1/72 के बराबर है। पॉइंट आकार एक चरित्र की ऊंचाई को दर्शाता है। इस प्रकार,

एक 12-pt फ़ॉन्ट ऊंचाई में 1/6 इंच है। लिब्रे ऑफिस राइटर में डिफ़ॉल्ट फॉन्ट का साइज 12 pt है।

अत: विकल्प (D) सही है।

20. कंप्यूटर का नाम लिबरऑफिस राइटर स्टेटस बार में प्रदर्शित नहीं किया गया है।

लिब्रॉफिस राईटर स्टेटस बार हैं।

शब्द गणना बॉक्स

पेज स्टाइल बॉक्स

चयन उपकरण

कुल कैरेक्टर

वर्तमान पेज नम्बर

कुल शब्द

अत: विकल्प (A) सही है।

21. ABSOLUTE मान = ABS (संख्या)

जहां संख्या संख्यात्मक मान है जिसके लिए हमें निरपेक्ष मूल्य की गणना करने की आवश्यकता है।

ABS (-45) = -45

अत: विकल्प (C) सही है।

22. एक्सेल वर्कबुक वर्कशीट और चार्ट का एक संग्रह है। वर्कशीट का निर्माण करें। एक बार जब आप डेटा दर्ज करते हैं, तो कार्यपत्रक को प्रारूपित करने का समय आ जाता है, जिससे इसे पढ़ने और अधिक आकर्षक दिखने में आसानी हो। रंग जोड़ने के लिए, सेल में क्लिक करें और टूलबार पर भरें रंग बटन के दाईं ओर तीर पर क्लिक करें और एक भरण रंग चुनें।

अत: विकल्प (D) सही है।

23. MS पॉवरपॉइंट फ़ाइलों को कई एक्सटेंशन में सहेजा जा सकता है लेकिन माइक्रोसॉफ्ट ऑफिस 2007 के बाद पावरपॉइंट के लिए वास्तविक एक्सटेंशन .pptx है।

अत: विकल्प (C) सही है।

24. पावर प्वाइंट में फ़ॉर्मेट मेनू का उपयोग किसी ऑब्जेक्ट के आकार को बदलने के लिए किया जाता है।

आकार समूह में आरेखण टूल के तहत आकृति, टेक्स्ट बॉक्स या वर्डआर्ट का आकार बदलने के लिए, आकार समूह में, वह माप दर्ज करें जो आप ऊँचाई और चौड़ाई के बॉक्स में चाहते हैं।

अत: विकल्प (B) सही है।

25. वैकल्पिक रूप से ctrl + Home और C - Home के रूप में जाना जाता है, Ctrl + Home एक कीबोर्ड शॉर्टकट है जो कर्सर को एक डाक्यूमेंट की शुरुआत में ले जाता है। Word और अन्य Word Prosser में Ctrl + Home | Ctrl + Home कमांड लाइन एडिट कमांड है।

अत: विकल्प (C) सही है।

26. माइक्रोसॉफ्ट पॉवरपॉइंट कि प्रस्तुति में पृष्ठ को स्लाइड कहा जाता है।

एक स्लाइड एक प्रस्तुति का एक पृष्ठ है। सामूहिक रूप से, स्लाइडों के समूह को स्लाइड डेक के रूप में जाना जा सकता है। डिजिटल युग में, एक स्लाइड सबसे आम तौर पर एमएस पावरपॉइंट, ऐप्पल कीनोट, गूगल स्लाइड्स, अपाचे ओपनऑफिस या लिब्रे ऑफिस जैसे प्रेजेंटेशन प्रोग्राम का उपयोग करके विकसित एकल पृष्ठ को संदर्भित करती है।

अत: विकल्प (A) सही है।

27. एमएस वर्ड 2007 दस्तावेज़ में सहायता विंडो खोलने के लिए F1 कुंजी दबाएँ।

वर्ड में Help बटन बहुत छोटा होता है जिसे आसानी से नजरअंदाज कर दिया जाएगा। हेल्प बटन विंडो के ऊपरी दाएं कोने में होता है।

अन्य महत्वपूर्ण की और उनके कार्य:

शॉर्टकट कुंजी	कार्य
F2	टेक्स्ट या ऑब्जेक्ट को हिलाना
F9	वर्तमान चयन में सभी फ़ील्ड कोड को अपडेट करता है
F11	अगले फ़ील्ड में ले जाता है
F12	सेव एज संवाद बॉक्स प्रदर्शित करता है।

अत: विकल्प (A) सही है।

28. एमएस ऑफिस, फोटोशॉप और एनिमैजिक एप्लीकेशन सॉफ्टवेयर के उदाहरण हैं।

एमएस ऑफिस माइक्रोसॉफ्ट द्वारा प्रदान किया गया एक सॉफ्टवेयर बंडल है। इसमें एमएस वर्ड, एमएस एक्सेल, एमएस पॉवरपॉइंट, एमएस आउटलुक, एमएस एक्सेस, एमएस वन नोट और अन्य सॉफ्टवेयर शामिल हैं।

अत: विकल्प (B) सही है।

29. ओपनऑफिस एक ओपन-सोर्स ऑफिस प्रोडक्टिविटी सॉफ्टवेयर सूट है। यह ओपनऑफिस.org की उत्तराधिकारी परियोजनाओं और IBM लोटस सिम्फनी के नामित उत्तराधिकारी में से एक है।

आउटलुक, एक्सेस, विजुअल स्टूडियो एक्सप्रेस, विंडोज माइक्रोसॉफ्ट द्वारा विकसित किए गए हैं।

अत: विकल्प (A) सही है।

30. एमएस वर्ड डॉक्यूमेंट में टेक्स्ट या पदों को निर्दिष्ट करने को बुकमार्क कहा जाता है।

- एमएस वर्ड में एक बुकमार्क उसी उद्देश्य को पूरा करता है जैसा कि आप बुक में रखे गए बुकमार्क को करते हैं।
- बुकमार्क एक ऐसी जगह को चिह्नित करता है जिसे आप आसानी से ढूंढना चाहते हैं, और एक जिसे आप आवश्यकता होने पर वापस आना चाहते हैं।
- एमएस वर्ड में बुकमार्क की परिभाषा आपके वर्ड डॉक्यूमेंट में एक विशिष्ट शब्द, अनुभाग या स्थान है, जिसे आप भविष्य के संदर्भ के लिए नाम और पहचान करना चाहते हैं।
- वर्ड में, बुकमार्क डॉक्यूमेंट फ़ाइल के साथ सेव किये जाते हैं। इसलिए, आप अलग-अलग फ़ाइलों में एक ही नाम से बुकमार्क नियुक्त कर सकते हैं।
- बुकमार्क के नाम वर्णमाला के एक अक्षर से शुरू होने चाहिए, उनमें केवल अक्षर, संख्याएं और अंडरस्कोर हो सकते हैं, और इसमें रिक्त स्थान या विराम चिह्न नहीं हो सकते।
- वर्ड में बुकमार्क जोड़ना भी आसान है।
- आपको बस डॉक्यूमेंट में स्थान चिह्नित करना है, और फिर टूलबार मेनू पर जाएं और "इन्सर्ट"> "बुकमार्क" पर क्लिक करें।
- आपको अपने बुकमार्क के लिए एक नाम का चयन करना होगा ताकि आप इसे बाद में आसानी से पा सकें।

अत: विकल्प (B) सही है।

Q.1 _______ अधिकांश कंप्यूटरो का स्टैण्डर्ड इनपुट डिवाइस है।
A. स्कैनर
B. जॉयस्टिक
C. की-बोर्ड
D. माइक्रोफोन

Q.2 वह कौन-सा उपकरण है जो एक भौतिक छवि को डिजिटल में बदल देता है?
A. स्कैनर
B. छवि परिवर्तक
C. प्रिंटर
D. रिकॉर्डर

Q.3 कंप्यूटर में, सर्च में विषय से मेल खाने के लिए प्रयुक्त शब्द (या शब्द) को कहा जाता है:
A. आईडी नेम
B. संकेत (hint)
C. कीवर्ड
D. यूजर

Q.4 कंप्यूटर में इनफार्मेशन और इंस्ट्रक्शन्स इंटर करने के लिए किस प्राइमरी इनपुट डिवाइस का प्रयोग किया जाता है?
A. स्कैनर
B. डिस्क-ड्राइव
C. प्रिंटर
D. की-बोर्ड

Q.5 निम्नलिखित में से कौन कंप्यूटर के लिए डिजिटल इनपुट डिवाइस है?
A. डिजिटल कैमकॉर्डर
B. माइक्रोफ़ोन
C. स्कैनर
D. ऊपर के सभी

Q.6 कंप्यूटर का कौन सा उपकरण कीबोर्ड के साथ उपयोग किया जाता है?
A. जॉयस्टिक
B. माउस
C. लाइट पेन
D. टच

Q.7 USB क्या है?
A. अल्टीमेट सर्विस बिट
B. यूनिवर्सल सेट बिट
C. यूनिवर्सल सीरियल बस
D. अर्जेंट सेट बिट

Q.8 कंप्यूटर सिस्टम में स्कैनर एक _______ है।
A. आउटपुट डिवाइस
B. एक्सटर्नल मेमोरी डिवाइस
C. इनपुट डिवाइस
D. प्रिंटर का प्रकार

Q.9 कीबोर्ड और प्रिंटर जैसे उपकरण जो कंप्यूटर से जुड़े होते हैं, उन्हें _______ कहा जाता है।
A. पेरिफेरल डिवाइस
B. प्रोसेसिंग डिवाइस
C. सिस्टम डिवाइस
D. इनपुट डिवाइस

Q.10 निम्नलिखित में से कौन इम्पैक्ट प्रिंटर का उदाहरण नहीं है?
[Allahabad High Court ARO, 2020]
A. डॉट मैट्रिक्स
B. डेज़ी-व्हील
C. लाइन
D. लेज़र

Q.11 चेन प्रिंटर एक _______ प्रिंटर है।
A. नॉन-इम्पैक्ट
B. डेज़ी व्हील
C. डॉट मैट्रिक्स
D. लाइन

Q.12 एक प्रकाश-संवेदनशील उपकरण जो ड्राइंग, मुद्रित पाठ या अन्य छवियों को डिजिटल रूप में परिवर्तित करता है:
A. कीबोर्ड
B. प्लॉटर
C. स्कैनर
D. ओएमआर

Q.13 निम्न में से कौन सा सॉफ्ट कॉपी आउटपुट डिवाइस है?
A. मॉनिटर
B. डेजी व्हील प्रिंटर
C. प्लॉटर
D. लेजर प्रिंटर

Q.14 निम्नलिखित में से कौन एक इनपुट डिवाइस है?
A. स्पीकर
B. प्रोजेक्टर
C. लाइट पेन
D. प्लॉटर

Q.15 कैप्स लॉक कुंजी को टॉगल कुंजी के रूप में क्यों कहा जाता है?
A. क्योंकि कुंजी को दबाने पर इसकी स्थिति बदल जाती है
B. क्योंकि इसका उपयोग संख्याओं को दर्ज करने के लिए नहीं किया जा सकता है
C. क्योंकि इसे सम्मिलित करने के लिए उपयोग किया जा सकता है
D. क्योंकि इसे सम्मिलित करने के लिए उपयोग नहीं किया जा सकता है

Q.16 जब माउस को घुमाया जाता है, तो हमारे कम्प्यूटर स्क्रीन पर जो चीज दिखाई देती है, वह क्या है?
A. मेन्यु
B. आइकन
C. पॉइंटर
D. टैब

Q.17 दो सबसे सामान्य इनपुट डिवाइस कौन से हैं?
A. माइक्रोफोन, प्रिंटर
B. स्कैनर, मॉनिटर
C. डिजिटल कैमरा, स्पीकर
D. कीबोर्ड, माउस

Q.18 एलसीडी, स्कैनर और प्रिंटर _______ डिवाइस हैं।
A. हार्डवेयर
B. सॉफ्टवेयर
C. ह्यूमनवेयर
D. फर्मवेयर

Q.19 ये उपकरण कंप्यूटर और बाहरी दुनिया के बीच संचार का एक साधन प्रदान करते हैं _______।
A. आइ/ओ
B. स्टोरेज
C. कॉम्पैक्ट
D. ड्राइवर्स

Q.20 निम्नलिखित में से कौन सा पॉइंट-एंड-ड्रा डिवाइस नहीं है?
A. कीपैड
B. ट्रैकबॉल
C. टच स्क्रीन
D. माउस

Q.21 वीडियो गेम, फ्लाइट सिमुलेटर, ट्रेनिंग सिमुलेटर और इंडस्ट्रियल रोबोट को नियंत्रित करने के लिए उपयोग किया जाने वाला उपकरण है-
A. माउस
B. लाइट पेन
C. जॉयस्टिक
D. कीबोर्ड

Q.22 वे कौन से इनपुट डिवाइस हैं जो सोर्स डॉक्यूमेंट से कंप्यूटर सिस्टम में सीधे डेटा एंट्री को सक्षम करते हैं?
A. डेटा स्कैनिंग डिवाइस
B. डेटा रेट्रीविंग डिवाइस
C. डेटा अक्वायरिंग डिवाइस
D. सिस्टम एक्सेस डिवाइस

Q.23 निम्न में से कौन एक प्रकार का इमेज स्कैनर है?
A. फ्लैट-हेल्ड
B. हैंड- लेड
C. फ्लैट-बेड
D. कॉम्पैक्ट

Q.24 निम्नलिखित में से कौन पेंसिल या पेन द्वारा पूर्व-निर्दिष्ट प्रकार के चिह्न को पहचानने में सक्षम है?
A. ओएमआर
B. विनचेस्टर
C. बार कोड रीडर
D. इमेज स्कैनर

Q.25 इनपुट डिवाइस जो एक विशेष इंक का उपयोग करते हैं, जिसमें आयरन ऑक्साइड के मैग्नेटिक पार्टिकल्स होते हैं, _______ है।
A. ऑप्टिकल डिस्क
B. मैग्नेटिक डिस्क
C. एमआईसीआर
D. मैग्नेटिक ड्राइव

Q.26 एक प्रिंटर जो एक समय में एक लाइन को प्रिंट करता है और जिसमें वर्णों का एक पूर्वनिर्धारित सेट होता है, ______ कहलाता है।

A. लेज़र   **B.** ड्रम   **C.** इंकजेट   **D.** इम्पैक्ट

Q.27 निम्नलिखित में से कौन सा प्लॉटर के साथ-साथ प्रिंटर का नाम है?

A. फ्लैटबेड   **B.** लेज़र   **C.** ड्रम   **D.** इम्पैक्ट

Q.28 निम्नलिखित में से कौन एक अस्थायी आउटपुट है?

A. हार्ड कॉपी   **B.** साफ्ट कॉपी
C. डुप्लीकेट कॉपी   **D.** ऑन पेपर

Q.29 जॉयस्टिक एक ______ स्टिक है जो ग्राफिक कर्सर को उस दिशा में ले जाती है जिस दिशा में स्टिक चलती है।

A. पैरलर   **B.** होरिजेंटल   **C.** स्ट्रेट   **D.** वर्टिकल

Q.30 ______ पेन एक छोटा इनपुट डिवाइस है जिसका उपयोग स्क्रीन पर वस्तुओं को चुनने और प्रदर्शित करने के लिए किया जाता है।

A. इंक   **B.** मेग्नेटिक   **C.** लाइट   **D.** जॉयस्टिक

// स्मार्ट उत्तर पुस्तिका //

सही उत्तर — उन छात्रों के प्रतिशत को इंगित करता है जिन्होंने प्रश्नों का सही उत्तर दिया था।

छोड़ दिया — उन छात्रों के प्रतिशत को इंगित करता है जिन्होंने प्रश्नों को छोड़ दिया था।

प्रश्न संख्या	उत्तर	सही उत्तर / छोड़ दिया
1	C	86.17 % / 10.4 %
2	A	60.76 % / 33.85 %
3	C	84.9 % / 10.6 %
4	D	80.42 % / 17.81 %
5	D	47.12 % / 35.61 %
6	B	89.41 % / 10.34 %
7	C	88.25 % / 10.91 %
8	C	88.24 % / 11.6 %
9	A	79.91 % / 11.23 %
10	D	78.49 % / 13.05 %
11	D	64.04 % / 33.82 %
12	C	45.65 % / 50.26 %
13	A	67.5 % / 32.02 %
14	C	48.98 % / 46.82 %
15	A	52.63 % / 36.1 %
16	C	88.26 % / 11.47 %
17	D	85.66 % / 10.41 %
18	A	62.79 % / 33.6 %
19	A	56.79 % / 34.35 %
20	A	40.45 % / 42.89 %
21	C	17.95 % / 79.41 %
22	A	60.55 % / 32.82 %
23	C	85.57 % / 11.04 %
24	A	79.2 % / 14.15 %
25	C	22.12 % / 77.76 %
26	B	55.39 % / 32.6 %
27	C	85.01 % / 10.24 %
28	B	89.91 % / 10.07 %
29	D	63.99 % / 32.43 %
30	C	23.09 % / 72.09 %

कार्य विश्लेषण

औसत अंक (%)	56.67%
टॉपर्स स्कोर (%)	60.0%
आपका स्कोर	

//संकेत और समाधान//

1. अधिकांश कंप्यूटर ऑपरेटिंग सिस्टम और एक्सटेंशन प्रोग्रामिंग भाषाओं ने की-बोर्ड को मानक इनपुट डिवाइस और मॉनिटर को मानक आउटपुट डिवाइस के रूप में जाना जाता है। की-बोर्ड और मॉनिटर को डिफ़ॉल्ट डिवाइस के रूप में माना जाता है जब कोई अन्य विशिष्ट डिवाइस इंगित नहीं किया जाता है।

अतः विकल्प (C) सही है।

2. स्कैनर एक इनपुट डिवाइस है जिसके माध्यम से फाइल को स्कैन करके सीपीयू तक पहुँचाया जाता है। इसके द्वारा भौतिक छवि को डिजिटल में बदल दिया जाता है ताकि सीपीयू समझ सके।

अतः विकल्प (A) सही है।

3. इनफार्मेशन सिस्टम में डॉक्यूमेंट को पुन: प्राप्त करने (रिट्रीव) के लिए कीवर्ड्स का प्रयोग किया जाता है, उदाहरण के लिए, कैटेलॉग और सर्च इंजन। इनफार्मेशन रिट्रीवल में इन्हें इंडेक्स टर्म, सब्जेक्ट टर्म, सब्जेक्ट हेडिंग या डिस्क्रिप्टर के रूप में भी जाना जाता है ।

अतः विकल्प (C) सही है।

4. कीबोर्ड एक इनपुट डिवाइस है इसमें 'की' होती है जिसका यूजर्स द्वारा कंप्यूटर में इंस्ट्रक्शन्स और डाटा एंटर करने के लिए किया जाता है। कीबोर्ड पर 'की' प्रेस करते हुए कंप्यूटर में डाटा कमांड्स और अन्य इनपुटों को एंटर किया जाता है। की-बोर्ड में विशेष 'की' भी होती है जो यूजर को कंप्यूटर में इंस्ट्रक्शन्स एंटर करने की अनुमति देती है।

अतः विकल्प (D) सही है।

5. डिजिटल कैमकॉर्डर, माइक्रोफोन, स्कैनर कंप्यूटर के लिए डिजिटल इनपुट डिवाइस हैं।

डिजिटल कैमकॉर्डर: एक डिजिटल वीडियो कैमरा, डीवी कैमरा, वीडियो कैमकॉर्डर, या डिजिटल कैमकॉर्डर एक ऐसा उपकरण है जो डिजिटल 8, मिनीडीवी, डीवीडी, हार्ड ड्राइव या सॉलिड-स्टेट फ्लैश मेमोरी सहित प्रारूपों में वीडियो रिकॉर्ड करता है। कुछ डिजिटल कैमकॉर्डर में स्थिर चित्र लेने और अलग मीडिया पर संग्रहीत करने की क्षमता भी होती है, अक्सर उसी प्रकार की जैसे डिजिटल कैमरों में उपयोग की जाती है।

माइक्रोफोन: एक माइक्रोफोन एक उपकरण (एक ट्रांसड्यूसर) है जो ध्वनि को विद्युत संकेत में परिवर्तित करता है। माइक्रोफोन का उपयोग कई अनुप्रयोगों में किया जाता है जैसे कि टेलीफोन, श्रवण यंत्र, कॉन्सर्ट हॉल और सार्वजनिक कार्यक्रमों के लिए सार्वजनिक पता प्रणाली, चलचित्र उत्पादन, लाइव और रिकॉर्डेड ऑडियो इंजीनियरिंग, साउंड रिकॉर्डिंग, टू-वे रेडियो, मेगाफोन, रेडियो और टेलीविजन प्रसारण।

स्कैनर: स्कैनर एक ऐसा उपकरण है जो आमतौर पर कंप्यूटर से जुड़ा होता है। इसका मुख्य कार्य दस्तावेज़ को स्कैन करना या उसकी तस्वीर लेना, जानकारी को डिजिटाइज़ करना और उसे कंप्यूटर स्क्रीन पर प्रस्तुत करना है।

अतः विकल्प (D) सही है।

6. माउस इनपुट डिवाइस है, जिसका वास्तविक नाम पॉइंटिंग डिवाइस है, इसका उपयोग मुख्यत: कम्प्यूटर स्क्रीन पर आइटम को चुनने, उनकी तरफ जाने तथा उन्हें खोलने एवं बंद करने में किया जाता है। माउस के द्वारा यूजर कम्प्यूटर को निर्देश देता है।

इनपुट डिवाइस के उदाहरणों में कीबोर्ड, माउस, स्कैनर, डिजिटल कैमरा और जॉयस्टिक शामिल हैं।

अतः विकल्प (B) सही है।

7. USB का अर्थ 'यूनिवर्सल सीरियल बस' है।

USB एक प्लग एंड प्ले इंटरफ़ेस है जो कंप्यूटर को परिधीय और अन्य उपकरणों के साथ संचार करने की अनुमति देता है। USB-कनेक्टेड डिवाइस एक विस्तृत श्रृंखला को कवर करते हैं; कीबोर्ड और माउस से लेकर म्यूजिक प्लेयर्स से फ्लैश ड्राइव तक।

अतः विकल्प (C) सही है।

8. कंप्यूटर सिस्टम में स्कैनर एक इनपुट डिवाइस है।

स्कैनर एक उपकरण है जो दस्तावेजों, पाठ पृष्ठों और तस्वीरों को स्कैन करता है। जब कोई दस्तावेज़ स्कैन किया जाता है, तो स्कैनर दस्तावेज़ को एक डिजिटल प्रारूप में बदल देता है। यह दस्तावेज़ का एक इलेक्ट्रॉनिक संस्करण बनाता है जिसे कंप्यूटर पर देखा जा सकता है और इसे संपादित किया जा सकता है।

अतः विकल्प (C) सही है।

9. कीबोर्ड और प्रिंटर जैसे डिवाइस जो कंप्यूटर से जुड़े होते हैं, उन्हें पेरिफेरल डिवाइस कहा जाता है।

एक पेरिफेरल डिवाइस को एक कंप्यूटर डिवाइस के रूप में परिभाषित किया गया है जो कंप्यूटर का आवश्यक हिस्सा नहीं है। इन सहायक उपकरणों को कंप्यूटर से जोड़कर उपयोग करा जाता है।

अतः विकल्प (A) सही है।

10. लेज़र प्रिंटर इम्पैक्ट प्रिंटर का उदाहरण नहीं है।

- प्रिंटर एक बाहरी आउटपुट डिवाइस है जो कंप्यूटर डेटा का उपयोग करता है और कागज पर ग्राफिक्स/प्रौद्योगिकी के रूप में आउटपुट तैयार करता है।

- प्रिंटर को दो प्रकारों में वर्गीकृत किया जाता है: इम्पैक्ट प्रिंटर और नॉन-इम्पैक्ट प्रिंटर।

अतः विकल्प (D) सही है।

11. चेन प्रिंटर एक लाइन प्रिंटर है।

इससे जुड़े महत्वपूर्ण बिंदु निम्नलिखित है:

- यह एक इम्पैक्ट प्रिंटर है जो एक बार में टेक्स्ट की एक लाइन को दूसरी लाइन पर जाने से पहले प्रिंट करता है।

- ड्रम प्रिंटर, चेन प्रिंटर और डॉट मैट्रिक्स प्रिंटर लाइन प्रिंटर के प्रकार हैं।

- एक चेन प्रिंटर में, कैरेक्टर सेट की एक श्रृंखला का उपयोग किया जाता है।

अतः विकल्प (D) सही है।

12. स्कैनर एक इनपुट डिवाइस है जो दस्तावेजों और तस्वीरों जैसे टेक्स्ट को स्कैन करता है। जब कोई दस्तावेज़ स्कैन किया जाता है, तो इसे एक डिजिटल प्रारूप में बदल दिया जाता है। यह दस्तावेज़ का एक इलेक्ट्रॉनिक संस्करण बनाता है जिसे कंप्यूटर पर देखा और संपादित किया जा सकता है।

अतः विकल्प (C) सही है।

13. मॉनिटर द्वारा आउटपुट डिस्प्ले एक सॉफ्टकॉपी आउटपुट है।

- सॉफ्टकॉपी आउटपुट एक ऐसा आउटपुट है जो कागज या कुछ सामग्रियों जिसे दूसरों को दिखाने के लिए छुआ नहीं जा सकता या ले जाया जा सकता, पर उत्पादित नहीं होता है।

- मॉनिटर को अक्सर विजुअल डिस्प्ले यूनिट या विजुअल डिस्प्ले टर्मिनल कहा जाता है। आज उपयोग किए जाने वाले दो बुनियादी प्रकार के मॉनिटर CRT और फ्लैट पैनल हैं।

अतः विकल्प (A) सही है।

14. कंप्यूटिंग में एक इनपुट डिवाइस एक कंप्यूटर हार्डवेयर उपकरण है जिसका उपयोग नियंत्रण और डेटा संकेतों के साथ कंप्यूटर या सूचना उपकरण सहित डेटा प्रोसेसिंग सिस्टम की आपूर्ति के लिए किया जाता है।

कीबोर्ड, स्कैनर, माउज़, जॉयस्टिक, लाइट पेन, स्कैनर और डिजिटल कैमरा इनपुट डिवाइस के उदाहरण हैं।

एक लाइट पेन एक कंप्यूटर इनपुट डिवाइस है जो कंप्यूटर के कैथोड-रे ट्यूब (CRT) डिस्प्ले के साथ संयोजन में उपयोग की जाने वाली प्रकाश-संवेदनशील छड़ी के रूप में है।

अत: विकल्प (C) सही है।

15. कैप्स लॉक कुंजी को एक टॉगल कुंजी के रूप में जाना जाता है क्यूंकि इस कुंजी को दबाने पर यह अपनी स्थिति बदल लेती है।

एक टॉगल कुंजी दो अलग-अलग इनपुट मोड के बीच कीबोर्ड पर कुंजी के समूह से इनपुट टॉगल करती है। कैप्स लॉक लोअरकेस और अपरकेस मोड के बीच टॉगल करती है।

अतः विकल्प (A) सही है।

16. भौतिक रूप से माउस को चलाने से स्क्रीन पर ग्राफिक पॉइंटर (जिसे कर्सर भी कहा जाता है) चलता है। इसके वर्तमान व्यवहार को इंगित करने के लिए सूचक में विभिन्न प्रकार के आकार हैं। माउस उपकरणों में अक्सर एक प्राथमिक बटन, एक द्वितीयक बटन और दोनों के बीच एक माउस व्हील होता है।

अतः विकल्प (C) सही है।

17. कीबोर्ड, माउस दो सबसे सामान्य इनपुट डिवाइस हैं।

कीबोर्ड कंप्यूटर को डेटा इनपुट करने में मदद करता है। कीबोर्ड का लेआउट एक पारंपरिक टाइपराइटर की तरह है, हालांकि अतिरिक्त कार्य करने के लिए कुछ अतिरिक्त कुंजी प्रदान की गई हैं।

एक माउस एक बहुत प्रसिद्ध कर्सर-नियंत्रण उपकरण है, जिसके आधार पर एक गोल गेंद के साथ एक छोटा हथेली के आकार का बॉक्स होता है, जो माउस की गति को भांप लेता है और माउस के बटन दबाए जाने पर सीपीयू को संबंधित संकेत भेजता है।

अतः विकल्प (D) सही है।

18. एलसीडी, स्कैनर और प्रिंटर हार्डवेयर डिवाइस हैं।

कंप्यूटर हार्डवेयर में कंप्यूटर के भौतिक भाग, जैसे कि केस, सेंट्रल प्रोसेसिंग यूनिट (सीपीयू), मॉनिटर, माउस, कीबोर्ड, कंप्यूटर डेटा स्टोरेज, ग्राफिक्स कार्ड, साउंड कार्ड, स्पीकर और मदरबोर्ड शामिल हैं।

अत: विकल्प (A) सही है।

19. आइ/ओ यानी इनपुट/आउटपुट डिवाइस कंप्यूटर और आउटर वर्ड के बीच संचार का एक साधन प्रदान करते हैं। उन्हें अक्सर पेरिफेरनल डिवाइस के रूप में कभी-कभी संदर्भित किया जाता है। उदाहरण के लिए, कीबोर्ड, माउस, प्रिंटर, स्पीकर और स्कैनर आदि।

अत: विकल्प (A) सही है।

20. कीपैड को छोड़कर सभी पॉइंट-एंड-ड्रा डिवाइस हैं। उनका उपयोग स्क्रीन के जीयूआई पर प्रदर्शित कई विकल्पों में से एक ग्राफिक आइकन या मेनू आइटम को तेजी से इंगित करने और चुनने के लिए किया जाता है।

अत: विकल्प (A) सही है।

21. जॉयस्टिक वीडियो गेम, फ्लाइट सिमुलेटर, प्रशिक्षण सिमुलेटर और औद्योगिक रोबोट को नियंत्रित करने के लिए उपयोग किया जाने वाला एक उपकरण है।

जॉयस्टिक उसी के लिए उपयोग किया जाने वाला उपकरण है। यह एक पॉइंट-एंड-ड्रा डिवाइस है। इसमें एक क्लिक बटन, एक छड़ी, एक गेंद, एक सॉकेट और साथ ही एक प्रकाश संकेतक है।

अत: विकल्प (C) सही है।

22. डेटा स्कैनिंग डिवाइस इनपुट डिवाइस हैं जो सोर्स डॉक्यूमेंट से कंप्यूटर सिस्टम में सीधे डेटा एंट्री को सक्षम करते हैं। वे कंप्यूटर में टेक्स्ट डेटा की कुंजी की आवश्यकता को समाप्त करते हैं। यह इनपुट दस्तावेजों की उच्च गुणवत्ता की मांग करता है।

अत: विकल्प (A) सही है।

23. फ्लैट-बेड एक प्रकार का इमेज स्कैनर है। इमेज स्कैनर्स इनपुट डिवाइस हैं जो कंप्यूटर में स्टोरेज के लिए पेपर डॉक्यूमेंट को इलेक्ट्रॉनिक फॉर्मेट में ट्रांसलेट करते हैं। स्टोर्ड इमेज को इमेज -प्रोसेसिंग सॉफ्टवेयर के साथ बदला या मैनिपुलेट किया जा सकता है।

अत: विकल्प (C) सही है।

24. ओएमआर पेंसिल या पेन द्वारा पूर्व-निर्दिष्ट प्रकार के चिह्न को पहचानने में सक्षम है। ओएमआर का मतलब ऑप्टिकल मार्क रीडर है। यह सर्वेक्षण और परीक्षण जैसे डाक्यूमेंट्स रूपों से मानव-चिह्नित डेटा को कैप्चर करने की प्रक्रिया है। उनका उपयोग छायांकित क्षेत्रों के रूप में प्रश्नावली बहुविकल्पीय परीक्षा पत्रों को पढ़ने के लिए किया जाता है।

अत: विकल्प (A) सही है।

25. इनपुट डिवाइस जो एक विशेष इंक का उपयोग करते हैं, जिसमें आयरन ऑक्साइड के मैग्नेटिक पार्टिकल्स होते हैं,

एमआईसीआर है। एमआईसीआर मैग्नेटिक इंक कैरेक्टर रिकग्निशन का संक्षिप्त रूप है। एमआईसीआर एक ऐसी तकनीक है जिसका उपयोग प्राथमिक रूप से जाँचों की पहचान और प्रक्रिया के लिए किया जाता है। चेक पर एमआईसीआर वर्णों की वह स्ट्रिंग होती है जो चेक के नीचे बाईं ओर दिखाई देती है। इसमें बैंक रूटिंग नंबर, खाता संख्या और चेक नंबर सहित संख्याओं के तीन समूह होते हैं।

अत: विकल्प (C) सही है।

26. एक प्रिंटर जो एक समय में एक लाइन को प्रिंट करता है और जिसमें वर्णों का एक पूर्वनिर्धारित सेट होता है, ड्रम प्रिंटर कहलाता है। उनके पास एक सिलिंड्रिकल ड्रम है जिसकी सतह पर सर्कुलर बैंड के रूप में उभरे हुए वर्ण होते हैं।

अत: विकल्प (B) सही है।

27. ड्रम एक प्लॉटर के साथ-साथ एक प्रिंटर का भी नाम है। ड्रम प्रिंटर में वर्णों का एक पूर्वनिर्धारित सेट होता है और एक समय में एक लाइन प्रिंट करता है। ड्रम प्लॉटर्स आर्किटेक्ट्स और अन्य लोगों के लिए एक आइडियल डिवाइस है, जिन्हें व्यापक रूप से भिन्न आकारों के उच्च-सटीक हार्ड कॉपी ग्राफिक्स आउटपुट उत्पन्न करने की आवश्यकता होती है।

अत: विकल्प (C) सही है।

28. सॉफ्ट कॉपी एक अस्थायी आउटपुट है। एक सॉफ्ट कॉपी कुछ प्रकार के डेटा की एक इलेक्ट्रॉनिक कॉपी होती है जैसे कि कंप्यूटर डिस्प्ले पर देखी गई फ़ाइल या ईमेल अटैचमेंट के रूप में प्रेषित। मुद्रित होने पर ऐसी सामग्री को हार्ड कॉपी के रूप में संदर्भित किया जाता है। एक सॉफ्ट कॉपी एक भौतिक दस्तावेज़ का डिजिटल पुनरुत्पादन है। उदाहरण के लिए, यदि आपने अपने कंप्यूटर में टैक्स फॉर्म को स्कैन किया है तो आप उसकी एक सॉफ्ट कॉपी बना रहे होंगे। सॉफ्ट कॉपी प्रदर्शित करने का सबसे आम तरीका कंप्यूटर मॉनीटर या स्मार्टफोन स्क्रीन जैसे किसी अन्य डिस्प्ले का उपयोग करता है।

अत: विकल्प (B) सही है।

29. जॉयस्टिक एक वर्टिकल स्टिक है जो ग्राफिक कर्सर को उस दिशा में ले जाती है जिस दिशा में छड़ी चलती है।

जॉयस्टिक एक वर्टिकल स्टिक है जो सभी दिशाओं में चलता है और एक प्वाइंटर या किसी अन्य डिस्प्ले सिंबल की गति को नियंत्रित करता है जॉयस्टिक एक माउस के समान होता है, सिवाय इसके कि माउस के साथ जैसे ही आप माउस को हिलाना बंद करते हैं, कर्सर हिलना बंद कर देता है।

अत: विकल्प (D) सही है।

30. लाइट पेन एक छोटा इनपुट डिवाइस है जिसका उपयोग स्क्रीन पर वस्तुओं को चुनने और प्रदर्शित करने के लिए किया जाता है। लाइट पेन एक कंप्यूटर इनपुट डिवाइस है जो कंप्यूटर के कैथोड-रे ट्यूब (सीआरटी) डिस्प्ले के साथ संयोजन में उपयोग की जाने वाली लाइट-सेंसिटिव वैंड के रूप में होता है। यह उपयोगकर्ता को प्रदर्शित वस्तुओं को इंगित करने या टचस्क्रीन के समान स्क्रीन पर ड्रा करने की अनुमति देता है लेकिन अधिक स्थितीय सटीकता के साथ।

अत: विकल्प (C) सही है।

Q.1 जावा एक ______ है ?
A. हार्डवेयर डिवाइस राइटर
B. हाई लेवल लैंग्विज वेब
C. उच्च स्तरीय प्रोग्रामिंग भाषा
D. निम्न-स्तरीय भाषा

Q.2 प्रोग्राम या निर्देश ______ प्रणाली में हैं।
A. हार्डवेयर
B. आइकन
C. निर्देश
D. सॉफ्टवेयर

Q.3 कंप्यूटर को बूट करने के लिए कौन से सॉफ्टवेयर की आवश्यकता है?
A. ऑपरेटिंग सिस्टम
B. लोडर
C. एमएस ऑफिस
D. एप्लीकेशन प्रोग्राम

Q.4 निम्नलिखित में से कौन सा दुर्भावनापूर्ण प्रोग्राम स्वचालित रूप से प्रतिकृति नहीं है?
A. ट्रोजन हॉर्स
B. वायरस
C. वर्म
D. ज़ॉबी

Q.5 डॉट मैट्रिक्स किसका एक प्रकार है:
A. फ्लॉपी डिस्क
B. फाइल
C. प्रिंटर
D. मॉनिटर

Q.6 वीजीए ______ है।

[KVS Trained Graduate Teacher, 2018]

A. वोलेटाइल ग्राफ़िक्स ऐरे
B. वीडियो ग्राफ़िक्स एडाप्टर
C. वीडियो ग्राफ़िक्स ऐरे
D. विजुअल ग्राफ़िक्स ऐरे

Q.7 निम्नलिखित में से कौन सा कंप्यूटर का एक मूल कार्य नहीं है?
A. डेटा को एक्सेस और प्रोसेस करना
B. डेटा को स्टोर करना
C. टेक्स्ट को स्कैन करना
D. इनपुट एक्सेस करना

Q.8 निम्नलिखित में से कौन सी कंप्यूटर भाषा आर्टिफिशियल इंटेलिजेंस के लिए प्रयोग की जाती है?
A. प्रोलॉग (PROLOG)
B. फोर्टन (FORTAN)
C. C++
D. जावा कोर

Q.9 निम्न में से फ़ाइल का कौन सा प्रकार एक या एक से अधिक फ़ाइलों के कंप्रेस वर्जन को दर्शाता है?
A. EXE
B. PDF
C. DOC
D. ZIP

Q.10 डिबगिंग की प्रक्रिया के लिए दिए गए विकल्पों में से सही उत्तर चुनिये।
A. एक सॉफ्टवेयर प्रोग्राम को प्रदान करना
B. एक सॉफ्टवेयर प्रोग्राम को संशोधित करना
C. एक सॉफ्टवेयर प्रोग्राम में त्रुटियों की जाँच करना
D. एक कार्यक्रम की डिजाइन संरचना को बदलना

Q.11 निम्नलिखित में से कौन सी सीपीयू के प्रसंस्करण के दौरान एक निर्देश निष्पादित करने के लिए चरणों का सही अनुक्रम है?
A. फ़ेच इंस्ट्रक्शन, डेटा पढ़ें, डिकोड इंस्ट्रक्शन, स्टोर डेटा और एक्ज़िक्यूट इंस्ट्रक्शन
B. डिकोड इंस्ट्रक्शन, रीड डेटा, एक्ज़ीक्यूट इंस्ट्रक्शन, नेक्स्ट इंस्ट्रक्शन और स्टोर डेटा को प्राप्त करें
C. डिकोड इंस्ट्रक्शन, डिकोड नेक्स्ट ऑपरेंड्स, नेक्स्ट नेक्स्ट इंस्ट्रक्शन, एक्सक्यूट इंस्ट्रक्शन और स्टोर डाटा
D. फ़ेच इंस्ट्रक्शन, डिकोड इंस्ट्रक्शन, ऑपरेंड, एक्ज़िक्यूट इंस्ट्रक्शन और स्टोर डेटा पढ़ें

Q.12 निम्नलिखित में से कौन सबसे तेज है:
A. सीपीयू
B. चुंबकीय टेप और डिस्क
C. वीडियो टर्मिनल
D. सेंसर, मैकेनिकल कंट्रोलर

Q.13 कंप्यूटर सॉफ्टवेयर को मुख्य रूप से किन श्रेणियों में बांटा गया है? उपयुक्त विकल्प चुनें-

[Allahabad High Court Review Officer (RO), 2019]

A. सिस्टम सॉफ्टवेयर
B. उपयोगकर्ता सॉफ्टवेयर
C. एप्लीकेशन (अनुप्रयोग) सॉफ्टवेयर और सिस्टम सॉफ्टवेयर
D. एप्लीकेशन सॉफ्टवेयर और यूजर सॉफ्टवेयर

Q.14 निम्नलिखित में से कौन निर्देश चक्र का एक भाग संचालन नहीं है?

[Allahabad High Court Review Officer (RO), 2019]

A. फेच
B. इनडायरेक्ट
C. निष्पादन
D. मेमोरी (स्मृति)

Q.15 रॉ इनपुट डाटा को सूचना में बदलने के लिए, सभी कंप्यूटर सिस्टम निम्नलिखित बुनियादी प्रक्रिया करते हैं:

[Allahabad High Court Review Officer (RO), 2019]

A. इनपुट - स्टोर - प्रक्रिया - आउटपुट - कण्ट्रोल
B. इनपुट - प्रक्रिया
C. प्रक्रिया - नियंत्रण - आउटपुट
D. इनपुट - स्टोर - आउटपुट

Q.16 यदि कंप्यूटर में एक प्रोसेसर से अधिक प्रोसेसर होते हैं, तो इसे किस रूप में जाना जाता है?

[Allahabad High Court Review Officer (RO), 2019]

A. यूनिप्रोसेसर
B. मल्टीप्रोसेसर
C. मल्टीथ्रेडेड
D. मल्टीप्रोग्रामिंग

Q.17 निम्नलिखित में से क्या दिनांक प्रसंस्करण के दौरान वास्तविक निर्देश निष्पादित करता है?

[Allahabad High Court Review Officer (RO), 2019]

A. अंकगणितीय तर्क इकाई
B. इनफॉर्मेशन यूनिट
C. स्टोरेज यूनिट
D. आउटपुट यूनिट

Q.18 एक वेब पेज, एक पिक्चर, एक ईमेल एड्रेस या एक प्रोग्राम के लिए एक लिंक बनाने के लिए क्या उपयोग किया जाता है?
A. क्लिप आर्ट
B. स्मार्ट आर्ट
C. फ्रॉम वेब
D. हाइपरलिंक

Q.19 एंटी-वायरस को कंप्यूटर में इंस्टाल किया जाता है:
A. कंप्यूटर को वायरस से सुरक्षित रखने के लिए

B. कंप्यूटर को आग से सुरक्षित रखने के लिए
C. मेमोरी साइज में सुधार करने के लिए
D. अन्य प्रोग्राम इंस्टाल करने के लिए

Q.20 निम्नलिखित में से कौन उपयोगकर्ताओं और कंप्यूटर हार्डवेयर के बीच एक इंटरफ़ेस के रूप में कार्य करता है?
A. पॉवर प्रेजेंटेशन
B. उपयोगिता सॉफ्टवेयर
C. ऑपरेटिंग सिस्टम
D. सामान्य प्रोग्रामिंग इंटरफ़ेस

Q.21 प्रोग्राम में त्रुटियों को हटाने की प्रक्रिया क्या कहलाती है ?
A. डिबगिंग   **B.** बग   **C.** कम्पाइलर   **D.** डिलीटिंग

Q.22 प्रिंटिंग में, डॉट्स प्रति इंच किसको संदर्भित करता है?
A. प्रिंटर का प्रकार   **B.** इनपुट रिज़ॉल्यूशन
C. आउटपुट रिज़ॉल्यूशन   **D.** एक प्रिंटर की गति

Q.23 OS जो एकल प्रोसेसर का उपयोग करके कई प्रोग्रामों को एक साथ चलाने की अनुमति देता है, को किससे संदर्भित किया जाता है?
A. मल्टीटास्किंग   **B.** मल्टीयूजर
C. मल्टीथ्रेडिंग   **D.** मल्टीप्रोसेसिंग

Q.24 कंप्यूटर में फ़ायरवॉल का उद्देश्य क्या है?
A. सुरक्षा के लिए   **B.** निगरानी के लिए
C. प्रमाणीकरण के लिए   **D.** डेटा संचार के लिए

Q.25 CAD का पूरा नाम है-
A. कम्प्यूटर ऑटोमेटिक डिज़ाइन
B. कम्प्यूटर एडिड डिज़ाइन
C. कम्प्यूटर ऑटोमेटिक डिकोड
D. कम्प्यूटर एडेड डिज़ाइन

Q.26 निम्नलिखित में से कौन एक इनपुट डिवाइस नहीं है?
A. OCR (ऑप्टिकल कैरेक्टर रिकग्निशन)
B. ऑप्टिकल स्कैनर
C. वैइस् रिकॉग्निशन डिवाइस
D. COM (कंप्यूटर आउटपुट माइक्रोफिल्म)

Q.27 ________ एक उपकरण है जो दूरसंचार लिंक और कंप्यूटर के समूहों को एक साथ जोड़ता है।
A. राउटर   **B.** होस्ट
C. हाइपरमीडिया   **D.** पैकेट

Q.28 ________ एक सॉफ्टवेयर में बग को खोजने की एक प्रक्रिया है।
A. कम्पाइलिंग   **B.** टेस्टिंग
C. एक्सेक्यूशन   **D.** डिबगिंग

Q.29 सॉफ्टवेयर की दो व्यापक श्रेणियां ________ हैं।
A. वर्ड प्रोसेसिंग एंड स्प्रेडशीट
B. ट्रांसक्शन एंड एप्लीकेशन
C. विंडोज एंड मैक ओएस
D. सिस्टम एंड एप्लिकेशन

Q.30 होम नेटवर्क के नेटवर्क हार्डवेयर की पहचान करें:
A. एक्सेस प्वाइंट   **B.** एनआईसी कार्ड
C. एनालॉग मोडेम   **D.** फायरवायर

// स्मार्ट उत्तर पुस्तिका //

सही उत्तर उन छात्रों के प्रतिशत को इंगित करता है जिन्होंने प्रश्नों का सही उत्तर दिया था।

छोड़ दिया उन छात्रों के प्रतिशत को इंगित करता है जिन्होंने प्रश्नों को छोड़ दिया था।

प्रश्न संख्या	उत्तर	सही उत्तर / छोड़ दिया
1	C	86.34 % / 10.42 %
2	D	43.87 % / 36.01 %
3	A	84.66 % / 14.57 %
4	A	47.7 % / 32.65 %
5	C	61.71 % / 37.97 %
6	C	42.55 % / 38.58 %

प्रश्न संख्या	उत्तर	सही उत्तर / छोड़ दिया
7	C	62.51 % / 31.0 %
8	A	66.62 % / 30.31 %
9	D	63.87 % / 32.08 %
10	C	41.64 % / 53.91 %
11	D	56.82 % / 37.11 %
12	A	47.54 % / 33.21 %

प्रश्न संख्या	उत्तर	सही उत्तर / छोड़ दिया
13	C	52.5 % / 34.67 %
14	D	49.47 % / 45.55 %
15	A	54.32 % / 39.51 %
16	B	53.46 % / 35.74 %
17	A	25.89 % / 67.94 %
18	D	57.52 % / 30.08 %

प्रश्न संख्या	उत्तर	सही उत्तर / छोड़ दिया
19	A	60.5 % / 35.66 %
20	C	61.73 % / 32.07 %
21	A	77.15 % / 10.37 %
22	C	40.87 % / 37.45 %
23	A	28.88 % / 69.59 %
24	A	27.02 % / 68.25 %

प्रश्न संख्या	उत्तर	सही उत्तर / छोड़ दिया
25	D	86.65 % / 12.8 %
26	D	66.41 % / 30.72 %
27	A	88.51 % / 11.08 %
28	D	89.22 % / 10.56 %
29	D	63.19 % / 33.69 %
30	A	48.2 % / 34.59 %

कार्य विश्लेषण	
औसत अंक (%)	50.0%
टॉपर्स स्कोर (%)	60.0%
आपका स्कोर	

//संकेत और समाधान//

1. जावा एक उच्च स्तरीय प्रोग्रामिंग भाषा है। जावा एक सामान्य प्रयोजन प्रोग्रामिंग भाषा है, जिसे सन माइक्रो सिस्टम द्वारा विकसित किया गया था। इसका उपयोग डेस्कटॉप व मोबाइल एप्लिकेशन को बिल्ड करने में किया जाता है। ये पूरी तरह से ऑब्जेक्ट ओरिएंटेड प्रोग्रामिंग के उपर आधारित है। C++ और जावा एक-दूसरे के काफी समान है, इसके बावजूद जावा में अधिक अग्रिम और सरल विशेषताएं हैं।

अतः विकल्प (C) सही है।

2. कंप्यूटर प्रोग्राम या निर्देश प्रणाली सॉफ्टवेयर में होते है; ये निर्देश सामूहिक रूप से एक एल्गोरिथम को बढ़ाता है जो सॉफ्टवेयर के उन कार्यों को पूरा करता है जिसके लिए सॉफ्टवेयर को बनाया जाता है। प्रोग्राम को जावा, C+, C++, पायथन, आदि प्रोग्रामिंग लैंग्वेज में लिखा जाता है।

अतः विकल्प (D) सही है।

3. एक ऑपरेटिंग सिस्टम या ओएस एक कंप्यूटर की हार्ड ड्राइव पर स्थापित सॉफ्टवेयर है जो कंप्यूटर हार्डवेयर को कंप्यूटर सॉफ्टवेयर के साथ संचार और संचालित करने में सक्षम बनाता है।

जब कंप्यूटर पहली बार प्रस्तुत किए गए थे, तो उपयोगकर्ता ने कमांड-लाइन इंटरफ़ेस का उपयोग करके उनके साथ संचार की, जिसके लिए कमांड की आवश्यकता थी।

अतः विकल्प (A) सही है।

4. ट्रोजन हॉर्स एक दुर्भावनापूर्ण प्रोग्राम है जो स्वचालित रूप से प्रतिकृति नहीं करता है। एक उपयोगकर्ता को ट्रोजन को निष्पादित करना होगा।

ट्रोजन हॉर्स, या ट्रोजन, एक प्रकार का दुर्भावनापूर्ण कोड या सॉफ्टवेयर है जो वैध दिखता है लेकिन आपके कंप्यूटर पर नियंत्रण कर सकता है।

एक ट्रोजन को आपके डेटा या नेटवर्क पर कुछ अन्य हानिकारक कार्रवाई को नुकसान पहुंचाने, बाधित करने, चोरी करने या सामान्य रूप से तैयार किया जाता है।

यह आपके डिवाइस पर मैलवेयर को लोड करने और निष्पादित करने में आपको धोखा देता है।

अतः विकल्प (A) सही है।

5. डॉट मैट्रिक्स प्रिंटर का एक प्रकार है।

डॉट मैट्रिक्स शब्द एक छवि बनाने के लिए डॉट्स के उपयोग को संदर्भित करता है।

- एक डॉट मैट्रिक्स छवि में, गुणवत्ता प्रति इंच डॉट्स की संख्या से निर्धारित होती है।
- वैकल्पिक रूप से पिन प्रिंटर के रूप में संदर्भित, डॉट मैट्रिक्स प्रिंटर 1957 में आईबीएम द्वारा पहली बार पेश किए गए थे।
- हालाँकि, पहला डॉट-मैट्रिक्स इफेक्ट प्रिंटर 1970 में सेंट्रोनिक्स द्वारा बनाया गया था।

अतः विकल्प (C) सही है।

6. वीजीए वीडियो ग्राफिक्स ऐरे है जो रंगीन ग्राफिक्स प्रदर्शित करने के लिए एक मानक कंप्यूटर चिपसेट है।

वीजीए आईबीएम द्वारा विकसित और 1987 में पेश किया गया एक लोकप्रिय डिस्प्ले मानक है।

अतः विकल्प (C) सही है।

7. टेक्स्ट की स्कैनिंग कंप्यूटर का मूल कार्य नहीं है, टेक्स्ट की स्कैनिंग हार्डवेयर के माध्यम से की जाती है जिसे स्कैनर कहा जाता है।

कंप्यूटर के मूल कार्य में शामिल है:

- इनपुट उपकरणों के माध्यम से डेटा का इनपुट एक्सेप्ट करना,
- डेटा प्रोसेस करना,
- मेमोरी यूनिट्स के माध्यम से डेटा का स्टोर करना,
- सूचना के आउटपुट को प्रदर्शित करता है।

अतः विकल्प (C) सही है।

8. प्रोलॉग एक लॉजिक प्रोग्रामिंग भाषा है जिसका उपयोग आर्टिफिशियल इंटेलिजेंस बनाने के लिए किया जाता है। एक प्रश्न या अंत लक्ष्य तक पहुंचने के लिए, आर्टिफिशियल इंटेलिजेंस को प्रोलॉग में लिखा जाता है जो एक फैक्ट, एक स्टेटमेंट जो सत्य है, और एक नियम है, जो एक सशर्त कथन है, के बीच संबंधों का विश्लेषण करता है।

प्रोलॉग में, प्रोग्राम लॉजिक को संबंधों के संदर्भ में व्यक्त किया जाता है, और इन संबंधों पर एक केरी चलाकर गणना शुरू की जाती है।

1972 में फिलिप मार्सेल के साथ एलेन कॉलमेरॉयर द्वारा मार्सिले, फ्रांस में इस भाषा का विकास और कार्यान्वयन किया गया था।

पहले प्रोलॉग, लॉजिक प्रोग्रामिंग भाषाओं में से एक थी।

अतः विकल्प (A) सही है।

9. ZIP एक या अधिक फ़ाइलों के कंप्रेस्ड वर्जन का प्रतिनिधित्व करता है।

कंप्रेस्ड फ़ाइल वह फ़ाइल होती है जिसमें एक या एक से अधिक फ़ाइल या निर्देशिका होती है जो उनके मूल फ़ाइल आकार से छोटी होती है। ये फाइलें तेजी से डाउनलोड करना आसान बनाती हैं और अधिक डेटा को हटाने योग्य मीडिया पर संग्रहीत करने की अनुमति देती हैं। आम संकुचित फ़ाइल एक्सटेंशन .ZIP, .RAR, .ARJ, .TAR, .GZ, और .TGZ हैं। नीचे कंप्यूटर पर काम करते समय आपके द्वारा अलग-अलग संपीड़ित फ़ाइल एक्सटेंशन की एक बड़ी सूची दी गई है।

अतः विकल्प (D) सही है।

10. डिबगिंग: यह एक सॉफ्टवेयर प्रोग्राम में मौजूदा और संभावित त्रुटियों (जिन्हें 'बग' भी कहा जाता है) का पता लगाने और हटाने की प्रक्रिया है, जो इसे अप्रत्याशित या दुर्घटना का कारण बन सकती है।

किसी सॉफ्टवेयर या सिस्टम के गलत संचालन को रोकने के लिए, बग्स या दोषों को खोजने और हल करने के लिए डिबगिंग का उपयोग किया जाता है।

अतः विकल्प (C) सही है।

11. सही क्रम है फ़ेच → डिकोड → प्रभावी पता पढ़ें → निष्पादित करें → डेटा स्टोर करें

निर्देश चक्र में शामिल चरण निम्न हैं:

- सर्वप्रथम, ऑपकोड को संग्रहित मेमोरी स्थान से माइक्रोप्रोसेसर द्वारा फेच किया जाता है।
- फिर इसे माइक्रोप्रोसेसर द्वारा यह ज्ञात करने के लिए डिकोड किया जाता है कि किस संचालन को इसे प्रदर्शित करने की आवश्यकता है।
- यदि किसी निर्देश में डेटा या ऑपरेंड एड्रेस होता है जो अभी भी मेमोरी में है, तो सीपीयू को वांछित डेटा प्राप्त करने के लिए रीड संचालन करना पड़ता है।
- डेटा प्राप्त करने के बाद इसे संचालन को निष्पादित करना होता है।

अतः विकल्प (D) सही है।

12. सीपीयू सबसे तेज है, एक केंद्रीय प्रसंस्करण इकाई (सीपीयू) एक कंप्यूटर के भीतर इलेक्ट्रॉनिक सर्किटरी है जो निर्देशों द्वारा निर्दिष्ट बुनियादी

अंकगणितीय, तार्किक, नियंत्रण और इनपुट/आउटपुट (I/O) संचालन को निष्पादित करके कंप्यूटर प्रोग्राम के निर्देशों को पूरा करती है।

अतः विकल्प (A) सही है।

13. कंप्यूटर सॉफ्टवेयर मुख्य रूप से एप्लीकेशन सॉफ्टवेयर और सिस्टम सॉफ्टवेयर के बीच बांटा गया है।

एप्लीकेशन सॉफ्टवेयर:

- इसे एंड-यूज़र प्रोग्राम के रूप में परिभाषित किया जा सकता है जो आपको कार्य करने या वांछित परिणाम प्राप्त करने में मदद करता है।
- एप्लिकेशन सॉफ़्टवेयर उपयोगकर्ता की आवश्यकता के आधार पर कंप्यूटर या मोबाइल डिवाइस पर स्थापित किया जाता है।
- एप्लिकेशन सॉफ़्टवेयर के कुछ उदाहरणों में इंटरनेट ब्राउज़र, हबस्पॉट जैसे CRM टूल, Adobe या Lightroom जैसे फ़ोटो-संपादन सॉफ़्टवेयर या Microsoft Word जैसे वर्ड प्रोसेसिंग एप्लिकेशन शामिल हैं।

सिस्टम सॉफ्टवेयर:

- यह उपयोगकर्ता, कंप्यूटर या मोबाइल डिवाइस की मदद करता है, और एक एप्लिकेशन सभी एक साथ निर्बाध रूप से काम करते हैं।
- यह सिस्टम सॉफ़्टवेयर को किसी भी प्रकार के एप्लिकेशन सॉफ़्टवेयर के साथ-साथ संपूर्ण कंप्यूटर सिस्टम को चलाने के लिए महत्वपूर्ण बनाता है।

अत: विकल्प (C) सही है।

14. मेमोरी निर्देश चक्र का एक भाग संचालन नहीं है।

कंप्यूटर की मेमोरी यूनिट में रहने वाले प्रोग्राम में निर्देशों का एक क्रम होता है एक बुनियादी कंप्यूटर में, प्रत्येक निर्देश चक्र में निम्नलिखित चरण होते हैं:

- स्मृति से निर्देश फेच करना।
- निर्देश को डिकोड करना।
- मेमोरी से प्रभावी पता पढ़ें।
- निर्देश निष्पादित करना।

अत: विकल्प (D) सही है।

15. रॉ इनपुट डाटा को उपयोगी जानकारी में बदलने के लिए सभी कंप्यूटर सिस्टम निम्नलिखित पांच बुनियादी संचालन करते हैं-

1. इनपुटिंग: कंप्यूटर सिस्टम में डेटा और निर्देशों को दर्ज करने की प्रक्रिया।
2. स्टोर: डेटा और निर्देशों को सहेजना ताकि उन्हें आवश्यकता पड़ने पर प्रारंभिक या अतिरिक्त प्रसंस्करण के लिए आसानी से उपलब्ध कराया जा सके।
3. प्रसंस्करण(प्रोसेसिंग): डेटा पर अंकगणितीय संचालन (जोड़, घटाना, गुणा, भाग, आदि) या तार्किक संचालन (तुलना जैसे, से कम, से अधिक, आदि) को उपयोगी जानकारी में बदलने के लिए करना।
4. आउटपुट: किसी उपयोगकर्ता के लिए उपयोगी जानकारी या परिणाम तैयार करने की प्रक्रिया, जैसे मुद्रित रिपोर्ट या दृश्य प्रदर्शन।
5. कण्ट्रोल: उस तरीके और क्रम को निर्देशित करना जिसमें उपरोक्त संचालन किया जाता है।

अत: विकल्प (A) सही है।

16. यदि कंप्यूटर में एक प्रोसेसर से अधिक प्रोसेसर होते हैं, तो इसे मल्टीप्रोसेसर के रूप में जाना जाता है।

मल्टीप्रोसेसर

- यह एक कंप्यूटर सिस्टम है जिसमें दो या दो से अधिक सेंट्रल प्रोसेसिंग यूनिट (CPU) एक सामान्य रैम तक पूर्ण पहुंच साझा करते हैं।
- मल्टीप्रोसेसर का उपयोग करने का मुख्य उद्देश्य सिस्टम की निष्पादन गति को बढ़ावा देना है, अन्य उद्देश्य त्रुटि सहिष्णुता और अनुप्रयोग मिलान है।
- एक मल्टीप्रोसेसर को संगणना गति, प्रदर्शन और लागत-प्रभावशीलता में सुधार व संवर्धित उपलब्धता और विश्वसनीयता प्रदान करने का साधन माना जाता है।

सममितीय मल्टीप्रोसेसर एक ऐसा मल्टीप्रोसेसर है जिसमें सभी प्रोसेसर पीयर-टू-पीयर संबंध प्रकृति के साथ एक-दूसरे से जुड़े होते हैं, इसका अर्थ कोई मास्टर और स्लेव संबंध नहीं होता है।

असममित मल्टीप्रोसेसर एक ऐसा मल्टीप्रोसेसर है जिसमें प्रत्येक प्रोसेसर को पूर्वनिर्धारित कार्य आवंटित किए जाते हैं, और मास्टर प्रोसेसर में पूरे सिस्टम को नियंत्रित करने की शक्ति होती है।

अत: विकल्प (B) सही है।

17. अंकगणितीय तर्क इकाई

- यह सेंट्रल प्रोसेसिंग यूनिट का एक मुख्य घटक है।
- यह अंकगणित और तर्क संचालन करता है।
- इसमें बूलियन तुलनाओं सहित अंकगणित और तर्क संचालन से संबंधित सभी प्रक्रियाओं जैसे जोड़, घटाव और स्थानांतरण संचालन को करने की क्षमता है।
- डेटा प्रोसेसिंग के दौरान वास्तविक निर्देश निष्पादित किया जाता है।

एक बाइट, कंप्यूटर भंडारण और प्रसंस्करण में सूचना की मूल इकाई है। मेमोरी यूनिट डेटा की मात्रा है जिसे स्टोरेज यूनिट में स्टोर किया जा सकता है। डाटा को प्रोसेस करने के बाद इसे एक ऐसे फॉर्मेट में बदल दिया जाता है जिसे इंसान समझ सके। रूपांतरण के बाद, आउटपुट इकाइयाँ इस डेटा को उपयोगकर्ताओं को प्रदर्शित करती हैं।

अत: विकल्प (A) सही है।

18. हाइपरलिंक आपके कंप्यूटर पर एक फ़ाइल के भीतर टेक्स्ट या एक इमेज है जिसे आप उस पर क्लिक कर सकते हैं जो किसी अन्य डॉक्यूमेंट या इमेज तक पहुंच प्रदान करता है।

हाइपरलिंक को एक इंटरफ़ेस के रूप में सोचा जा सकता है जो किसी स्रोत को लक्ष्य से जोड़ता है। स्रोत पर हाइपरलिंक क्लिक करने से लक्ष्य पर नेविगेट हो जाएगा।

अतः विकल्प (D) सही है।

19. कंप्यूटर को वायरस से बचाने के लिए कंप्यूटर में एंटीवायरस इंस्टाल किया जाता है।

एंटीवायरस सॉफ़्टवेयर आपके कंप्यूटर को मालवेयर और साइबर अपराधियों से बचाने में मदद करता है। एंटीवायरस सॉफ़्टवेयर उन डाटा को देखता है जो - वेब पेज, फ़ाइलें, सॉफ़्टवेयर, एप्लिकेशन - आपके डिवाइस के माध्यम से नेटवर्क द्वारा यात्रा कर रही हैं।

अत: विकल्प (A) सही है।

20. एक ऑपरेटिंग सिस्टम (OS) एक कंप्यूटर उपयोगकर्ता और कंप्यूटर हार्डवेयर के बीच एक इंटरफ़ेस है।

एक ऑपरेटिंग सिस्टम एक सॉफ़्टवेयर है जो फ़ाइल प्रबंधन, मेमोरी प्रबंधन, प्रक्रिया प्रबंधन, इनपुट और आउटपुट को संभालने और डिस्क ड्राइव और प्रिंटर जैसे परिधीय उपकरणों को नियंत्रित करने जैसे सभी बुनियादी कार्य करता है।

अतः विकल्प (C) सही है।

21. डीबगिंग, प्रोग्राम में त्रुटियों को हटाने की प्रक्रिया है। डीबगर एक कंप्यूटर प्रोग्राम होता है जिसका उपयोग अन्य प्रोग्रामों के परीक्षण और डिबग के लिए किया जाता है।

किसी प्रोग्राम के डिज़ाइन या उसके स्रोत कोड में हुई गलतियों और त्रुटियों के कारण बग उत्पन्न होते हैं।

अतः विकल्प (A) सही है।

22. प्रिंटर का आउटपुट रिज़ॉल्यूशन डॉट्स प्रति इंच में मापा जाता है। डॉट्स सेंटीमीटर प्रति डॉट की संख्या को संदर्भित करता है जिसे 1 सेंटीमीटर की रेखा के भीतर रखा जा सकता है।

प्रिंटर एक आउटपुट डिवाइस है जिसका उपयोग हार्ड कॉपी उत्पन्न करने और किसी भी डॉक्यूमेंट को प्रिंट करने के लिए किया जाता है। 1950 के दशक से पहले के प्रिंटर्स को पंच कार्ड के रूप में जाना जाता है।

अतः विकल्प (C) सही है।

23. मल्टीटास्किंग एक प्रोसेसर मशीन पर एक साथ एक से अधिक कार्य को निष्पादित करने के लिए एक ऑपरेटिंग सिस्टम की क्षमता है, ये कई कार्य सामान्य संसाधनों जैसे कि सीपीयू और मेमोरी को साझा करते हैं।

मल्टीथ्रेडिंग एक सेंट्रल प्रोसेसिंग यूनिट (सीपीयू) (या मल्टी-कोर प्रोसेसर में एक सिंगल कोर) की क्षमता है, जो ऑपरेटिंग सिस्टम द्वारा समर्थित, निष्पादन के कई थ्रेड्स प्रदान करता है। यह दृष्टिकोण मल्टीप्रोसेसिंग से भिन्न होता है।

मल्टीप्रोसेसिंग एक एकल कंप्यूटर सिस्टम के भीतर दो या अधिक केंद्रीय प्रसंस्करण इकाइयों (सीपीयू) का उपयोग है। यह शब्द एक सिस्टम की क्षमता को एक से अधिक प्रोसेसर या उनके बीच कार्यों को आवंटित करने की क्षमता का समर्थन करता है।

अतः विकल्प (A) सही है।

24. फ़ायरवॉल एक नेटवर्क सुरक्षा उपकरण है जो आने वाले और बाहर जाने वाले नेटवर्क ट्रैफ़िक की निगरानी करता है और सुरक्षा नियमों के एक सेट के आधार पर डेटा पैकेट को अनुमति देता है या ब्लॉक करता है।

फ़ायरवॉल का उद्देश्य आपके आंतरिक नेटवर्क और बाहरी स्रोतों से आने वाले ट्रैफ़िक के बीच एक अवरोध स्थापित करना है ताकि वायरस और हैकर्स जैसे दुर्भावनापूर्ण ट्रैफ़िक को अवरुद्ध किया जा सके।

आमतौर पर फायरवॉल का उपयोग कंपनी और होम नेटवर्क दोनों के लिए अनधिकृत पहुंच को रोकने में मदद करने के लिए किया जाता है।

अतः विकल्प (A) सही है।

25. CAD का पूरा नाम कम्प्यूटर एडेड डिज़ाइन है। कंप्यूटर एडेड डिज़ाइन (CAD) का उपयोग किसी डिज़ाइन के निर्माण, संशोधन, विश्लेषण या अनुकूलन में सहायता के लिए होता है। CAD सॉफ्टवेयर का उपयोग डिज़ाइनर की उत्पादकता बढ़ाने, डिज़ाइन की गुणवत्ता में सुधार, प्रलेखन के माध्यम से संचार में सुधार और विनिर्माण के लिए एक डेटाबेस बनाने के लिए किया जाता है।

अतः विकल्प (D) सही है।

26. COM (कंप्यूटर आउटपुट माइक्रोफिल्म) एक इनपुट डिवाइस नहीं है।

कंप्यूटर-आउटपुट-ऑन-माइक्रोफिल्म (COM) (कंप्यूटर आउटपुट माइक्रोफिल्म भी) एक कंप्यूटर पर स्टोरेज मीडिया से डेटा को माइक्रोफिल्म पर कॉपी करने की एक प्रक्रिया है। COM को माइक्रोफिच या 16 मिमी-रोल माइक्रोफिल्म के रूप में उत्पादित किया जा सकता है। कंप्यूटर के आउटपुट

को सक्षम करने वाली एक तकनीक को कागज के बजाय सीधे माइक्रोफिल्म पर रिकॉर्ड किया जाता है।

अतः विकल्प (D) सही है।

27. राउटर एक उपकरण है जो दूरसंचार लिंक और कंप्यूटर के समूहों को एक साथ जोड़ता है। राउटर तीन परत या ओएसआई (ओपन सिस्टम इंटरकनेक्शन) मॉडल की एक नेटवर्क परत पर काम करने वाले नेटवर्किंग उपकरण हैं।

अतः विकल्प (A) सही है।

28. डीबगिंग एक सॉफ्टवेयर कोड में मौजूदा और संभावित त्रुटियों (जिसे 'बग' भी कहा जाता है) का पता लगाने और हटाने की प्रक्रिया है, जो किसी सॉफटवारे के क्रैश होने का कारण बन सकती है। किसी सॉफ्टवेयर या सिस्टम के गलत संचालन को रोकने के लिए, बग्स या दोषों को खोजने और हल करने के लिए डिबगिंग का उपयोग किया जाता है। जब विभिन्न सबसिस्टम या मॉड्यूल को युग्मित किया जाता है, तो डिबगिंग कठिन हो जाता है क्योंकि एक मॉड्यूल में किसी भी परिवर्तन के कारण दूसरे में अधिक बग्स दिखाई दे सकते हैं।

अतः विकल्प (D) सही है।

29. सॉफ्टवेयर की दो व्यापक श्रेणियां सिस्टम एंड एप्लिकेशन हैं।

सॉफ्टवेयर के दो मुख्य प्रकार हैं: सिस्टम सॉफ्टवेयर और एप्लीकेशन सॉफ्टवेयर।

सिस्टम सॉफ्टवेयर में वे प्रोग्राम शामिल होते हैं जो कंप्यूटर को स्वयं प्रबंधित करने के लिए समर्पित होते हैं जैसे ऑपरेटिंग सिस्टम फ़ाइल प्रबंधन उपयोगिताओं और डिस्क ऑपरेटिंग सिस्टम।

एप्लिकेशन सॉफ्टवेयर एक प्रकार का कंप्यूटर प्रोग्राम है जो एक विशिष्ट व्यक्तिगत, शैक्षिक और व्यावसायिक कार्य करता है। प्रत्येक कार्यक्रम को एक विशेष प्रक्रिया के साथ उपयोगकर्ता की सहायता के लिए डिज़ाइन किया गया है, जो उत्पादकता, रचनात्मकता और/या संचार से संबंधित हो सकता है।

अतः विकल्प (D) सही है।

30. होम नेटवर्क में एक्सेस प्वाइंट का उपयोग किया जाता है। एक्सेस प्वाइंट एक ऐसा उपकरण है जो वायरलेस लोकल एरिया नेटवर्क या WLAN बनाता है, जो आमतौर पर किसी कार्यालय या बड़ी इमारत में होता है। एक एक्सेस प्वाइंट एक ईथरनेट केबल के माध्यम से एक वायर्ड राउटर, स्विच या हब से जुड़ता है, और एक निर्दिष्ट क्षेत्र में वाई-फाई सिग्नल प्रोजेक्ट करता है। वायरलेस एक्सेस प्वाइंट (WAP) एक नेटवर्किंग डिवाइस है जो वायरलेस-सक्षम डिवाइस को वायर्ड नेटवर्क से कनेक्ट करने की अनुमति देता है। आपके नेटवर्क के सभी कंप्यूटरों या उपकरणों को जोड़ने के लिए तारों और केबलों का उपयोग करने की तुलना में WAP स्थापित करना आसान और आसान है।

अतः विकल्प (A) सही है।

Q.1 वेबसाइट का पहला वेबपेज क्या कहलाता है?

A. प्रथम पेज
B. मुख्य पेज
C. होम पेज
D. इनमें से कोई नहीं

Q.2 क्लाउड कंप्यूटिंग का सम्बन्ध निम्न में से किससे है?

A. अत्यधिक महँगा है
B. सुरक्षा
C. अत्यधिक प्लेटफॉर्म हैं
D. अभिगम्यता

Q.3 निम्नलिखित में से कौन-सी वैज्ञानिक कम्प्यूटर भाषा है?

A. BASIC
B. COBOL
C. FORTRAN
D. PASCAL

Q.4 इंटरनेट एक्सप्लोरर एक _______ है।

A. वेब ब्राउज़र
B. वेब सर्च इंजन
C. हाइपरटेक्स्ट ट्रांसफर प्रोटोकॉल
D. वेब डेटा स्टोर

Q.5 इंटरनेट कनेक्शन के लिए कौन सा डिवाइस आवश्यक है?

A. जॉयस्टिक
B. मॉडेम
C. सीडी ड्राइव
D. एन.आई.सी कार्ड

Q.6 'सफारी' एक प्रकार का _______ है?

A. ऑपरेटिंग सिस्टम
B. ब्राउज़र
C. प्रिंटर
D. इनपुट डिवाइस

Q.7 इंटरनेट पर स्वामित्व है:

A. IAB
B. IETE
C. इंटरनेट NIC
D. इनमें से कोई भी नहीं

Q.8 इंटरनेट पर कंप्यूटर या सर्वर को इस नाम से भी जाना जाता है:

A. होस्ट
B. एड्रेस
C. IP एड्रेस
D. URL एड्रेस

Q.9 HTTP का पूर्ण रूप क्या है?

A. हाइपर टेक्स्ट ट्रांसफर प्रोटोकॉल (Hyper text transfer protocol)
B. हाइपर टेक्स्ट ट्रांसफर पैकेज (Hyper text transfer package)
C. हायफनेशन टेक्स्ट प्रोग्राम (Hyphenation text program)
D. इनमें से कोई नही

Q.10 कम्प्यूटर का पूर्ण रूप क्या है?

A. कंपलसरी ऑपरेटेड मशीन प्राइवेटली यूज्ड फॉर टेक्नोलॉजी एजुकेशन एंड रिसर्च
B. कॉमन ऑपरेटिंग मशीन पर्परजली यूज्ड फॉर टेक्नोलॉजी एंड एजुकेशन रिसर्च
C. कन्वेनेंटली ऑपरेटेड मेथड पर्टिकुलर
D. इनमें से कोई नहीं

Q.11 दुनिया भर में लाखों लोगों को जोड़ने वाले कंप्यूटरों के विशाल नेटवर्क को _______ कहा जाता है।

A. हाइपरटेक्स्ट
B. लैन (LAN)
C. वेब
D. इंटरनेट

Q.12 निम्न में से किस विधि द्वारा हम इंटरनेट से जुड़ सकते हैं?

A. डायल-अप
B. स्लिप
C. पी.पी.पी (PPP)
D. उपरोक्त सभी

Q.13 URL का पूर्ण रूप क्या है?

A. यूनिवर्सल रूट लोकेटर
B. यूनिफ़ॉर्म रिसोर्स लोकेटर
C. यूनाइटेड रोड लोकेटर
D. यूनियन रूट लोकेटर

Q.14 गूगल क्रोम, मोज़िला फ़ायरफ़ॉक्स, इंटरनेट एक्सप्लोरर, नेटस्केप नेविगेटर किसके उदाहरण हैं?

A. वेब सर्वर
B. वेब ब्राउज़र
C. इंटरनेट
D. वर्ल्ड वाइड वेब

Q.15 एक वेब पेज पर आइकॉन या इमेज जो कि किसी अन्य वेब पेज से संबंधित है, उसे कहा जाता है:

A. यूआरएल
B. हाइपरलिंक
C. प्लग-इन
D. उपरोक्त कोई भी नहीं

Q.16 एक ISP एक ऐसी कंपनी है जो आपको अपने सर्वर के माध्यम से इंटरनेट से जुड़ने की अनुमति देती है। ISP का पूर्ण रूप है:

A. इंटरनेट सर्विस प्रोवाइडर (Internet Service Provider)
B. इंटरनेशनल सर्विस प्रोवाइडर (International Service Provider)
C. इंडियन सर्विस प्रोवाइडर (Indian Service Provider)
D. इंट्रानेट सर्विस प्रोवाइडर (Intranet Service provider)

Q.17 वेब ब्राउज़र कुकीज़ क्या हैं?

A. यह एक वायरस है जिसे इंटरनेट से डाउनलोड किया जाता है
B. यह एक छोटी फ़ाइल है जिसमें उपयोगकर्ता का ब्राउज़िंग डेटा होता है
C. यह ऑडियो या वीडियो फ़ाइलों को चलाने के लिए आवश्यक एप्लीकेशन है
D. यह उन फ़ाइलों की पुष्टि करता है जो वायरस के लिए डाउनलोड की जाती हैं

Q.18 वेबसाइट एड्रेस 'https://www.google.com/' में 'com' का क्या अर्थ है?

A. कम्युनिकेशन
B. कमर्शियल
C. कॉम्पोनेन्ट
D. कम्युनिटी

Q.19 निम्नलिखित सोशल मीडिया प्लेटफॉर्म में से कौन फेसबुक के स्वामित्व में नहीं है?

A. इंस्टाग्राम **B.** व्हाट्सऐप **C.** मैसेंजर **D.** ट्विटर

Q.20 _______ अपने ब्राउज़र में सहेजकर किसी पसंदीदा वेबसाइट को तुरंत एक्सेस करने का एक तरीका है।

[Madhya Pradesh Public Service Commission (MPPSC), 2019]

A. कुकी
B. बुकमार्क
C. ब्लॉग
D. इनमें से कोई नहीं

Q.21 एक कंप्यूटर नेटवर्क दो या दो से अधिक कंप्यूटरों को _______ में सक्षम बनाता है।

A. इन्क्रीस स्पीड
B. शेयर डाटा एंड हार्डवेयर रिसोर्सेज
C. इन्क्रीस वर्क
D. मॉनिटर सॉफ्टवेयर

Q.22 HTML भाषा का उपयोग वेब डिजाइनिंग में किया जाता है। संक्षिप्त रूप HTML का अर्थ है:

A. हाइपर टेक्स्ट मेकिंग लैंग्वेज
B. हाई टेक्स्ट मार्कअप लैंग्वेज
C. हाइपर टेक्स्ट मार्कअप लैंग्वेज
D. हाइपर टेक्स्ट मीडिया लैंग्वेज

Q.23 LAN का पूर्ण रूप क्या है?
A. लो-लेवल एक्सेस नेटवर्क
B. लोकल एरिया नेटवर्क
C. लोड एडजस्टिंग नेटवर्क
D. लोअर एरिया नेटवर्क

Q.24 निम्नलिखित में से कौन सा ब्राउज़र नहीं है?
A. मोज़िला फ़ायरफ़ॉक्स   **B.** एप्पल सफारी
C. ओपेरा   **D.** माइक्रोसॉफ्ट बिंग

Q.25 निम्नलिखित में से किस कंप्यूटर प्रोग्राम का उपयोग वेबसाइटों को ब्राउज़ करने के लिए किया जाता है?
A. एमएस- वर्ड   **B.** फ़ॉक्सप्रो
C. यूनिक्स   **D.** मोजिला

Q.26 निम्नलिखित में से कौन इंटरनेट द्वारा प्रदान की जाने वाली सेवा नहीं है?
A. चैट
B. ईमेल
C. इंटरनेट सेवा प्रदान करना
D. तात्कालिक संदेशन

Q.27 कौन सा वेब ब्राउज़र, गूगल द्वारा विकसित किया गया था?
A. इंटरनेट एक्सप्लोरर   **B.** फ़ायरफ़ॉक्स
C. सफारी   **D.** क्रोम

Q.28 निम्नलिखित में से किसे नेटवर्क का नेटवर्क भी कहा जाता है?
A. अरपानेट (ARPANET)
B. वैन (WAN)
C. इंटरनेट
D. इंट्रानेट

Q.29 इनमें से कौन सी कंपनी सर्च इंजन बिंग की मालिक है?
A. गूगल   **B.** माइक्रोसॉफ्ट
C. अमेज़न   **D.** आईबीएम

Q.30 इनमें से किसे भारत का पहला वेब ब्राउज़र कहा जाता है?
A. चक्र   **B.** गेलोन   **C.** अमाया   **D.** एपिक

// स्मार्ट उत्तर पुस्तिका //

सही उत्तर — उन छात्रों के प्रतिशत को इंगित करता है जिन्होंने प्रश्नों का सही उत्तर दिया था।

छोड़ दिया — उन छात्रों के प्रतिशत को इंगित करता है जिन्होंने प्रश्नों को छोड़ दिया था।

प्रश्न संख्या	उत्तर	सही उत्तर / छोड़ दिया
1	C	79.41 % / 20.35 %
2	B	13.25 % / 74.92 %
3	C	58.37 % / 31.95 %
4	A	11.35 % / 78.69 %
5	B	57.82 % / 41.18 %
6	B	80.04 % / 18.0 %
7	D	60.27 % / 38.48 %
8	A	62.74 % / 36.85 %
9	A	89.29 % / 10.47 %
10	B	80.31 % / 15.81 %
11	D	63.09 % / 32.4 %
12	D	50.13 % / 31.09 %
13	B	42.59 % / 42.65 %
14	B	30.49 % / 69.18 %
15	B	68.8 % / 30.98 %
16	A	79.01 % / 18.49 %
17	B	12.54 % / 86.79 %
18	B	21.98 % / 70.08 %
19	D	84.03 % / 13.73 %
20	B	78.57 % / 18.97 %
21	B	83.08 % / 12.27 %
22	C	61.83 % / 31.38 %
23	B	81.6 % / 12.64 %
24	D	50.9 % / 33.63 %
25	D	45.78 % / 45.1 %
26	C	44.19 % / 47.9 %
27	D	18.38 % / 67.02 %
28	C	51.34 % / 41.12 %
29	B	10.39 % / 80.07 %
30	D	48.88 % / 37.29 %

कार्य विश्लेषण	
औसत अंक (%)	43.33%
टॉपर्स स्कोर (%)	56.67%
आपका स्कोर	

//संकेत और समाधान//

1. जब भी वेब ब्राउज़र को लांच किया जाता है यह कम से कम एक वेबपेज को स्वयं खोलता है। यह पेज ही ब्राउज़र का होमपेज है जिसे स्टार्ट पेज भी कहते हैं।

अत: विकल्प (C) सही है।

2. क्लाउड कंप्यूटिंग के बारे में सुरक्षा प्राथमिक चिंता है। क्लाउड कंप्यूटिंग का उपयोग करने से परहेज करने के लिए कई आईटी विभागों के लिए यह मुख्य है। क्लाउड कंप्यूटिंग की सुरक्षा को ध्यान में रखने वाली कुछ चीजें हैं: बौद्धिक संपदा की चोरी या हानि।

अत: विकल्प (B) सही है।

3. वैज्ञानिक भाषाओं में Maple, Python, FORTRAN, ALGOL, APL, J, Julia और R. Fortran एक सामान्य प्रयोजन, संकलित अनिवार्य प्रोग्रामिंग भाषा है जो विशेष रूप से संख्यात्मक अभिकलन और वैज्ञानिक कंप्यूटिंग के अनुकूल है।

अत: विकल्प (C) सही है।

4. इंटरनेट एक्सप्लोरर माइक्रोसॉफ्ट द्वारा विकसित और ग्राफिक वेब ब्राउज़रों की एक श्रृंखला है, जो 1995 में शुरू होने वाले ऑपरेटिंग सिस्टम के माइक्रोसॉफ्ट विंडोज लाइन में शामिल है। इसे पहली बार उस वर्ष विंडोज 95 के लिए ऐड-ऑन पैकेज प्लस के हिस्से के रूप में जारी किया गया था।

अत: विकल्प (A) सही है।

5. इंटरनेट कनेक्शन के लिए मॉडेम डिवाइस आवश्यक है।

मॉडेम एक हार्डवेयर उपकरण है जो डेटा को परिवर्तित करता है ताकि इसे एक कंप्यूटर से दूसरे कंप्यूटर पर टेलीफोन तारों पर प्रसारित किया जा सके। एक नेटवर्क इंटरफेस कार्ड (NIC) एक सर्किट बोर्ड या कार्ड है जिसे कंप्यूटर में स्थापित किया जाता है ताकि इसे एक नेटवर्क से जोड़ा जा सके।

अत: विकल्प (B) सही है।

6. 'सफारी' एक प्रकार का ब्राउज़र है।

सफारी ऐप्पल द्वारा विकसित एक ग्राफिकल वेब ब्राउज़र है, जो वेबकिट इंजन पर आधारित है। पहली बार 2003 में मैक ओएस एक्स पैंथर के साथ डेस्कटॉप पर जारी किया गया था, 2007 में आईफोन की शुरूआत के बाद से एक मोबाइल संस्करण को आईओएस उपकरणों के साथ संकलित किया गया है।

अत: विकल्प (B) सही है।

7. वास्तव में इंटरनेट पर किसी का भी स्वामित्व नहीं है, और कोई भी व्यक्ति या संगठन इंटरनेट को पूरी तरह से नियंत्रित नहीं करता है। इंटरनेट एक वास्तविक मूर्त इकाई की तुलना में एक अवधारणा है, और यह एक भौतिक अवसंरचना पर निर्भर करता है जो नेटवर्क को अन्य नेटवर्क से जोड़ता है।

अत: विकल्प (D) सही है।

8. एक नेटवर्क होस्ट, एक कंप्यूटर या अन्य डिवाइस है जो कंप्यूटर नेटवर्क से जुड़ा होता है। इंटरनेट प्रोटोकॉल सूट का उपयोग करने वाले नेटवर्क में भाग लेने वाले कंप्यूटर को IP होस्ट भी कहा जा सकता है। विशेष रूप से, इंटरनेट में भाग लेने वाले कंप्यूटर को इंटरनेट होस्ट और कभी-कभी इंटरनेट नोड भी कहा जाता है।

अत: विकल्प (A) सही है।

9. हाइपर टेक्स्ट ट्रांसफर प्रोटोकॉल एक एप्लिकेशन प्रोटोकॉल है जिसका उपयोग डेटा संचार के लिए किया जाता है। यह वर्ल्ड वाइड वेब में डेटा संचार का आधार है। यह वेब ब्राउज़र के लिए एक मानक प्रदान करता है जो उपयोगकर्ताओं को इंटरनेट पर जानकारी का आदान-प्रदान करने की सुविधा प्रदान करता है।

10. COMPUTER का पूर्ण रूप कॉमन ऑपरेटिंग मशीन पर्पजली यूज़्ड फॉर टेक्नोलॉजी एंड एजुकेशन रिसर्च है। कंप्यूटर, एक प्रोग्राम में दिए गए निर्देशों के अनुसार, आमतौर पर बाइनरी फॉर्म में डेटा को स्टोर करने और प्रोसेस करने के लिए एक इलेक्ट्रॉनिक डिवाइस है।

अत: विकल्प (B) सही है।

11. दुनिया भर में लाखों लोगों को जोड़ने वाले कंप्यूटरों के विशाल नेटवर्क को इंटरनेट कहा जाता है।

इंटरनेट एक विशाल नेटवर्क है जो कई स्वतंत्र नेटवर्कों को जोड़ता है और विभिन्न स्थानों पर कंप्यूटरों को जोड़ता है। यह दुनिया भर के कंप्यूटर उपयोगकर्ताओं को विभिन्न तरीकों से संचार करने और जानकारी साझा करने में सक्षम बनाता है।

अत: विकल्प (D) सही है।

12. डायल-अप इंटरनेट एक्सेस, इंटरनेट एक्सेस का एक रूप है जो पारंपरिक टेलीफोन लाइन पर एक टेलीफोन नंबर डायल करके इंटरनेट सेवा प्रदाता से कनेक्शन स्थापित करने के लिए सार्वजनिक स्विच्ड टेलीफोन नेटवर्क की सुविधाओं का उपयोग करता है।

स्लिप (SLIP) (सीरियल लाइन इंटरनेट प्रोटोकॉल) TCP/IP प्रोटोकॉल सूट से पहले मॉडेम प्रोटोकॉल के एकीकरण का परिणाम है।

पॉइंट-टू-पॉइंट प्रोटोकॉल (PPP) एक डेटा लिंक लेयर कम्युनिकेशन प्रोटोकॉल है जिसका उपयोग दो नोड्स के बीच सीधा संबंध स्थापित करने के लिए किया जाता है।

अत: विकल्प (D) सही है।

13. URL का पूर्ण रूप "यूनिफ़ॉर्म रिसोर्स लोकेटर" है। URL इंटरनेट पर विभिन्न नेटवर्क संसाधनों के पते निर्दिष्ट करता है।

उनमें साइट का डोमेन नाम (जैसे facebook.com) और कोई भी निर्देशिका और फाइलें होती हैं, जिन्हें आप खोलने की कोशिश कर रहे होते हैं।

अत: विकल्प (B) सही है।

14. एक वेब ब्राउज़र, या "ब्राउज़र", वेबसाइटों को एक्सेस करने और देखने के लिए उपयोग किया जाने वाला एप्लिकेशन है। सामान्य वेब ब्राउज़रों में माइक्रोसॉफ्ट इंटरनेट एक्सप्लोरर, गूगल क्रोम, मोज़िला फ़ायरफ़ॉक्स और एप्पल सफारी शामिल हैं। उदाहरण के लिए, Ajax पृष्ठ को फिर से लोड करने की आवश्यकता के बिना किसी वेबपेज पर गतिशील रूप से जानकारी अपडेट करने के लिए एक ब्राउज़र को सक्षम करता है।

अत: विकल्प (B) सही है।

15. हाइपरलिंक, या लिंक, डेटा का एक संदर्भ है जिसे पाठक सीधे क्लिक करके या टैप करके अनुसरण कर सकता है। हाइपरलिंक किसी संपूर्ण दस्तावेज़ या किसी दस्तावेज़ के भीतर किसी विशिष्ट तत्व को इंगित करता है। हाइपरटेक्स्ट हाइपरलिंक वाला टेक्स्ट है।

अत: विकल्प (B) सही है।

16. ISP का अर्थ "इंटरनेट सर्विस प्रोवाइडर" है। एक ISP इंटरनेट तक पहुंच प्रदान करता है। 1990 के दशक के अंत में, ISP ने DSL और केबल मोडेम के माध्यम से तेजी से ब्रॉडबैंड इंटरनेट का उपयोग शुरू किया।

अत: विकल्प (A) सही है।

17. कुकीज़ वे संदेश हैं जो वेब सर्वर आपके वेब ब्राउज़र पर देते हैं जब आप वेब साइटों पर जाते हैं। आपका ब्राउज़र कुकी नामक एक छोटी फ़ाइल में प्रत्येक संदेश संग्रहीत करता है।

जब आप सर्वर से दूसरे पृष्ठ का अनुरोध करते हैं, तो आपका ब्राउज़र कुकी को सर्वर पर वापस भेज देता है। इन फ़ाइलों में आमतौर पर आपकी वेब पेज पर

जाने की जानकारी, साथ ही साथ आपके द्वारा स्वेच्छा से की गई कोई भी जानकारी, जैसे आपका नाम और रुचियां शामिल होती हैं। कुकी शब्द एक फॉर्च्यून कुकीज़ नामक एक यूनिक्स कार्यक्रम के लिए एक संलयन है जो हर बार चलने वाले एक अलग संदेश, या भाग्य का उत्पादन करता है। ऑनलाइन शॉपिंग के लिए कुकीज़ का भी उपयोग किया जाता है।

अत: विकल्प (B) सही है।

18. "**.com**", **कमर्शियल** का छोटा रूप है, कई व्यक्तिगत, शैक्षिक और गैर-लाभकारी वेबसाइटों का एक .com डोमेन नाम है क्योंकि यह सबसे अधिक पहचानने योग्य है।

1980 के दशक में, सात शीर्ष-स्तरीय डोमेन बनाए गए थे। तीन डोमेन उन लोगों के लिए खुले थे जो इस पर पंजीकरण करना चाहते थे - **(.com)**, **(.net)**, **(.org)**।

अत: विकल्प (B) सही है।

19. सोशल मीडिया प्लेटफॉर्म में से ट्विटर फेसबुक के स्वामित्व में नहीं है।

फेसबुक एक अमेरिकी सोशल मीडिया प्लेटफॉर्म है जिसकी शुरुआत 2004 में मार्क जुकरबर्ग ने की थी। फेसबुक के स्वामित्व वाले उत्पाद हैं: इंस्टाग्राम, मैसेंजर, व्हाट्सएप, ओकुलस वीआर। 'लिटिल आई लैब्स' फेसबुक के स्वामित्व वाली पहली भारतीय सॉफ्टवेयर कंपनी है। फेसबुक ने 2012 में इंस्टाग्राम का अधिग्रहण किया था।

ट्विटर एक अमेरिकी सोशल नेटवर्किंग सेवा प्रदाता है।

अत: विकल्प (D) सही है।

20. बुकमार्क आपके ब्राउज़र में सहेजकर किसी पसंदीदा वेबसाइट को तुरंत एक्सेस करने का एक तरीका है।

यह संबंधित पृष्ठ का शीर्षक, URL और फ़ेविकॉन संग्रहीत करता है। Ctrl + D वर्तमान साइट को बुकमार्क करने के लिए छोटी कुंजी है।

अत: विकल्प (B) सही है।

21. एक कंप्यूटर नेटवर्क दो या दो से अधिक कंप्यूटरों को शेयर डाटा एंड हार्डवेयर रिसोर्सेज में सक्षम बनाता है।

कंप्यूटर एक साथ जुड़े हुए हैं ताकि वे एक दूसरे के साथ संवाद कर सकें, वे एक नेटवर्क बनाते हैं। सभी प्रकार के कंप्यूटर नेटवर्क दो या दो से अधिक कंप्यूटरों को सूचना और संसाधनों को साझा करने में सक्षम बनाते हैं।

अत: विकल्प (B) सही है।

22. HTML का अर्थ हाइपर टेक्स्ट मार्कअप लैंग्वेज है।

पहली बार 1990 में टिम बर्नर्स-ली द्वारा विकसित है, हाइपरटेक्स्ट मार्कअप लैंग्वेज HTML के लिए संक्षिप्त रूप है। HTML का उपयोग इलेक्ट्रॉनिक दस्तावेज़ (पृष्ठ कहा जाता है) बनाने के लिए किया जाता है जो वर्ल्ड वाइड वेब पर प्रदर्शित होते हैं। यह एक वेबपेज विकसित करने के लिए सोर्स कोड लिखने के लिए उपयोग की जाने वाली भाषा है, इसमें सामग्री और अन्य घटक सम्मिलित हैं। HTML एक मार्कअप भाषा है क्योंकि इसका उपयोग टेक्स्ट से HTML तत्वों को अलग करने के लिए किया जाता है।

अत: विकल्प (C) सही है।

23. एक लोकल एरिया नेटवर्क (LAN) भौतिक स्थान, जैसे भवन, कार्यालय या घर में एक साथ जुड़े उपकरणों का एक संग्रह है।

एक LAN छोटा या बड़ा हो सकता है, जिसमें एक होम नेटवर्क से एक उपयोगकर्ता के साथ हजारों उपयोगकर्ताओं के साथ उपकरम नेटवर्क हो सकते हैं। एक LAN एकल परिभाषित विशेषता यह है कि यह उन उपकरणों को जोड़ता है जो एक एकल, सीमित क्षेत्र में हैं।

अत: विकल्प (B) सही है।

24. माइक्रोसॉफ्ट बिंग ब्राउज़र नहीं हैं। बिंग माइक्रोसॉफ्ट द्वारा स्वामित्व और संचालित एक वेब सर्च इंजन है।

वेब ब्राउज़र, या "ब्राउज़र", वेबसाइटों को एक्सेस करने और देखने के लिए उपयोग किया जाने वाला एक एप्लीकेशन है। सामान्य वेब ब्राउज़रों में माइक्रोसॉफ्ट इंटरनेट एक्सप्लोरर, गूगल क्रोम, मोज़िला फायरफॉक्स और एप्पल सफारी शामिल हैं। वेब ब्राउज़र एक वेब सर्वर से आवश्यक सामग्री को पुनः प्राप्त करता है और फिर यूज़र्स के डिवाइस पर पेज प्रदर्शित करता है।

अत: विकल्प (D) सही है।

25. मोजिला कंप्यूटर प्रोग्राम है जो वेबसाइटों को ब्राउज़ करने के लिए उपयोग किया जाता है।

माइक्रोसॉफ्ट वर्ड (एमएस-वर्ड) माइक्रोसॉफ्ट द्वारा विकसित एक वर्ड प्रोसेसर है।माइक्रोसॉफ्ट वर्ड को पहली बार 25 अक्टूबर, 1983 को जारी किया गया था।मोजिला एक कंप्यूटर प्रोग्राम है जिसका उपयोग वेबसाइटों को चलाने के लिए किया जाता है।

अत: विकल्प (D) सही है।

26. ISP कंपनियों द्वारा इंटरनेट सेवा प्रदान की जाती है जैसे AT&T, Verizon, Comcast, Level 3, Megapath, BSNL.

आईएसपी अपने आप में एक सेवा है जिसके तहत इंटरनेट आता है।

ई-मेल इंटरनेट द्वारा प्रदान की जाने वाली सेवा है।

- इलेक्ट्रॉनिक मेल का आविष्कार 1971 में रे टॉमलिंसन ने किया था।

इंस्टेंट मैसेजिंग तकनीक एक प्रकार की ऑनलाइन चैट है जो वास्तविक समय के पाठ प्रसारण की सुविधा देती है और सेवा इंटरनेट द्वारा प्रदान की जाती है।

अत: विकल्प (C) सही है।

27. क्रोम, गूगल द्वारा शुरू किया गया एक वेब ब्राउज़र है ।

2008 मे यह पहले माइक्रोसॉफ्ट विंडोज द्वारा जारी किया गया था और बाद में लिनक्स, MacOS, iOS और Android पर स्थापित किया गया जहां यह OS में निर्मित डिफ़ॉल्ट ब्राउज़र है । यह क्रोम OS का मुख्य घटक है, यह वेब अनुप्रयोगों के लिए मंच के रूप में कार्य करता है ।

अत: विकल्प (D) सही है।

28. इंटरनेट को नेटवर्क का नेटवर्क भी कहा जाता है।

इंटरनेट एक वैश्विक कंप्यूटर नेटवर्क है। एक इंट्रानेट एक निजी नेटवर्क है। एक विस्तृत क्षेत्र नेटवर्क एक नेटवर्क है जो एक बड़े भौगोलिक क्षेत्र में फैला हुआ है।

अत: विकल्प (C) सही है।

29. माइक्रोसॉफ्ट सर्च इंजन बिंग का मालिक है।

माइक्रोसॉफ्ट बिंग (आमतौर पर बिंग के रूप में जाना जाता है) माइक्रोसॉफ्ट के स्वामित्व और संचालित एक वेब सर्च इंजन है। सेवा का मूल माइक्रोसॉफ्ट के पिछले खोज इंजनों में है: एमएसएन सर्च, विंडोज लाइव सर्च और बाद में लाइव सर्च। बिंग वेब, वीडियो, छवि और मानचित्र खोज उत्पादों सहित विभिन्न प्रकार की खोज सेवाएं प्रदान करता है। इसे ASP.NET का उपयोग करके विकसित किया गया है। लाइव सर्च के लिए माइक्रोसॉफ्ट के प्रतिस्थापन बिंग का अनावरण माइक्रोसॉफ्ट के सीईओ स्टीव बाल्मर द्वारा 28 मई 2009 को सैन डिएगो, कैलिफोर्निया में ऑल थिंग्स डिजिटल सम्मेलन में 3 जून 2009 को रिलीज के लिए किया गया था।

अत: विकल्प (B) सही है।

30. एपिक को भारत के पहले वेब ब्राउजर के रूप में जाना जाता है।

एपिक वेब ब्राउज़र को बैंगलोर स्थित एक सॉफ्टवेयर फर्म, हिडन रिफ्लेक्स द्वारा लॉन्च किया गया था। एपिक मोज़िला प्लेटफॉर्म पर आधारित है। बंगलौर

स्थित सॉफ्टवेयर स्टार्टअप हिडन रिफ्लेक्स ने भारतीय दर्शकों के लिए एक ब्राउज़र लॉन्च किया है, एपिक। ब्राउजर को ओपन सोर्स मोजिला प्लेटफॉर्म पर भारतीय इंजीनियरों की एक टीम ने बनाया है।

अतः विकल्प (D) सही है।

// टिप्पणियाँ //

www.ingramcontent.com/pod-product-compliance
Lightning Source LLC
LaVergne TN
LVHW080620200726
843509LV00007B/351